新装版
毒殺魔の教室

塔山 郁

宝島社

目次

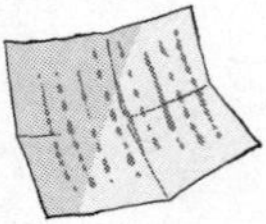

新装版　毒殺魔の教室

プロローグ

病院の窓からは町の様子が見渡せた。

古い木造の戸建住宅と四角い箱のような集合住宅が、ひしめきながら肩を寄せ合う雑然とした町並みが。

そこは彼が生まれ育った町ではなかった。子供時代を過ごした土地でも、誰かと生活をともにした場所でもなかった。

そこは全国を転々としながら、いつの間にか流れついた町だった。

しかしその風景を見ていると、ある町に似ていると思うことがあった。

前途を嘱望され、未来が明るいと信じていた一時期に貴重な時間を過ごした、ある町に――。

具体的に何かが似ているわけではない。もしかしたら高さがそれを思わせただけなのかもしれなかった。その病室は四階にあったのだ。

きっかけはある本を読んだせいだった。

評判となったミステリ小説。未成年の犯罪を描いた長編小説だ。

それまでそういった本は読まなかった。物語とはいえ人の死ぬ話は苦手だったのだ。

ましてや、死ぬのが子供となれば、スリルやサスペンスを楽しめるはずもない。かつて子供の死に立ち会った経験のある者にとって、それは禁忌となる出来事でしかなかった。

だからそういった本を彼は意識的に避けてきた。

体が元気でさえあれば。

普通の生活を送ってさえいれば、彼がその本を手に取ることはなかっただろう。

しかしそうはいかなかった。体を崩して入院する羽目に陥った。

知らない町だ。知り合いも少なく、頼れる人もいない。

入院が長引き、時間を持てあました。そんな時、面会室の本棚でその本を偶然手に取ったのだ。

誰かが置いていった本だった。退院した患者か、面会に来た外来者か。数年前に出版されて評判になった小説だということは知っていたが、それ以上の予備知識はなかった。もしあったらきっと読まなかっただろう。

その時の彼は、それが未成年の犯罪を扱った小説だということも、作者が素性を明かさない覆面作家だということもまるで知りはしなかったのだ。

読み始めると、おやと思った。どこかで既視感を覚えたのだ。

なぜだろう。

そう思いながらページを繰る手がある箇所で止まった。

強い衝撃を感じたせいだ。書かれた内容が衝撃だったわけではない。その書き方が衝撃だったのだ。

体中から血の気が引くような思いがした。

知っている。この作者が何者なのか、自分は知っている。呆然《ぼうぜん》としたまま、そう考えた。

これは彼女が書いたメッセージなのだ。事件から三十年が経《た》ったが、彼女はいまだにあの事件の影を引きずったままなのだ。

だとしたら——。

窓の外に広がるのどかな町の光景に、三十年前のある町の姿がぼんやりと重なった。

だとしたら、まだ自分にはしなければいけないことがある。

意外なことだが、そう考えることは苦痛ではなかった。

永い逡巡《しゅんじゅん》の後で、そう決意を固めた時、彼の気持ちは軽くなった。

まだ生きていく意味はあると、そう思うことができたのだ。

あとどれくらいの時間があるのかはわからない。

でも時間がある限り、それをすることにしよう。

時間のある限り。

そう——つまりは命の続く限り。

彼は決心した。

自分の病名が癌《がん》であることに、彼はすでに気がついていたのだった。

1　安田《やすだ》博之《ひろゆき》の証言

三十年も前の話を聞きたいだなんて、あんたも奇特な人だねえ。

もしかしたらマスコミの人？

違う？

――学生？

へえ、それがまた、なんで？

――事情があるねえ。

まあ、いいけどさ。

聞きたいのはあの事件の話だろう？

那由多《なゆた》小学校児童毒殺事件。

六年六組で起こったあの事件のことを質問したいんだろう？

当時の新聞や週刊誌には派手なタイトルが載っていたらしいね。

いや、俺は見ていないよ。

もしかしたら見たかもしれないけれど覚えてはいない。新聞の話は後になって親や周囲に聞かされて、ああ、そうだったのかと思っただけさ。

そうだよ。当事者なんてそんなものさ。

事件の渦中にいれば周囲の雑音なんてまるで耳には入らない。あるいは入っても右から左へ抜けていく。雑音が気になりだすのは時間が経ち、落ち着いて物事が考えられるようになってからのことなのさ。

だからというわけでもないけれど、俺たちのクラスは卒業してから一度だって同窓会を開いてはいない。それどころか当時は母校の名前を言うことも避けていた。那由多小学校卒業だって知られたら、次の瞬間には事件についての質問を嵐のように浴びせられもしたからね。

まあ、卒業した小学校の名前を口にする機会は滅多になかったし、どうしても言わざるを得ない時は、一組とか二組とか適当な嘘《うそ》をついて誤魔化《ごまか》した。そうすれば興味津々で質問をぶつけてくる連中の煩《わずら》わしい追及を、とりあえずはかわすことができたからね。

同じ那由多小の卒業生の中で、他のクラスの連中からも、俺たちは快く思われていなかった。お前たち六組のせいで酷《ひど》い目に遭った、小学校時代の思い出を台無しにされたって文句を言われたことが何度もあった。

そんな文句は犯人に言ってくれよって思ったけれども、口にはしなかったな。

同じクラスにいた俺たちにも、多少の責任はあるような気がしたからかな。

別にそうしようと思ってしたわけでないし、俺たちだって被害者なんだって思いはあったけれど、そんな言い訳を他人に言っても仕方がないという気がしたんだよ。

クラスの同級生が二人死んで、原因はなんだ、どういう理由でこんなことになったと、大人たちから根掘り葉掘り事情を訊《き》かれた。当時はいまと違って子供の人権なんてことを第一に考えてくれる時代じゃなかったから、随分辛《つら》い思いもしたわけだよ。精神的外傷《トラウマ》なんて概念も薄かったし、心のケアだなんてことは誰も省みなかった。

友達の死にショックを受けて、もしかしたら自分が殺されていたのかもしれないという恐怖に震えて、さらにはその犯人がクラスにいたのだという不安に脅《おび》えても、誰も気遣ってもくれなかった。

疲れていようが、恐れていようが、苦しんでいようが、とにかく順番に事件についての質問を浴びせられ、話をさせられた。だからあの時のことを思い出したいとは、三十年経ったいまでも思いはしないよ。世間も忘れたし、周囲も忘れた。いまさら思い出す必要のあることなんて、何ひとつだってありはしない。

――クラスのこと？　六組がどんなクラスだったって？

別にどうってことはない普通のクラスだよ。

でもまあ、他のクラスとちょっとは違うところがあったかもしれないな。

何をしても一番だった。学級対抗の球技大会でも、運動会のリレーでも、それからもちろん学力テストでもすべてトップだったんだよ。

嘘じゃないさ。

優等生でスポーツ万能な生徒ばかりがいたわけじゃないが、結果は飛び抜けてよかったんだ。クラスの結束は固いほうだった。クラスが一丸となってひとつの目標に邁《まい》進《しん》するような感じだよ。だから事件の後は余計目の敵にもされたのさ。

在学中は学校始まって以来の優秀なクラスだって誉《ほ》め讃《たた》えられていながら、あんな事件を起こして学校の悪名を日本中に轟《とどろ》かせたわけだからな。お前たちはどうして他のクラスの迷惑を考えもしないのかって、他のクラスの連中に罵《ののし》られもした。何を言われても、俺たちには返す言葉はなかったな。

でもさ、もしもあいつが生きていたら事情は変わっていたかもしれないよ。

あいつが死にさえしなかったら、どんな事件が起ころうと、那由多小学校六年六組の出身だって、胸を張って口にできたかもしれない。どんな事件が起きたって、それを平気で乗り越えられたかもしれない。

だって俺たちのクラスの結束が固くて、何をしても一番だったのは、クラスにあいつがいたせいでもあったんだから——。

楠本大輝《くすもとたいき》。

学級委員のあいつがいたから、俺たちのクラスはよそのクラスには決して負けなかったんだ。

だから残念でならないよ。

楠本大輝が、毒を飲まされて死んだなんて、どうしても納得できないんだ。

あいつが死んだなんて――。

ある意味、あいつは町の有名人だった。

地元でも名士で通る旧家に生まれた、なうての秀才だったからさ。

生まれながらのサラブレッドだよ。

駅前にある総合病院の次男として生まれて、何不自由なく育てられていた。プールのある家に住んで、高価なラジコンカーや、外国製の自転車を買い与えられていた。幼稚園の頃から家庭教師をつけられて、自家用車で隣町のスポーツ教室まで送り迎えをされてもいた。そのうえ背も高く、顔立ちもハンサムとなれば、言うことはなしだ。

学業優秀、スポーツ万能、眉目秀麗《びもくしゅうれい》、そのうえリーダーシップもあるとなれば、下々の身であるこちらからすれば競争する気さえ起きなかったよ。

はなから俺たち一般庶民とは毛並みが違っていたわけなんだ。

本来、大輝は公立の小学校なんかに来る子供ではなかったんだ。物心ついた頃から英才教育を受けていたからね。もちろん私立の小学校を受験するためにだよ。

もともとは県庁所在地にある、国立大学付属の小学校を受験する予定だったのさ。

でも受験の前に流行《はや》りの感冒にかかって体調を崩し、結局試験を受けることができなくなったんだな。それで嫌々ながらも公立の学校に通わざるを得なくなったということだよ。

ようするに楠本大輝というのはそういう生徒だったのさ。

そんな彼が卒業を控えて学校で死んだ。よりによって給食に入れられた毒を飲んでね……。

どれだけの騒ぎになったのかは想像がつくだろう？

俺たちは木の葉の船で嵐の海に乗り出した蟻《あり》みたいなものさ。

大人たちからあっちへ行け、こっちへ来いと追い立てられた。家に帰れ、学校へ来い、全校集会だ、警察が来るから話をしろ。そのたびごとに命令されて右往左往したものだよ。知っていることを包み隠さず全部話してほしい。大人たちは口を揃《そろ》えてそう言ったものだ。

知っていること、ね。

――ふんっ！

それがまた大層な問題でもあったんだ。

――ははは、あんたも人が悪いな。知っているんだろう？

この話を聞くのは初めてではないだろうに。

俺の前にきっと誰かに話を聞いているんだろうにさ。

——誰もいない？　俺が初めて？

おいおい、やめてくれよ。また俺に三十年前のあの嫌な経験を思い起こさせようとするわけか。当時と一緒だよ。知っていることを話してほしい。教師も、警察も、誰も彼もそう言った。だけど、な。

言えないこともあるし、言いたくないこともあるよ。

なぜなら——約束をしたからだ。

他人には誰にも言わないと。クラスのみんなの共通の秘密だと。

あの日、皆で約束したんだ。

そう約束をした上で——薬を入れたんだ。

給食に。

前々から計画を立てて、わざわざ献立がカレーの日を選んだのさ。

香辛料が強いからきっとわからないはずだってことでね。

これは秘密だ。誰にも言わない。

そうみんなで約束をした——。

クラスのみんなでね。

いや。違うよ。誤解しないでくれ。

殺すつもりなんかなかったさ。

ただの悪戯《いたずら》だよ。あるいは悪ふざけ。

入れたのは毒薬なんかじゃない。

ただの下剤さ。

それに入れた相手も違っている。

あの日、俺たちは、こっそり先生の給食に薬を入れたのさ。他ならぬ大輝の発案の元にね。薬は大輝が自宅の病院から持ってきた。

液体の下剤だよ。給食に混ぜれば一時間ほどで効いてくる。

多めに使えば、午後の授業が潰《つぶ》れるかもしれない。

そういう悪戯のつもりだったんだ。

悪意はなかった。ただの悪ふざけだ。

だけど――。

その悪戯の当日に、薬を飲んだのは当の大輝だった。それも飲んだのは下剤ではなく毒薬。

警察が調べたところ、彼が飲んだ牛乳の瓶《びん》から、なんとかって毒が検出されたそうだよ。

でもそれがわかったのは後になってからだった。その時は意味がわからなかったよ。

大輝が倒れて救急車で病院に運ばれて、これはいったいどういうことなんだと、俺たちは混乱するばかりだったんだ。

大輝は誰かに毒を飲まされたのか？

それとも自ら飲んだのか？

飲まされたのなら悪戯に乗じて誰かが彼を殺したということになる。自殺なら彼は悪戯をすると見せかけて、実は最初から自分が死ぬつもりでいたということになる。殺されたにしろ、自殺したにしろ、動機や原因は何なのだろうか？

誰も答えを知らなかった。そして俺たちが一番困ったのが、教師や警察にどこまで話をしていいかということだった。

その悪戯の首謀者は大輝だったんだ。彼が死んだことで、悪戯の話は誰にもしないという約束は反故《ほご》になったような気もした。だけど皆が同じように認識しているとは限らなかった。自分ひとりでそう信じ込んで、それを口にしてみたら他の誰もその話をしていないということになったらどうしよう。

馬鹿《ばか》馬鹿しい話だけど、事件があって一番思い悩んだのはそういうことだったのさ。自分ひとりが違う話をして、聞き咎《とが》められた末に警察に留めおかれたらどうしよう。

そんなことを本気で心配していたわけだ。

実際には最初に事情を訊かれた一人がすべてをべらべら喋《しゃべ》ったせいで、実はこういう話を聞いているけれど事実かな、と質問をされて、余計な心配をすることはまるでなかったんだが、どうしてそんな悪戯を思いついたんだって訊かれた時には困ったな。だってどうしてもこうしてもないからさ。

大輝が言い出したことに逆らえるヤツなんて、あのクラスには誰もいなかった。勉強もスポーツも学年のトップ。ピアノも弾けて、油絵も描けて、英会話の学校に通って、テニスの腕前も一級品。クラスの学級委員で、周囲の信任も厚いとなれば必然的に俺たちは彼を仰ぎ見るような格好になったわけさ。

それに、まあ、性格も素直で、表だって誰かを苛《いじ》めたり、馬鹿にするようなところもなかったんだ。温厚で、冷静で、おっとりしていながら、クラスをまとめるべき時はリーダーシップをきちんと発揮した。だから俺たちはみな大輝に圧倒されたんだ。彼を尊敬していたわけだよ。クラスの誇りだと思っていた。そんな彼が言い出したことに逆らえるヤツなんてあのクラスには誰もいなかったんだ。

先生に下剤を飲ませるだなんて、確かに悪戯にしても度が過ぎていると思わないこともなかったけれど、でも反対するヤツはいなかった。俺たちはクラス一丸となってその悪戯を決行することを決めたのさ。

……なんで？

さあね。

その理由については、はっきりと答えられないな。当時の担任は鶴岡《つるおか》という名前の若い男の先生だった。悪い先生じゃない。一所懸命で熱心ないい先生だったよ。熱血という言葉がぴったりの先生だった。

当時はそういうテレビ番組が流行っていたんだな。熱血とか青春とかいう言葉がさ。クラス一丸となって一緒に何かを成し遂げよう。できる人間ができない人間を助けてクラス全員が一斉にゴールに飛び込もう。

そんな台詞《セリフ》を恥ずかしげもなく口にするやる気まんまんの先生だった。

別に嫌いではなかったけどね。

面白かったし、えこひいきとかもなかったし。

クラスのほとんどが同じ感想を持っていたはずだ。好きか嫌いかと言われたら好きだと答えたはずさ。

クラスが運動でも勉強でもなんでも学年で一番だったのは、大輝の存在と一緒に、鶴岡先生の指導のお陰もあったからなんだ。担任が鶴岡先生で、学級委員が楠本大輝。最高の組み合わせだった。そんな訳で六年六組はどこのクラスにも負けない最強のクラスになったんだ。

だから、大輝がそんな悪戯をしようって言い出した時はちょっと意外な感じがした。らしくないっていうか、そういう感じだ。

でも、どうしてとは訊けなかった。

大輝と仲のよかった取り巻き連中がすでに話を決めていたからだ。

俺たちはただ彼らの言う通りに従うしかなかったんだよ。

あれは秋だったかな……。

ああ、そうだ、運動会の前だった。放課後にマスゲームのクラス練習がある日だった。この悪戯がうまくいったらその練習も中止になるかなって、誰かがそんなことを言っていた記憶がある。とにかく先生の給食に下剤を入れることは決定した。後は段取りをどうするかの打ち合わせが必要だった。だから大輝が音頭《おんど》をとってみんなの役割を割り振ったんだ。

いまではどうなっているかは知らないけれど、当時の給食は当番が大きな容器に入れたまま給食室から運んできて、教室で順番に給仕をするスタイルだった。先生の給食にこっそり薬を入れるなんてことは、普通に考えればほぼ不可能に近かった。先生には、生徒と同じ料理を最後に給仕することになっていたからね。何かの手違いで料理の数が足りないということもあるわけだから、皆にきちんと行き渡ったのを確認したうえで、最後に先生に給仕するということになっていた。

給仕の途中で先生の給食に薬は仕込めない。じゃあ、どうしたらいいのか。大輝の口にした提案は大胆だったよ。

給仕が終わってさあ食べ始めるぞ、というその瞬間に教室の後ろで揉《も》め事を起こせばいい。具体的に言えば誰でもいいから取っ組み合いの喧嘩《けんか》を始めれば、きっと先生はそこへ駆けつける。その瞬間に別の誰かが教卓へ駆け寄って、先生の給食へ薬を振り掛ければいいってわけさ。

それを聞いた時はびっくりしたよ。全員でグルになって先生を騙《だま》そうってことだろう？　ドッキリカメラとかそういうテレビ番組があったけれど、それを自分たちでやろうってわけだもの。啞然《あぜん》として声も出なかった。でも大輝と取り巻き連中が熱心にことを言い募るので、しだいにそれも面白いのかもしれないって気になってきた。あと半年で小学校も卒業だし、最後にクラス全員で協力してちょっとばかり大袈裟《おおげさ》な悪戯を先生に仕掛けるのも面白いかなって思い始めたんだ。

それぞれに役目を割り振られたのも学芸会みたいで楽しかった。

喧嘩を始める二人、それを煽《あお》るお調子者、びっくりして悲鳴をあげる女の子、周囲に集まって騒ぎ立てる野次馬役、騒ぎを聞きつけて他の先生がやって来ないかの見張り役、そして教卓に駆け寄って給食に下剤を振り掛ける実行犯。

大輝の主導のもとで計画は完璧《かんぺき》に練り上げられた。

薬を仕込む役割は、大輝が自分で名乗りをあげたな。

親の病院からくすねてきた薬を一時といえども他人に渡すのは気がひけたのか、あるいはいちばん美味《おい》しい役どころを自分でやりたかったのかは、よくわからない。大輝が自分でそれをやると言ったら、反対できる人間などいなかったしね。

練習までしたんだぜ。

放課後に全員がそれぞれの所定の位置についてわざわざ予行演習まで行なったんだ。それなのに——そこまで綿密に計画を練り上げたのに、しかし当日に起こったことは予想もしないことだった。いや、最初は計画通りに進んでいたさ。給食を食べ始める直前に喧嘩が始まり、それが取っ組み合いに発展して……。

皆が集まって大袈裟に騒ぎ立てたせいもあり、シナリオ通りに先生は机を離れて仲裁にはいったよ。全員が夢中だった。自分の失敗で計画をダメにしたら後で何を言われるかわからないと思って、必要以上に演技に力が入っていたぐらいだ。

先生はそれを変だとは思わなかった。やがて喧嘩は収まった。当事者の二人が仲直りの握手をすると、教室には平穏が戻った。先生は満足そうに教室を見渡したよ。

そして食事が再開された。

しかし、その時の教室には実に嫌な空気が漂っていたな——。

最後の首尾がうまくいったのかどうかは、わからなかった。俺はそれを見ていなかったんだ。

たぶんみんな見ていなかったんじゃないかな。自分の役割に夢中になって、そんなことを確認する暇も、余裕もなかったと思うよ。

大輝は知らん振りをしてカレーを口に運んでいた。

先生ももちろん同様だ。何も知らずに美味しそうにカレーを食べていた。

張りつめた緊張感があたりを覆っていた。

俺たちも慌ててスプーンを動かした。

先生の様子も大輝の顔も見られなかった。

スプーンが食器に当たるカチャカチャいう音と、咀嚼《そしやく》の音だけが周囲に響いていた。

後にも先にもあんなに緊張する給食はなかったな。

味も何もわからなかった。俺たちは俯《うつむ》いてただひたすら食器に盛られた給食を機械的に腹の中に詰め込んでいたんだよ。

その後の細かいことは実はよく覚えていない。たぶん気分が悪いとか言って大輝が席を立ったと思う。俺たちは狐《きつね》につままれたような気分になった。大輝の気分が悪くなるはずなんかない。いったいそれはどういうことだろうって首を捻《ひね》ったのさ。

でも考えている暇はなかった。大輝はすぐに床に倒れた。慌てて先生が飛んできたよ。もしかしたらこれは自分の知らないシナリオがあるのかなとも思った。実はまだ悪戯の仕掛けは全部終わっていなかった、とかね。

他の同級生はみんな知っているけれども、自分だけ除《の》け者にされて教えてもらっていないのかな、とか考えたわけさ。

後で聞いたら同じ事を考えた同級生は何人もいたようだった。みんな、これは大輝の悪戯の続きだ、そして自分だけがそれを教えてもらっていなかったと、そう考えていたんだ。

だけど、そうじゃないことはすぐにわかった。

大輝が戻したんだ。

食べたばかりの給食を。

倒れたままゲロを吐《は》いて、顔からみるみる血の気が引いていった。先生が慌てて大輝に駆け寄って、大声で彼の名前を呼んでいた。先生はゲロを指で掻《か》き出して、大輝に人工呼吸をしようとしていたよ。

——覚えているのはそこまでだ。

それから後のことはまるで記憶がない。

救急車が来て、警察が来て、それから——どうなったのかな。

俺たちは家に帰されたはずだ。病院に運ばれた大輝が死んだということはその夜の電話で知ったと思う。

その後は入れ替わり立ち代わり学校関係者や警察に呼ばれて話をさせられた。

あの時、目の前で何が起こったのか、まるで理解できていなかったにも拘《かかわ》らず、知っていることを全部話してくれと大人たちから懇願されて。

まあ、そんなにたいした話はできなかったと思うけれどね。あの日のこと。大輝のこと。六組のこと。

後で聞いたところでは取り巻きの一人が大輝の行動をフォローしていて、先生の給食に薬を混ぜるところをしっかり見ていたそうだよ。大輝が自分で自分の給食に何かを混ぜた形跡はなかった。自殺をする理由も見当たらないし、つまり大輝は、誰かが牛乳に混ぜた毒を知らずに飲んで死んだという可能性が高くなったんだ。

そうすると必然的に、誰がそんなことをしたんだ、という疑問にぶつかった。

その時教室にいた誰かが、彼の牛乳に毒を混入したということ以外に、彼の死因は説明がつかないわけだからね。

クラス全員が煽り立てたあれだけの騒ぎの中、誰にも気づかれずにこっそりとそんなことをした生徒がいる……。

それを知った時は体中に怖気《おぞけ》が走ったよ。

クラスの中に毒を混ぜた犯人がいる。

大輝を殺した毒殺魔は同級生だ。そんなことを信じられるわけがない。でもそうとしか考えられないんだ。

当時、教室にいた人間の中でもまず鶴岡先生は犯人の候補から外された。だって皆が先生の行動だけはきちんと注目していたわけなんだから。

先生はその時教卓と喧嘩をした生徒の机の間を往復しただけで、大輝の机には近寄りもしなかった。

だからそこに毒を混入できるわけがなかった。

では先生以外のいったい誰が？

そうなると俄然《がぜん》俺たちの動揺は激しくなったよ。

いったい誰がそんなことをしたんだって大騒ぎになったわけさ。

当時は一クラスに四十人生徒がいた。二人掛けの机が縦に五列、横に四列並んでいたわけだ。大輝の席は窓側の前から三列目。状況だけを取れば一番怪しいのは隣の席の生徒ってことになる。

そしてその隣の席にいたのが仙石夏実《せんごくなつみ》って娘だった。大輝と仲のいい女の子だった。

彼女はパニックになっていたな。

私じゃない、私はそんなことはしていないって、取り乱して泣きながら訴えていたのを覚えている。

……まあ、パニックになったのは彼女だけじゃないけれどね。大輝の席の周囲にいた連中は誰もが同じような状況だったよ。自分は騒ぎを大きくするために喧嘩の現場に駆けつけたから大輝の机には近寄ってもいない。皆が口を揃えて同じような言い訳をわめき散らしていたらしい。

もしもあのまま事件が解決しなかったら、みんなもっと重大な精神的ショックを受けていたかもしれないな。事実、仙石夏実は事件後すぐに転校しているよ。事件が解決して、彼女が犯人ではないってことが判明したにも拘らず、彼女は親の庇護《ひご》で転校していったんだ。こんなことを言うと不謹慎かもしれないけれど、実は事件のことで一番残念だったのはそのことかもしれない。

仙石夏実。

当時人気のあったアイドル歌手に似ていると評判の可愛《かわい》い女の子だった。スポーツ万能で、成績も優秀。性格は勝気で口喧嘩をしたら誰も敵《かな》わなかったな。大輝がクラスのリーダーだとしたら、彼女は女子のリーダーだった。そして男子生徒にとってはアイドルだったのさ。

祖父が市会議員、父親は会社を経営しているとかで、家も金持ちだったよ。そういう意味では大輝とお似合いだったのかな。

叶《かな》う恋とは思っていなかったから、告白するとかいう気はまるでなかったけれど、でもあれが俺の初恋だったんだ。一緒のクラスにいるだけで満足だった。でも事件の後はほとんど学校には来なくなった。そうしてある日、転校しましたって、一言連絡があってそれでおしまいさ。あーあ、がっかりってやつだ。

もっともそれは俺だけじゃないけれどね。同じように気落ちしていたヤツは大勢いたよ。こう言ったら不謹慎だけど、大輝がいなくなって仲良くなるチャンスが何パーセントかあがったと思ったら、突然にそのざまだ。初めからチャンスなんかなかったと言われればそうかもしれないけれど、一パーセントでも二パーセントでもチャンスがあればそれに賭《か》けたい気持ちもあったわけだよ。

でも彼女が転校したらすべてがおじゃんだ。がっかりだよ。俺たちは皆で顔を見合わせてため息をついたものだった。

うん？ それが動機じゃないかって？

仙石夏実に近づきたいから、犯人は邪魔な大輝を殺したんじゃないかって？

うーん、どうだろうなあ。

当時も無責任にそんなことを言うヤツはいたけれど、でもなんかぴんと来なかった。

楠本大輝を殺したところで、仙石夏実と仲良くなれる保証はどこにもないしね。

もしも俺や、俺の友達が犯人だとしたらそういう動機が当てはまることになるんだろうけれど、犯人は俺たちの仲間じゃなかった。

もちろん大輝の仲間でもない。

当時クラスにはグループがいくつかあったけれども、犯人はそこのどこにも属していなかった。

犯人は孤立していた。

あいつには友達がいなかったんだ。誰からも相手にされていなかった。

三ツ矢昭雄《みつやあきお》。

それが犯人の名前だよ。彼も死んだ。大輝の死の二日後に同じ毒を飲んだのさ。

遺書があった。大輝の給食に薬を入れたのは自分だ。殺すつもりではなかった。でも彼が死んだので、責任を取って自分も死ぬ。

遺書にはそう書かれていたそうだ。筆跡も彼のもので間違いがないし、無理矢理毒を飲まされたような痕跡《こんせき》もなかった。町のはずれにあった廃工場で彼は毒を飲んで自殺したんだ。

もとはプラスチック製品だかを扱う町工場だったらしい。潰れた後でも、倉庫には一部の薬品が放置されたままだった。中には劇物が入った容器もあったらしいんだ。いまでは考えられないことだけれど、当時はそんないい加減なところもあったんだな。いちおう扉に鍵《かぎ》が掛けられ、立ち入り禁止の札は貼られていたけれど、でも子供というものはそういうルールを破ることが大好きだろう？　何人かの子供たちがこっそり忍び込んで、そこを遊び場にしていたんだ。三ツ矢もその一人だった。

彼はそこから毒物を持ち出した。

そして大輝の給食にそれを混入したってわけだ。

明確な動機は遺書には綴《つづ》られていなかった。

だからそれは想像でしかないけれど、彼は大輝を羨《うらや》んでいたようだった。彼の置かれた境遇や、彼の備えた才能を妬《ねた》んでいた。だから大輝を殺したということらしい。

それだけじゃ動機がよくわからない？

そうだなあ。実は俺たちだってよくわかってはいないよ。三ツ矢は五年生の時に転校してきたんだが、何かと評判のよくない子供だった。

いわば見捨てられた子供だったというべきか。

母親はどこかの工事現場の賄い婦。父親はどこにいるのかよくわからないような有様で、どこからか流れてきて、公営団地の建設現場に居ついてしまったという噂《うわさ》だった。

母子ともども団地の片隅のプレハブ小屋にいつの間にか住み着いてしまったのさ。当時このあたりは開発が盛んだったから、そういうこともよくあったらしいよ。東京のベッドタウンとして山が崩され、林が拓《ひら》かれ、団地や住宅地がどんどん造られていた。建設現場はいくらでもあったし、伝手《つて》があれば仕事にあぶれることもなかったようだ。

子供の教育だって、細かいことをやいやい言うような時代じゃなかった。

住むところがあり、食うものがあれば、子供は勝手に育つって感じさ。

風呂に入るのが一週間に一遍でも、歯を磨く習慣がついていなくても、学校の成績がどんなに悪くても、健康であれば充分だろうってことだ。三ツ矢昭雄はそうやって、ほったらかしのまま育てられた子供だったんだ。

だから学校に行かない時期もあったらしい。

市の福祉担当者が説得を続けて、ようやく学校に通うようになったのさ。その時に空きのあるクラスはウチの組しかなくて、それで我が栄えある六組に転入してきたというわけさ。五年生の時の話だけれどね。

もちろん問題は山積みだったよ。学力は低かったし、ルールも守れない。着ている物はいつも同じ、衛生観念も低く、周囲には必要以上に攻撃的で、それでいながら愛情に飢えているかのように、気に入った女の子につきまとったりもした。だから友達もいなかったし、苛められもしたわけさ。

その時担任だったのは吉野《よしの》という年配の女の先生だったけれど、始終手を焼いていたな。最初はさかんに怒鳴りつけていたけれども、まるで効果がないので、やがては諦めて無視するようになった。五年生の最後のほうでは誰からも相手にされなくなっていたよ。不規則な生活のせいで体調を崩したようで、風邪《かぜ》だの腹痛だのの理由で学校を休みがちにもなったしね。

六年に進級して担任が鶴岡先生になってからは、少しは落ち着いたようだった。

副学級委員をしていた女の子が世話を焼いたりもしていたしね。

副学級委員？

いや、仙石夏実じゃない。

名前は――。

何だったかな。

珍しい名前だったけれど、思い出せないな。勉強はよくできたけれども、目立たない風貌《ふうぼう》の大人しい娘だったよ。その年頃にしては、おっぱいが大きい娘だったってことは覚えているんだけれど、名前は忘れちまったな……。ははは。

とにかく六年になって落ち着いたと思った矢先にあの事件が起きたのさ。だから周囲を巻き込んでの大騒ぎになったんだ。それまでの見て見ぬふりが一気に取り沙汰《ざた》されたわけさ。

校長のクビが飛び、鶴岡先生も辞表を出した。

でも子供心にも変な話だと思ったよ。

鶴岡先生は三ツ矢に精一杯気を遣っていたんだから。

それまでの吉野先生と違って、鶴岡先生は一生懸命だった。クラスみんなで協力して目標を達成しよう。そういう時にも先生は、決して三ツ矢を仲間はずれにはしなかった。彼をフォローして、みんなに溶け込ませるように気を遣っていた。

それでいながら彼がルールを破ればきちんと叱《しか》った。俺の記憶ではあの小学校で三ツ矢にそこまで気を回した先生は他にいなかったよ。

それなのに事件が起こったからというだけで、そんな先生が飛ばされて、それまで何もしなかった他の教師がお咎めなしで学校に残る。まったく理不尽な話だと思ったよ。この歳《とし》になれば世の中にはそんな筋の通らないことがまかり通っているということは経験としてわかるけれど、当時はそんな風には思わなかった。ただ不思議で、もの凄《すご》く悔しかったのを覚えている。

もしかしたら俺はあの時初めて、大人の世界に向かっていいようのない憎しみを覚えたのかもしれないな。

結局、動機はわからないままさ。

三ツ矢がなんであんなことをしたのか知っている人間は誰もいない。

あいつの母親だって事件の後すぐに町から姿を消したし、マスコミや警察もそれ以上の追及をしなかった。それには大輝の父親が手を打ったとも、あるいは仙石夏実の祖父が手を回したとも囁《ささや》かれているが、本当のところがどうなのかはよくわからない。まるで箝口令《かんこうれい》が敷かれたみたいにその話題はタブーになったんだ。

小学校を卒業するまでその話が蒸し返されることはなかったよ。

そして中学に行けば行ったで、最初にも言った通り無責任な野次馬たちに格好の標的にされたわけさ。

俺たちは話を誤魔化し、うやむやにすることばかりに気を遣わされた。そうやって俺たちは意識して事件を忘れていったんだ。

だからそれ以後、事件を思い出すことも口に出すこともほとんどしなかった。時間が経って偶然町で会った当時の同級生と、あれはいったい何だったんだろうなと思い起こすことはあっても、深く問題を掘り下げることは絶対にしなかった。それを話題にすると周囲の大人や同級生から睨《にら》まれるような気がして、いつだってそわそわと落ち着かない気持ちになりもしたからさ。

まあ、なかには探偵気取りで色々と推理を巡らすヤツもいたよ。

あれは誰だったか――。

三ツ矢冤罪《えんざい》説を力説していた。彼は真犯人じゃない。犯人に仕立て上げられたんだって、自分の考えを力説していた。

話の内容はまるで覚えていないけれどね。どういう理由でそんなことを言い出したのかも、まるで見当もつかないな。

そいつの名前も覚えていない。大輝の取り巻きの一人だと思ったけれど、名前は忘れちまったよ。

悪いね。力になれなくて。

当時のことで覚えていることはそれぐらいかな。

で、あんたはこれをどうしたいわけ？

わざわざここまで来て、録音までして、本にでもするつもりなのかい？

違う？

本当かねえ……。まあ、いいけど。

でも、何がしかの形で世に出すつもりがあるのなら、その時にはそれなりの取材料を払ってはくれないかな。

あまり大きな声では言えないけれど、懐が色々と苦しくてね。

……まあね。結婚して東京で仕事をしていたんだが、リストラに遭ってこちらに帰って来たという事情があるわけさ。この那由多に親の持ち家があったから、親子三人そこに転がり込んで細々と生活しているってわけ――。

しけた町だよな。東京から私鉄で一時間。これといった特徴もないさびれた町だよ。俺が子供の頃はまだ活気があったけれど、いまでは老齢化が進んで、残されたのは年寄りばかり。再開発のしようもなくて、駅前の商店街も、端から端までずらっとシャッターが閉まった店ばかりだよ。本屋も床屋も文房具屋も病院もすべて閉鎖。当時から変わらず残っているのは、駅のロータリーにある団地発祥の地の石碑ぐらいかな。

子供？　小学校の四年生だよ。同じ那由多小学校に通っている。

当時は一学年につき六クラスあったけれども、いまは三クラスだそうだ。当時の校舎は取り壊されて、新しい校舎が建ったから、昔の事件が取り沙汰されることもないはずなんだが、怪談ブームとかで子供はさっそくそのことを聞きつけてきたよ。昔、生徒が二人毒を飲んで死んだことがあって、その幽霊が給食室のあたりに出るとか出ないとかって噂があるとね――。

まったく参っちまうよな。

いやいや、子供に話はしていないよ。声を大きくして言えるようなことじゃないし、またあの話題で煩わされるなんてまっぴらだし。

当時の同級生の何人かはこちらにいるみたいだけれども、顔を合わせたいとも思わないしね。だからこれからもあの話を誰かにすることは、きっとないんだろうな。

あの事件の渦中にいただなんてことは、これからも周囲の誰にも言うつもりはないし。だからさ、あんたが俺の話を発表するつもりなら絶対に仮名にしてくれよ。そして、そのうえで可能であれば、取材料を弾んでほしいって、まあ、図々しいけれど、そうお願いしたいわけだよ。

どうだい？

――その気はない？

まあ、すぐじゃなくてもいいけれど、考えておいてくれよ。

この通りだよ、なあ、佐藤《さとう》さん——。

2　平山紀子《ひらやまのりこ》の証言

はじめまして。

ええと……佐藤さんとおっしゃったかしら？

じゃあ、まず、この原稿はお返しします。

はい。全部読ませていただきました。

誰の発言なのかはわからないけれども、面白かった。あの事件のことをこんな風に思っていた同級生もいたんだって、少々意外な気持ちもしましたけれど——。

……ええ、そうですね。

これがきっと普通の考えなのでしょうね。

平和なクラスに突然起こった不幸な事件。自分たちは巻き込まれただけの不運な被害者なのだという憤りと驚愕《きょうがく》——。

余計なことを何も考えていない普通の男の子の記憶としては、こんな感想でもおかしくはないのでしょうね。

言い方は悪いですが、いささか単純で楽観的に過ぎると、私なんかは思いますけれど……。

──ええ、そうです。

あの事件が起きるに至ったクラスの中には、もっとどろどろした嫌な雰囲気が漂っていたような気がします。

それなのにこれを読んだ限りでは、なにか単純な手違いがあって、運悪く子供が死んだって程度の不幸な事件にしか思えないじゃありませんか。あれはそんなのとはまるで違う、もっと複雑な人間関係が巻き起こした、必然的な悪意の発露の結果だと、いまだに私はそう思っているのですけれど。

……………。

そうですね。別に私こそが真実を知っているというわけではありません。

でも、この発言をしている人よりは、もう少し六年六組について詳しかったという気はします。この人が知らないこと、気がつかないことを、私は知っていたし、気がついていた。だからなんであ あいうことになったかを、彼よりは上手《うま》く説明できるんじゃないかって気はします。

あっ、でも、それだからって、あの事件について新しい事実がわかるとか、そういうことは期待しないでくださいね。

私が言いたいのはそういうことではないんです。

ただ、楠本くんたちのグループに唯々諾々《いいだくだく》として従っていた男の子の視点だけで、あの事件を語られることに危惧《きぐ》を覚えるということなんです。

でも、そちらのほうが断然に多数派でした。だからあなたが元同級生に話を聞くに当たって、そういう意見しか出てこなければ、あの事件自体が、そんな単純な事件だって思われてしまうかもしれない。そういうのが嫌だったので、今回、お話をすることにしたわけです。

ええ。別の見方をしていた人間も、ちゃんとあのクラスにはいたんだって、それをあなたには知っていてもらいたかったんです。

それが今回、私があなたとお話をするのを了承した理由です。

ああ、それから、最初にお断りしておきますけれど、時間があまりないんです。三時には子供が学校から帰ってくるので、その前には帰らないといけなくて。夕方から塾があるので、夕食用のお弁当をもたせてやらないといけないんですよ。だから二時半になったらここを出ますので、よろしくお願いしますね。

子供？

六年生ですよ。ええ、那由多小学校の六年一組。

さっきの原稿にあった方のお子さんとは、違う学年ですけれど、近くに他の小学校もないし、そこに通わざるを得ないんです。

私だってできればこの町には帰って来たくはなかったですよ。いい思い出は少ないですものね。

でも離婚をして、東京での暮らしは色々と物入りとなれば、やっぱり都落ちして親元に帰って来ざるを得なかったっていうのが本音です。

離婚の慰謝料は将来のために貯金をして、パート収入と親の年金でなんとか食いつないでいるような状態です。現在すぐに困ることはないけれど、将来を考えると色々不安は尽きませんからね。

あら、ごめんなさい。余計なことを。でも私は別に取材料を請求するつもりはないですから、そこはご心配なく。お金のためにあなたの申し出を受けたわけではないから、そこは誤解しないでくださいね。

ただ私はあの事件を調べているって人が今頃現れたのに興味をもっただけなんです。

……そう、興味です。

だってあれからもう三十年も経ったわけでしょう。

当時の被害者と加害者は両方とも小学校六年生。どちらも毒を飲んで死んだとなれば、いまさらあの事件をつつきまわしたところで、新しい真実が見つかるとは思えません。

あなたから電話があった時、きっと古い事件を嗅《か》ぎまわって、興味本位で扇情的な記事を書こうとしている金目当てのフリー記者じゃないかと思ったんです。

だから最初に話をする条件として、できあがった分の原稿の一部に目を通させてほしいってお願いをしたわけです。

私も結婚前は出版社で仕事をしていたことがあったから、あなたがいい加減で出鱈《でたら》目《め》な記事を書こうとしているようなら、見ればすぐにわかると思って。でも想像していたのとは違いました。きちんとしていました。

丁寧にテープ起こしをやってありました。記者やライターを名乗る人間も人それぞれで、面倒だからと手を抜いたり、自分の都合のいいように解釈を捻《ね》じ曲げた原稿を作る人は幾らでもいるけれど、あなたは違うということがよくわかりました。

あなた素人《しろうと》なんでしょう？　学生さんかしら。大学のゼミかなんかの課題のために、このインタビューを思いついたってところ？

あら、そんなに恐縮しないでいいですよ。あなたと会って安心しました。

ハイエナみたいな無礼なマスコミ関係者じゃないってことはわかりましたし、この聞き取り調査の仕上がりに私が文句をつける筋合いもないようです。

だから訊きたいことがあれば訊いてください。

私が覚えていることであればお答えします。本音をいえばあなたみたいな若い人が、あの事件に興味を持ってくれて嬉《うれ》しいんです。だから……。

て。

あら、ごめんなさい。自分で時間がないって言っておきながら、余計な話ばかりし

いいですよ。質問してください。私にわかることは何でもお答えしますから。

………。

――私の記憶と、この証言との相違点ですか？

そうですねえ。さっきも言いましたけれど、この証言はクラスの上っ面しか語っていない気がします。意識的にそうしたのか、それとも本当にこうだとしか覚えていなかったのか……どちらかといえば、まあ、後者だっていう気はしますけれど。

そう思う根拠ですか？

だって男の子なんてそんなものでしょう？

ぼうっとしていて物事の本質なんて、まるでわかろうともしないくせに、何でもわかっているような顔だけはしたがって……。人間関係に関しては壊滅的な感じがしますね。

ウチの子供だってそうですよ。六年生になっても、他人の言葉を表面的にしか捉《とら》えられないし、言葉の裏にある意味なんてはなから考えてもいないから、女の子にはいいようにあしらわれるだけ。まったく呆《あき》れるくらいに単純です。

だから、あの事件を思い出して、私が最初に指摘したいのは楠本大輝という男の子

のことなんです。

死んだ子のことを悪くは言うつもりはないけれど、でもこのインタビューの彼が言っているほど、誰にも好かれる優等生ってわけではなかったと私は思います。もちろん家がお金持ちで、本人が優秀だったことに間違いはありません。だけど温厚で誰にでも優しいだなんてことは、まるでありませんでしたね。それは大人向けの見せかけの姿でした。

クラスの中では傍若無人に、自分が好きなように振る舞っていたんです。確かに威丈高に命令をしたり、乱暴な態度で威圧したりということはなかったけれども、自分が王様だって当然のように思っていたわけです。

それが証拠に、彼の席はいつも同じでした。

年に何度か席替えをするんだけれど、彼の席はいつも窓際の前から三番目。その位置が落ち着くんだって、当たり前のように口にしていたのを覚えています。

席順を決めるのはもちろん抽選です。籤《くじ》を作ってそれを引く。だってそれが一番公平で民主的でしょう？　でも王様には関係ないんですよ。籤を引いて別の席になっても、その席を引いた誰かと交換すればいいだけの話だから。

王様の申し出を断れる子供なんていないんです。私が彼と一緒のクラスだったのは五年六年の時だけれども、彼はその間ずっと同じ席でしたね。当然な顔をして彼は二年間その席に座り続けていたわけです。

先生？

何も言わなかったと思いますよ。

五年生の担任の吉野先生はあからさまに何も言わなかったはずです。六年生の鶴岡先生は意見めいたことを言ったけれど、他の席だと窓から入ってくる光が反射して黒板が見にくいからとか、わけのわからない言い訳をして、強引に押し切ったような記憶があります。

彼には平等とか、民主的とかいう言葉が通用しなかったわけですね。でも、まあ、それだけならまだしょうがないと諦める部分もあるわけなんですが、さらにはその尻《しり》馬《うま》に乗る人間が出てくると、勘弁してよというような、うんざりした気分にもなりましたね。なによ、あなたもなのって感じで……。

——誰って、決まっているじゃないですか。

仙石夏実ですよ。

まさか偶然、彼女が楠本くんの隣にいたなんて思っているわけじゃないですよね。楠本大輝の横車がクラスで黙認されたら、やがては彼女も同じ事をするようになったってことですよ。あたしも黒板がよく見えないから、この席と代わってもらいたいなあ、と本来その席に座るはずの子に要求するようになったんです。

楠本大輝が王様なら、自分は女王様だって、彼女はきっと思っていたのでしょうね。席は男女が隣り合っていて、男女比がちょうど同じだったから、市松模様みたいに交互に男女が座っていました。六年に進級した時の最初の席決めも、二学期が始まっての最初の席替えも、彼女はそうやってその席を獲得したわけです。

でもそのせいで彼女は受けなくてもいい精神的ショックを受けて学校を去っていったわけだから、なんとも皮肉な気もしますけれど。可哀相《かわいそう》といえば可哀相だし、自業自得といえば自業自得。

実は二学期の席替えで、楠本くんの隣の席の籤を引いたのは私だったんです。だから、罪の意識というのとは違うけれど、責任というか、因果というか、ちょっと微妙な引っ掛かりを感じてもいるわけなんです。

もしもあの時、仙石夏実と席を代わらなければ、犯人扱いをされて手ひどいショックを受けたのは私だったかもしれないって――。

交換した席は廊下側の一番後ろでした。

目立たない上に、クラス全体をこっそり見渡せる抜群のロケーションで、代わって、と言われた時も異論はなかったんです。

誰にも気兼ねすることのない最後列のその席が、私には一番落ち着ける場所だったんです。一学期も窓際の最後列だったし、目立たない席に座って、こっそりクラスのみんなの人間観察をすることが、当時の私の趣味でもあったから……。

……暗いですよね。

笑ってもいいですよ。

暗くて、いかにも友達がいなさそうな感じがするでしょう？

否定はしませんよ。当時の私は確かにそういう人間だったから。

なんとなくクラスに馴染《なじ》めないで、一人でぽつんと孤立していました。

苛められたり、無視されたりしていたわけじゃないけれど、でもなんか他人と馴染むのが嫌だったんです。一人だけ皆と違う方を向いて、誰からも顧みられることもないまま、ただそこにいるだけの子供でした。特にこれという理由があったわけでもなかったけれど、とにかく当時の私は他人と群れるのが嫌だったんです。

だから六年の時に担任になった鶴岡先生は、苦手なタイプの先生でした。授業の進め方も丁寧で上手だったし、悪い先生じゃないってことはわかっていたけれど、でもその他の色々な手順や進行方法がどうにも馴染めないものだったのです。

見る前に跳べ。考える前に行動しろってタイプ。脳味噌《みそ》まで筋肉でできているんじゃないかってクラスのみんなは笑ってもいました。

みんなはそれなりに慕ってはいましたよ。でも私はダメでした。

なんで何もかもみんなと協力しなければいけないの？　なんでクラスが一丸になら

ないといけないの？　私は一人でいたいんだから、一人でいさせてくれればいいじゃない。

いつもそんなことばかり考えていました。嫌いというほどではないけれど、苦手。当時の六年六組は、私にとってはどうにも居心地の悪い雰囲気のクラスでしかなかったんです。

学力試験も、球技大会も、運動会も、とにかくすべてが苦痛でたまりませんでした。だからあの事件はもちろんショックでもあったけれども、実は違う感想もあるわけなんです。

楠本くんと三ツ矢くんが亡くなって、仙石さんが転校して、さらには鶴岡先生までいなくなったことに、どこかほっとした気持ちがありました。

主役級の人たちが揃って消えた後の教室は、逆に私には居心地がよかった。

あの時の六組は、活気というものがまるでなくて、火が消えたようだっていう喩《たと》えがぴったりの雰囲気でしたから。

運動会も中止になって、事件のショックで転校したり、休みがちになったりした生徒は他にもいて、教室はまるで本当にお通夜の最中みたいでした。仮の担任には教頭先生がついたけれど、どこかよそよそしくて、腫《は》れ物に触るような態度に終始していました。

そんな教室の中をそっと見渡すと、心の底から落ち着けるような気分に私はなったんです。それまでの喧騒が嘘みたいでしたね。それまでは煩わしい人間関係が見えない糸みたいに教室中に張り巡らされていたのに、あの事件でそれがすっぱり消えてなくなった。それが爽快《そうかい》でたまらなかったんです。

あら、そう言うと、まるで私があの事件の首謀者みたいにも聞こえますか？

でも残念ながら私は関係ありません。

私は脇役中の脇役。ただクラスの片隅で、じっとみんなの様子を眺めていただけの存在です。それ以外に私の存在価値なんかまるでないも同然だったですからね。

えっ、——人間関係の何が煩わしかったかって？

決まっているじゃないですか！

楠本くんとその取り巻きたちの存在のすべてですよ。

彼らを中心とした人間関係が傍目《はため》にも目障りでたまらなかったんです。

もちろんそれは男子を中心とした問題だったから、あんまりこちらには関わってこなかったけれど、でも目障り、耳障りなことには違いありませんでした。

頭はいいし、運動もできるし、家は金持ちだし、だから楠本くんには何をしても敵わない。競争しようという気にさえならない。誰もが最初からそうやって負けを認めていたわけです。犬や猫が自分より強い相手には仰向けになってお腹《なか》を見せて、降参するポーズを取るじゃないですか？　あれと一緒です。クラスの男の子たちは誰もが彼にお腹を見せて、降参のポーズを取っていたんです。

だから彼は王様然として、ルールも守らず、好き勝手に振る舞っていたというわけですよ。そしてそんな風な環境だから、先生の給食に下剤を混ぜるなんて悪質な悪戯の提案に誰も逆らうことができなかったんでしょうね。

そうは思いません？

どう考えたって悪質ですよ。食べ物に薬を混ぜるなんて。

しかも先生の給食に。

医者の息子のくせにたちが悪すぎる。

どうして彼はそんなことを考えついたりしたのかしら？

そしてそれがクラス全員の意思として実行されることになってしまったのかしら？

それを思い起こすと、いまでもぞっとします。

間違った指導者に率いられた盲信的な集団の恐ろしさ——そういうものがひしひしと感じられるような気になって。

無言の圧力を周囲に発散していた楠本くんも、それに唯々諾々として従って疑問に思うことがなかったまわりの男の子たちも、私にはずっと苛々《いらいら》のタネだったんです。

後ろの席からそういうものをずっと見ていたせいで、私はクラス全員で何かを成し遂げようと鶴岡先生が言ったところで、その言葉に素直に従うことは到底できませんでした。全部欺瞞《ぎまん》。すべて嘘。そんな思いが、どうしても拭い切れなかったんです。でも考えようによっては実に単純でした。女の子の関係に較《くら》べたら、まるで素朴な人間関係だったという気がしましたね。

女の子の世界はもっと複雑でした。見かけはやはり仙石さんを頂点としたピラミッドがあるようでいながら、実はもっと入り組んだ複雑な世界がその中では展開していたわけですから。

仙石さんには仲のいい女友達というのがいなかったんです。楠本くんには男の子の取り巻きが三人ほどいて、彼女も普段はそのグループと行動をともにしていました。でも時には女の子同士で班を組む必要もあるわけです。社会科の社会研究とか、家庭科の調理実習とか、あるいは球技大会とか、運動会とか。そういう時、普通女の子は仲のいい子同士でグループを組むのだけれど、彼女は違ったんです。目的に合わせてクラスの女の子を選ぶんです。社会研究なら真面目《まじめ》でマメな子、調理実習なら料理の上手な子、球技大会なら運動の得意な子って具合に。

彼女も楠本くんとは違う意味で凄いでしょう？ 好きな子とはグループが組めずに、女王様の命令にあ選ばれたほうは災難でした。

くせくして、手柄はぜんぶもっていかれちゃうんだから――。

仙石さんには仲のいい友達と、和気あいあいと行動するって意識はまるでなかったんです。とにかく自分が目立ちたいのと、損得勘定が彼女の行動指針のすべてだったわけです。

お陰で六年六組の女子の交友関係はぐちゃぐちゃでした。

仲がよいグループがあっても女王様に引っ掻き回されて、始終揉め事が絶えなかったから。

ある意味わざとしていたのかもしれないという気もしましたね。

たとえば調理実習があったとして、料理の得意な子とペアを組んでその実習が予想以上にうまくいったとしたら、その後もしばらくその子を褒めそやして仲良くするわけです。それで休みの日とかも自宅に呼んでもてなしたりして。その子は仲のいい友達が別にいて、休みの日に遊ぼうって約束をしていたりするのだけれど、でもそんな時もダメだとは言わせないんです。そう言わせる隙《すき》を作らせないで強引に誘って、相手のことを引っ張り回すわけですね。

そうなると仕方なくその子は友達との約束をキャンセルするわけです。だけどそんなことが続くとその子たちの仲がぎくしゃくしてくるわけですよ。そうなって初めて仙石さんはその子を解放して、別の子を品定めするわけなんです。

そんな例はあの一年半で腐るほどありました。彼女のせいで仲違《なかたが》いをした女友達は何組もあって、中には仙石さんの誘いをぴしっと撥《は》ねつけた女の子もいたみたいだけれども、それはそれでその後に悪口を言いふらされたり、無視されたりで大変な目に遭ったみたいでした。

当時の六年六組は、そんなクラスだったんです。

だから球技大会で優勝しても、学力試験で一位になっても、私にはそんなことは欺瞞にしか思えなかったんです。

嫌で嫌でたまらなかった。

転校をしたいって親に言ったこともありました。

もちろん相手にはされなかったけれど。

まあ、いま思えば、それぐらいの理由で転校なんかさせるわけがないってことはよくわかりますけれど。

いま子供が同じことを言ってきたとしても、そんなことをはいはいって言えるわけはありませんからね。お金も労力もかかるし、何より転校した先に素晴らしい学校があるとも思えないし、その程度のこと我慢しなさいでおしまいですよね。

やっぱり世間に出ればそんな体験は幾らでもあるということを知っているから、気持ちはわかるけれど我慢しなさいってことになるわけですよ。嫌な目に遭っても逃げ出すことじゃなくて、我慢することを覚えなさいって……。

ああ、ごめんなさい。また話が脱線するところでしたね。それで、なんでしたっけ。
ああ、クラスの話。とにかく嫌なクラスだったって。だから表面だけを見れば優秀なクラスだけれども、内実はそんなことはなかったということを言いたかったんですよ、私は……。

え？

三ツ矢くん？

あー……そうでしたね。彼が犯人だとされて、自殺をして。

――でも三ツ矢くんについては特に覚えていることはありませんね。

そんな子もいたなってことぐらいかな。粗暴で不潔な子だったから女の子からはまるで相手にされていなかったし。

楠本くんを殺したのが本当に彼なのかって疑問を持っている子もいたけど、興味半分でそんなことを言ってもねえ。

確か卒業前に誰彼かまわずそんな話題をふっかけていた子がいましたね。私も訊かれました。警察が調べて問題がなかったんだから、私たちが何を言っても仕方がないじゃないのって言ったら黙っちゃったけれど。

名前はなんていったかしら……。

確か取り巻きの一人でした。

あ！

そうだ！

蓬田《よもぎだ》さん！

――ああ、ごめんなさい！　違うんです。

その取り巻きの子の名前じゃなくて、副学級委員だった女の子の名前です。

彼女と一緒にいた時に、その探偵気取りの男の子が話しかけてきたんです。

あの事件の犯人が本当に三ツ矢だと思うかって。

確か蓬田さんは顔を顰《しか》めていて――副学級委員という立場にいた彼女は、自分があの悪戯を止めれば二人は死ななくて済んだと自分を責めていたんです。

私があのクラスで唯一親しくしていたのが彼女だった。

蓬田美和《みわ》――。

彼女のことを忘れていました。

眼鏡《めがね》をかけた真面目な子。駅前にあった床屋の娘。お父さんがバーバーヨモギダってお店を駅前でやっていたんです。彼女はある意味六年六組の中で、一番深い傷を負った犠牲者だったかもしれません……。

頭がよくて、勉強はクラスで二番目でした。楠本くんの次に成績がよかったんです。仙石さんより上。でもそれ以外はさっぱりだった。運動もそうだし、音楽とか、図工とか、家庭科とか、そういうことはまるでダメだったんです。

活発な方じゃなく、休み時間になると一人で本を読んでいるようなタイプでした。その本も図書室にあるような子供向けの本ではなくて、大人向けの文庫本。お兄さんがいて本はそこから借りてくるって言っていました。お互いに一人でいることが多かったから、たまに話をすることはあったんですよ。仲がいいとまでは言わないけれど、それなりには口を利いたりする仲だったんです。友達と呼べるほど親しくならなかったのは、お互いがお互いに深入りしたくないと思っているところがあったのと、趣味がまったく違ったせいでした。

彼女の趣味を私はまったく理解できなかったんです。

趣味っていうのは男の子の好みも含めた話。彼女には好きな男の子がいて、それがよりによって楠本くんだったってわけですよ。

まあ……ねえ。

外見で判断するなら、もちろん彼はハンサムでした。目元が涼しくて、鼻筋は通っていて、顔も小さくて、背も高くて。でも私は傲慢《ごうまん》が服を着ているかのような彼を、とてもそんな対象には思えませんでした。

だいたい彼のそばには仙石さんがべったりとくっついていたし。彼を好きだなんて言ったら、彼女に何を言われるかわかったものじゃなかった。だから蓬田さんも、仙石さんには何かと苛められたみたいでしたね。

別に楠本くんを好きだなんて公言していたわけではないけれど、仙石さんみたいなタイプの女の子にはそういうことがすぐわかっちゃうんですよ。それで何かにつけ目の敵にされていたわけです。

だいたい副学級委員になったのだって、本人が望んだことじゃないし。

ああいうのはまず本人がやりたいって立候補するのが最優先で、成り手がいなければ推薦ということになるんだけれども、蓬田さんがそうなった経緯というのは、よりによって仙石さんが彼女を推薦したからでした。

そうです。六年生の春です。

五年生の時は楠本くんと、仙石さんのコンビでした。

王様と女王様。絶好のコンビですよ。だから六年に進級しても二人《ふた》が立候補するんだろうってみんな思っていたわけです。でも蓋をあけたらそうじゃなかった。

仙石さんは立候補しなかった。

代わりに蓬田さんを推薦したんです。

五年生の最後の実力テストで蓬田さんが学年女子のトップだったことをあげて、彼女の優秀さを褒めそやした後で、私が二年続けてやるよりも、小学校最後の年は蓬田さんにぜひやってもらいたいって殊勝に発言までして。

みんなびっくりしましたよ！　女王様の推薦に対抗できる人もいないし、めでたく蓬田さんが副学級委員になったわけです。でもあの事件が起こるまで、蓬田さんは何かにつけて仙石さんに叱られてもいましたね。副学級委員の仕事に関して、やれ手順が悪い、やり方が違う、そんな弱腰では六組が損をする、委員会ではもっと強気で発言しなさい――という具合に。

結局、仙石さんは苛めるネタを作るために蓬田さんを推薦したみたいだって女子の間では評判にもなりました。

それについて蓬田さん本人は、余計なことは何も言わずに黙々と仕事をしていましたね。そんな理由で無理矢理にさせられた副学級委員だっていうのに、彼女はよく頑張っていたと思いますよ。三ツ矢くんの面倒だって何かと見ていたし。

六年生になって彼が落ち着きを見せたのは、鶴岡先生のほかに、彼女がそばにいたからです。それなのにあんな事件が起こった後は、抱えなくてもいい責任を胸の中に抱えて一人で苦しんでいたわけです。

楠本くんがあんな悪戯をクラスに提案した時に自分が止めればよかった。どんなに罵られても、怒られても、私が体を張って止めていれば誰も死ななくて済んだし、誰も傷つかなくてよかったのに。そう言ってさめざめと泣いたこともありました。あれはいつだったか、確か寒い時期のことでした。

図書室で会ったんです。

たまたま出くわして、彼女が持っていた本が面白そうだったから、色々と質問をしていて……。フランスの歴史ミステリーとかいう本。当時そういう漫画が流行っていたんです。なんていったかしら、ほら、フランス革命を背景に、男装の麗人が主人公になる有名な漫画。

ああ、度忘れしちゃった。思い出せない。

知りません？　宝塚歌劇で有名になった……。

知らないですか？　あんなに有名になった漫画なのに。最近の若い人は漫画なんか読まないのかしら。

まあ、いいです。とにかくそんな漫画が流行っていたせいで、私もその本を読んでみようかなと思ったわけです。

彼女はこれから借りるところだって言うから、じゃあ、終わったら教えてねって言って、そのほかにも色々話をしていたら、なんだか急に彼女がそわそわし出したんです。それで急に彼女が聞いてもらいたいことがあるって言い出して。

それまでみんな意識して事件の話はしなかったけれど、たまたま私が親しげに話しかけたことと、まわりに誰もいない二人だけの雰囲気がそんな感じにさせたのだと思います。

不意に彼女が堰《せき》を切ったように誰にも明かさなかった想いを打ち明けたんです。

自分がするべきことをきちんとしなかったから二人が死んだ。副学級委員という立場についていながら、悪いことを悪いと言う勇気を持っていなかったせいであんな事件が起きた。彼女はそう真情を吐露したんです。

それを聞いて私は愕然とした気分になりました。この子はどこまで真面目なんだろう、仙石夏実にいいように弄《もてあそ》ばれて苛められていたというのに、そんなことは気にもかけずに、そこまで自分の責任を重く感じるなんて。

こんなにも責任感の強い綺麗《きれい》な心の娘が同じクラスにいたのに、まるでそんなことに気づかずに、ただぶつぶつと文句ばかりを言っていた自分の態度が恥ずかしくもなりました。それで自分の不明を恥じて、涙をぼろぼろ零《こぼ》す蓬田さんをぎゅっと抱きしめたんです。

彼女の心情にまるで気がつかなかったくせに、人間観察が趣味だなんて、おこがましいにもほどがある。それで気がつくと一緒に泣いていたんです。

悲しくて、切なくて、辛くて、それでいてどこか嬉しくもあって——。

暖房も入っていない冷え切った図書室で、私たちはじっと抱き合ったまま、いつまでも涙を流し続けていました。

きっと小説やテレビドラマなら、その後で私たちは無二の親友になったりするんでしょうね。でも実際にはそんなことはありませんでした。翌日教室で顔を合わせた時も、ただ照れて恥ずかしいだけでした。彼女も同じ気持ちだったらしく、そっと視線をそらしたのを覚えています。

それきり親しく話をする機会もなく卒業して、中学は別々だったから、それ以後は二度と会うこともありませんでした。

ええ……。

でも、不思議なものですね。いまのいままで、そんなことはすっかり忘れていました。

あなたに質問されなければ、きっと思い出すこともなかったでしょうね。あんなに気持ちを昂《たかぶ》らせて、誰かと一緒に涙を流した経験なんて、あれ以降は一度だってありはしなかったのに――。

だから卒業間際になって、探偵気取りの男の子に、本当の犯人は別にいるとかなんとか言われたって、あなたは今頃何を言っているのよっていう気持ちにしかなれませんでした。

面白半分で滅多なことを言うもんじゃないわよって撥ねつけてやりました。

そばにいた蓬田さんも蒼白《そうはく》な顔をしていたから、彼女をこれ以上苦しめることはさせないって気持ちもあったのかもしれません。

私たちの前で、そんな話は二度と持ち出さないで、と強い口調で言ったら、慌てて逃げていって、それきり蒸し返されることはなかったという気がします。

名前？

なんだったかしら。

……ごめんなさい。思い出せないです。

えっ？　名簿があるんですか？

じゃあ、それを見せてもらえば思い出せるかもしれませんね。

………。

懐かしいわ。仙石夏実に蓬田美和。

やっぱり、この名前を見ると、どこかぞくぞくするところがありますね。当時のことを思い出して、背中がこそばゆくなる感じ。

あっ。

いました。これです。鳥原《とりはら》。

この子で間違いありません。探偵気取りで絡んできた子。楠本くんの取り巻きだから、頭はいい子でした。なんか斜に構えて、好きになれないタイプだったけれど。へらへらして、言わなくていいような冗談ばかり口にするようなタイプ――。

それからこの田浦《たうら》と二宮《にのみや》。

この三人が楠本くんの取り巻きでした。

それぞれに親が弁護士だとか、歯医者だとか、大学教授だったんですよ。

それで共通するものがあったのでしょうね。

そこに仙石夏実を加えた五人がいつも一緒にいて。六年六組を牛耳っていたわけです。

あまり近づきたくもないグループでしたね。

自分たちはお前たちと違うって、そういう偉そうな雰囲気をいつも発散していたし、中学受験を控えたせいで、皆が妙にカリカリしていたし……。

——あら！

いけない。ごめんなさい、もうこんな時間！

そろそろ行かなくちゃいけないみたい。

ええ、ごめんなさい。

どうでもいいような話ばかりして、あなたが訊きたかったことをきちんと説明できたのかしら。わざわざ東京から来ていただいて、無駄足にならなければいいのだけれど。

もしも質問し忘れたことがあれば、後からメールしてもらっても構わないですよ。

思い出せることがあれば、お返事をいたしますから。

――ええ、卒業後は誰とも連絡は取っていませんね。

もともと人づきあいが得意な方でもないし。だから蓬田さんも仙石さんもどこでどうしているやらさっぱり。

あっ、そうだ。

もし今回の調査で消息がわかれば、それを教えてもらえません？

自分で探すだけの手間は掛けられないけれど、もう一度会ってみたい気もするし。

あの事件を経て、今頃どこでどういう人生を送っているのか、会えるものなら会ってみたい。

……そうですね。怖いような気もするけれど。でも、機会があれば、いつか、どこかで……。

あら、大変！　もう行かなくちゃ！

ここの払いは……。あら、いいんですか？

それじゃあ、遠慮なく。

どうもご馳走様《ちそうさま》。

あなたの調査がうまくいくように祈っています。

3　鳥原貴《たかし》の証言

……ふーん。

それで、いままで何人に話を聞いたって？

五人？

そこには田浦とか二宮とかいう名前のヤツはいたかい？

いない？

見つけたけれど断られたのか？

いまさら話すことなんか何もない、三十年前のことなんか綺麗さっぱり忘れちまった。そう怒鳴られたのか。

ははん。なるほどね。羨ましいことだね。あの事件を昔のことだって切り捨てられるその神経が本気で羨ましいよ。こっちは忘れたくても忘れられないで、始終頭を悩ませているのにさ――。

じゃあ、夏実はどうだい？

仙石夏実――。

彼女に連絡は取ったのかい？

――所在不明か。

まあ、そうだろうな。

事件の後、あいつはとっとと東京へ引っ越して、翌春には有名私立中学校に合格したそうだからな。持つべきものは金持ちの親だよ。さらに身内に政治家がいるのなら怖いものなしだ。あんな事件など何の苦にもしないで、中学受験に成功して、羨ましいことこのうえなしだね。

エスカレーター式に大学を卒業した後は、アメリカに留学して向こうで結婚したとかしないとか。あいつにとってはここでの出来事なんて、順風満帆な人生の中の、ちょっとしたアクシデント、服についた食べこぼしの染みぐらいの思い出にしか過ぎなかったんだろうな！　はんっ！

――はあ？

犯人扱いされて傷ついた？　夏実が？

おいおい、やめてくれよ、あいつがそんなタマかよ。

どこでそんな話を聞きつけたんだい？　とんだガセだよ、そんな話。

ああ、そうか。田浦や二宮には会っていないんだな。

話を聞いたのはそれ以外の、どうでもいいような脇役連中ばかりってことか。

なるほど、あいつらはそう思っていたのか。仙石夏実は可哀相だ。楠本殺しの濡《ぬ》れ衣《ぎぬ》を着せられて精神的に参っている。だから親族が心配して、早々にあいつを匿《かくま》って東京に転校させちまった。

なるほどねえ。確かに夏実は人気があったからな。なんとかっていうアイドル歌手に似ていたとかで、他の学校、時には中学校から見にくる連中もいたほどだった。女子の間ではさっぱりだったが、男は皆ファンだった。だから挨拶《あいさつ》もなく転校した理由を、そういう風に想像したってことか。

でも残念ながら大外れだな。見当違いもいいところだ。だって犯人はすぐに判明したんだぜ。あいつが犯人扱いされたのはほんの一時だ。そんなことぐらいで、いつまでも傷ついているようなやわな女じゃないよ、あいつは。

そりゃあ最初はびっくりしただろう。周囲の視線に学校で取り乱したこともあったみたいだ。だけど、そんなのは尾を引くことじゃない。三ツ矢が遺書を残して自殺した後、あいつはすぐに立ち直ったはずだよ。

そしてその後で心配したのは、結局は自分の身の振り方さ。もちろんあいつなりに事件のショックはあったろう。でも最優先すべきは自分の将来だ。夏実は冷静にそう考えた上で、親族会議の席上で自分から転校したいと言い張ったんだよ。

ああ、親父から聞いたんだ。弁護士をしていたせいか、あいつの祖父《じい》さんとは親交があったからな。あんな事件があっても、当時あいつが一番心配したのは自分の進路のことだったんだ。

本来ならば翌年の春、俺たち五人はあの地域では最難関の、国立大学付属中学校を受験するはずだった。ところが事件が起きた。

学校も周囲もとにかく動揺して、中学入試どころの騒ぎじゃなくなった。

だから夏実は心配になって、とっとと逃げ出したってわけだよ。

夏実が心配したのは自分のことだけさ。

もっともあいつはこんな田舎《いなか》よりもお洒落《しゃれ》な東京暮らしに憧《あこが》れていたから、あの事件は渡りに船ってとこだったかもしれないけれどな——。

俺たち？

俺たちは逃げ出すことなどできなかったよ。

そこまで親が裕福なわけでもなかったんでね。

どたばた騒ぎの中で右往左往して、結局誰ひとり志望校に受かることはできなかった。自分たちで企てた悪戯の結果が、あんな事件を巻き起こしちまったんだから、仕方がないといえば仕方がないけどな。

受験勉強の時間を少しでも捻出《ねんしゅつ》しようとして考えた悪戯が、あんな事件を引き起こすとは、まったく夢にも思わなかったからな、あの時はさ。

――ええっ？　どういう意味かって？

受験勉強の時間を捻出しようとして考えた悪戯の意味？

ああ、その辺の事情も初耳ってことかい。

余計なことを言っちまったか。

仕方ない。それじゃあ、もうちょっとだけ打ち明け話をしてやるか。

あれからもう三十年も経っているんだ。少し打ち明け話をしたところで、いい加減あいつらに咎められることもないだろうしな。

いいか、つまりこういうことだよ。担任の鶴岡の給食に一服盛るだなんて悪戯を仕掛けたのは、明確な理由と目的があってのことさ。つまらない思いつきや、意味のない悪ふざけなんかじゃなかったんだ。

意趣返しさ。

クラスの他の連中には内緒にしていたけれどね。鶴岡が中学受験に対してまるで理解がなかったことがそもそもの原因なんだよ。

あの年の夏休み、俺たち五人――というのは夏実と俺と大輝と田浦と二宮――はずっと塾の夏期講習に通っていたんだ。休みもなく勉強漬けで、九月になって学校が始まってからも、週に四日は隣町の塾で集中講義を受けていたんだよ。あの地域でもトップクラスの成績優秀者が集まる最難関中学だ。受験のためには、それぐらいしなくちゃならなかったんだ。

つまり俺たちは忙しかったんだ。

学校の授業が終わった後でもね。

それなのにあの鶴岡って先公は、毎日のように放課後に運動会のマスゲームの練習を強制したわけだよ。

まったくふざけた話さ。あれは俺たちに対する面当てだよ。居残りを命じられたのと一緒だからな。適当にサボりはしたけれど、人目もあるし、おおっぴらにサボタージュするわけにもいかなかった。

だから、ちょっとした仕返しを企てたのさ。

給食に仕込んだ下剤で腹をくだせば、放課後に予定されていたマスゲームの練習は中止になる。あれはそう踏んでの悪戯だったのさ。

——そうだよ。

すべてが予定通りだよ。

わざとクラス全員を巻き込んでの悪巧みを企《たくら》んだんだ。

鶴岡は平等だとか、クラス一丸だとか、掛け声ばかりが勇ましかったからな。だからクラス全員で協力して、皆で平等に悪戯を企んだってわけ。

そうなればたとえ仮に企みがばれても、鶴岡は俺たちだけを糾弾できないだろう?

そこまで考えて大輝は計画を練ったのさ。

意地の悪さや、狡賢《ずる》さでも大輝は俺たちより群を抜いていた。とにかく他人の急所や弱点を見抜くのは抜群に上手いヤツだったんだ。

でも、まあ、さらにその裏をかくような悪巧みで命を落としちまったんだから、なんとも皮肉なもんだよな。しかも犯人はあの三ツ矢だっていうんだから驚きだ。まったくあれには参ったよ。

大輝が、あの落ちこぼれに殺されちまうっていうんだから、世の中ってのは本当に奇妙なもんだって、子供心にもそう驚いたものだった。

だけど後になってよく考えてみると、どうにも納得できないことがある。

なによりタイミングが良すぎるんだ。鶴岡への悪戯の計画を隠れ蓑《みの》にして、誰にも気づかれないように大輝の給食に毒を仕込むなんて、とてもあの落ちこぼれが一人で考えたとは思えない。

細かい点を挙げればきりがないが、とにかく三ツ矢にそれだけの頭があったなんて、どう考えても納得できないんだ。

きっと裏であいつに入れ知恵したヤツがいるはずだ。

そうじゃなきゃおかしい。俺はいまでもそう確信しているよ。

まあ、いまになってそんなことを言っても仕方ないってことはわかるよ。

実行犯は三ツ矢で間違いはないんだろう。

動機もあるし、あいつが大輝を殺したことは間違いないさ……。

——えっ？

ああ、しまった。また口を滑らせちまったか。

動機についてははっきりせずということが公式見解だったかな。境遇の違いを見せつけられて、羨望が憎しみに変わった末の犯行とかなんとかいう話だったっけ。

でもそんなことは嘘さ。

ただの想像だ。

本当はもっと明確な復讐《ふくしゅう》という動機があったんだよ。

……仕方ないな。

教えるけれど、これは絶対にオフレコの話だぜ。

どんなことがあっても秘密にしてくれよ。

実はあの事件に至る前の段階の悪戯があったんだ。

いきなり担任の教師の給食に下剤を混ぜるなんて真似《まね》は、さすがの俺たちだってできなかった。

実は前もって同じ悪戯を三ツ矢にやったことがあったんだ。

だからそれを発展させて鶴岡への悪戯を考えたってことなのさ。

当時、三ツ矢の存在は何かと目障りだったんだ。落ち着きがなく授業中だろうと、休み時間だろうと、のべつまくなし騒ぎ立てる。誰の言うことも聞かない。まるで周囲の空気も読めない。

五年の時に転入してきて、半年も経たないうちに俺たちは頭に来ちまった。俺たちはその頃からとっくに中学受験の準備に入っていたんだよ。それなのに、せっかくの自習時間に、ここぞとばかりに塾のドリルを広げても、あいつが騒いで台無しさ。あいつがいなければもっと勉強に集中できる。あいつがこのクラスにいてもいいことはひとつもない。だったら俺たちで追い出してやろうぜ。そう考えて策を練ったのさ。

そして考え出したのが、食い物に一服盛る方法さ。

家でまともな物が食えないせいか、あいつは始終腹を減らしていた。だから親切めかして適当な菓子と一緒に下剤入りのジュースをくれてやったのさ。

効果はてきめんだった。ヤツは腹を下して蒼白な顔をして学校を早退したよ。その後は学校に来るたびに給食の牛乳に混ぜてやったりしたわけだ。

そのせいで二学期の半ばから三学期にかけてのあいつの出席日数は、所定の半分にも満たないはずだ。作戦大成功！　俺たちは手を打って喜んだものだったよ。

——おいおい、そんな顔をするなよ。

当時の俺たちがどれだけ鼻持ちならないガキだったかは、自分たちでもちゃんとわかっていたさ。

だからその件については俺たちだけの秘密にした。

他には誰にも言っていない。

何があってもばらさないって約束もしたしな。

だから三ツ矢が自殺をして、周囲のみんながどうして彼が、と首を傾《かし》げている最中に、逆に俺たちは言葉を失った。ぞっとして怖気をふるえなかった。

あいつは知っていた。知っていたからこそ、きっと同じ方法を使って、大輝に復讐したんだ。

そして、もしも一歩間違えていれば、復讐の刃は自分に向いていたかもしれない。

そう考えると、心底肝が縮み上がったよ。大輝には悪いが、自分でなくてよかったという気もした。あるいはこれが警察に知られたら、俺たちはもっと詳しい事情を訊かれるかもしれないと怖くもなった。黙っていよう。これは秘密だ。何があっても絶対に言わないでおこう。

俺たち三人はそう約束したんだ。

自分たちの行ないが倍になって返ってきたことが怖かった。

面白半分でしでかした悪戯が原因で、人が死ぬような事件に発展したことが、どうしようもなく怖かったんだ。だからすべてを秘密にした。これだけは誰にも内緒にして、墓場まで持っていこう。俺たちはそう誓ったんだよ——。

そういうことだったのさ。

だからあの事件は動機の面で言えば、俺たちにとってはまるで不思議なことのない事件だったんだ。

なぜ、いまになってその話を口外したのかって？

そうだな。これだけ時間が経って思い出してみても、やっぱり釈然としない部分があるせい……かな。

さっきも言ったが、どう考えても三ツ矢一人じゃ、あそこまでできなかったという気がしてならないんだ。

誰かが入れ知恵しない限りはあそこまでできなかった。そういう思いが、どうしても消えないんだ。

だってそうじゃないか。考えてもみてくれよ。俺たちが三ツ矢に悪戯をしたのは五年生の秋から冬にかけてだ。六年に進級して担任が鶴岡に代わってからは一切していない。それは六年に進級した後の三ツ矢は、それまでと較べて信じられないくらいに落ち着いて、大人しくなっていたせいでもある。だからそれ以降、俺たちはあいつのことをまるで気に掛けなくなっていたんだ。

それが六年の九月になって、大輝が鶴岡への悪戯をクラスの皆に提案した、その裏で事件は起きた。

いったい三ツ矢は自分の体調不良が俺たちの悪戯のせいだって、いつ頃、どういう方法で知ったんだろうな——？

六年になってから、俺たちはそういう悪戯はしていない。

それどころか過去にそんな悪戯をしたってことさえ忘れていた。それなのに半年以上も経ってから復讐を実行するなんて、執念深いにもほどがあるよ。覚えている限りでは、三ツ矢はそんなに冷静で陰湿な性格じゃなかった。

もっと単純で直情型な子供だった。怒りや悔しさを心の底にそっと仕舞っておけるようなタイプじゃない。不満があればすぐに文句を言うし、頭に血が上ればその場で暴れる。幼稚園児がそのまま大きくなったような子供だったんだ。

だから首謀者が別にいるとでも考えなければ、どうにも納得できない気がするのさ。

五年生の時の悪戯をばらしたうえで、大輝の給食に毒を入れるように唆《そそのか》したヤツが他にいる。そう考えれば色々と辻褄《つじつま》は合うわけだよ。

そいつはもともと大輝に恨みをもっていた。

さらには廃工場に毒物が放置されていることを知っていた。だから大輝の計画をこれ幸いと利用して、三ツ矢を使って大輝の給食に薬を仕込ませたんだ。

あの時のクラスは一種の興奮状態にあった。クラスの誰もが自分の役割に汲々《きゆうきゆう》として、周囲の状況を顧みる余裕はなかったはずだ。きっとそれを見越した上で、首謀者は三ツ矢を言葉巧みに唆したんだな。三ツ矢はただのピエロだよ。首謀者の掌《てのひら》のうえで思い通りに踊らされた挙句に、最後は放り出されたってわけさ。

本当にあいつが自殺したのかだって怪しいものだと俺は思っている。遺書の文句だって短いものだったらしいし、詳しい動機も殺害の方法もそこには書かれていなかったらしいからな。

それに何よりあいつが良心の呵責《かしやく》に耐えかねて自殺するほど、内面が発達した子供だとは思えないわけだ。

さっきも言っただろう。

幼児に毛が生えたほどの自我しかなかったんだぜ。

そんな子供が自殺なんかするか？

首謀者にいいように使われて、用が済んだらポイ捨てされたんだよ。

言葉巧みに騙されて、遺書まがいの手紙を書かされた上に、薬を飲まされたのさ。

俺にはそんな風に思えて仕方がないんだ。三ツ矢は真犯人なんかじゃない。彼もきっと被害者の一人なんだ。

証拠は何もないんだが、でも俺はずっとそう考えているんだよ。

首謀者？それが誰かなんて俺の口からは言えないよ。証拠もないし、下手なことを言えば名誉毀損《めいよきそん》になる。だってあんたが俺の話をどこかの週刊誌に売り込まないという保証はどこにもないからな。

まあ、もっとも交渉次第では話に乗らないこともないぜ。官庁勤めの田浦や、大学教授になった二宮と違って、俺は話のわかる男だからな。

弁護士の親父はとうに死んだし、お袋も同様だ。遺産を元手に商売を始めて、そこそこ羽振りのいい時期もあったが、いまはこのご時世で青息吐息の状態なんだよ。

まとまった金が手に入るようなら、話に乗らないことはないよ。

あんたがあの事件を元に一山当てようと目論《もくろ》んでいるようなら協力は惜しまない。いや、それどころか、是非とも俺も仲間に入れてほしいとも考えているわけだ。

あの事件の隠された真相がわかれば、ちょっとしたセンセーショナルを世間に巻き起こすような気もするからな。

それでなくとも未成年が引き起こす事件が引きも切らさず起こるご時世だ。

三十年前に小学校の教室で起きた毒殺事件に隠された真実があったとしたら、マスコミの注目を集めることは間違いなしだ。

どうだい。俺と組んで一儲《もう》けをしたいと思わないか？

えっ？

首謀者が誰か見当がついているのかって――？

おいおい、それがついていなくて、わざわざそんな話をあんたに聞かせると思うのかよ。ここまでの話で想像がつかないか？

三ツ矢にしかけた悪戯の内容を知っていたのは仲間内だけだ。その中で事件のすぐ後、尻に帆掛けて逃げ出したのはいったい誰だ？

そして事件の当日そいつはどこの席だった？

それを考えれば一目瞭然だ。

大輝の隣にいたヤツが事件の首謀者であれば、いくらでも実行犯のフォローができたはずだと、あんたはそう思わないのかな？

――動機？

さあな。はっきりしたことはわからないよ。

でも想像はいくらでもできるだろう。あいつは東京に憧れていた。こんな田舎町からさっさと脱出したかったんじゃないのかな。だから事件を起こして、それを転校の口実にしたのかも……。

まあ、そのためだけにわざわざ大輝を殺すっていうのも嘘くさい話かな。

じゃあ、愛憎の問題も関係していたとでもしておくか。あいつは大輝に惚《ほ》れていたが、大輝は実はそれほどでもなかったんだ。とにかくあいつは気が強くて口うるさかったから、大輝は煙《けむ》たく思っていたわけだよ。それで募る愛しさが憎しみに変わり、好きな男が自分の手に入らないなら、いっそのことと思いつめて、ついには——。

ははは、小学六年生にしてはご大層な愛憎劇すぎるか。

でも、どちらしても証拠はないわけだ。

そうだという証拠もないけれど、そうじゃないという証拠もないんだぜ。

おまけに当の本人は日本にいないだろう。

別にそんな話が出たって当人の耳に入る可能性も少ないわけだよ。当人が知らなければ名誉毀損で訴えられることもないだろう？

ふふふ、どうだい。これまでじっと口を噤《つぐ》んできたけれど、ここらでちょっと白黒をつけたいんだ。あんたも一口乗らないか？

——事件を金儲けに利用しようっていうのかって？

金儲けのためであることは否定しないよ。

でもそれだけじゃないぜ。

あの事件のせいで俺の人生は捻じ曲げられたんだ。

あんな事件が起きなければ、俺は今頃こんな境遇には甘んじていなかったかもしれないんだ。わかるだろう？

あんな事件が起きなければ大輝は生きていたし、俺たちは念願の国立大学付属中学校に合格していたかもしれないんだ。

もしそうなっていたら、俺はきっと思う通りの道を歩めていたよ。親父の後を継いで弁護士になっていた。

全部、あの事件のせいだ。

あの事件のせいで俺は人生をめちゃめちゃにされたんだ。

実行犯の三ツ矢は死んだけれど、ヤツに教唆した真犯人がいるなら、そいつに償いをしてもらいたいと思うのは、被害者として当然のことじゃないか。

俺が言いたいのはそういうことだよ――。

わかるだろう。

だから手を組まないか？

まずはあんたが調べた資料を貸してくれよ。

俺がそれを見れば、また新しい事実が見えるかもしれないって気もするしな。

そんな顔をするなよ。

実はさ、まだ知られてない話があるんだよ。

聞きたくないか？

ふふふ。

……だろう？

じゃあ、いったんそこのボイスレコーダーを止めてもらおうか。

録音はさせないよ。

口で言うだけだ。

一度しか言わないから、ちゃんと聞けよ。

――五年生の秋に、俺たちが三ツ矢に下剤なんかを飲ませたのは、もとはといえば夏実の訴えがきっかけだったのさ。

意味がわかるかい？

……いや、そうじゃない。

悪いのは三ツ矢の方なんだ。

あいつが夏実につきまとったことがそもそもの端緒なんだ。

転入してきたあいつは男に対してはやたらと攻撃的だったが、女に対しては距離を置いていた。口も利かずに、視線を合わそうともしない。

だけど気に入った女子に対してだけは執拗《しつよう》につきまとい、下校時間に家まで後をつけるようなこともあったらしい。

その標的となる女子も一人じゃなかった。一ヶ月の間一人の女の子をつけまわすこともあれば、三日で飽きることもあった。クラスの女子の半分くらいがその被害に遭っていたんだよ。そしてあの年の夏に、ついには夏実がその標的になったのさ。

夏実は物凄く憤慨していたよ。

あんなヤツにつきまとわれるという事実に頭に来ていたみたいだった。

そのくせ憤慨をクラスの他のヤツらには見せなかった。あれは三ツ矢みたいな男につきまとわれているということを本気で恥ずかしく思っていたんだろうな。

クラスの女子がこっそり夏実のことを女王様と呼んでいたけれど、そんなことで狼《ろう》狽《ばい》したら、女王様の沽《こ》券《けん》に関わる、他の女子と同じレベルに引き下げられると心配していたのかもしれない。

普段は平気な顔で無視していたが、仲間うちだけになると口汚く文句を並べ立てた。

授業中でも休み時間でも気がつくと見られている。この前は日曜日に家の近くであいつの姿を見かけた。これ以上あいつの顔を見ると気が狂いそうになる。あなたたちでなんとかしてよ！　あいつを懲らしめてよ！

夏実はヒステリックにそう騒ぎ立てたんだ。自習時間を邪魔されたり、授業中に騒がれたりで俺たちも頭に来ていた部分があった。だから仕方がないとばかりに方法を考えたんだ。

そういう理由があったから俺たちは、下剤を使って三ツ矢に制裁を加える方法を考え出したんだよ。

夏実にそこまで言われなければ、俺たちだってそこまで酷いことはしなかったと思うよ。

すべては夏実が原因と言ってもいいんだよ。

……それが事件にどう関係したかって？

おいおい、俺の話をちゃんと聞いていたのかよ。

いいか。

三ツ矢は夏実に惚れていたんだぜ。

だからあの事件の直前に夏実が三ツ矢に近づいて、実はあなたに頼みがあるのとか言い出したら、三ツ矢は否応《いやおう》もなくその言葉に従ったはずだろう？

さっきも話したように、あの事件で得をした人間は、当時の六年六組には一人しかいないんだ。だからあの事件に首謀者がいたとしたら、きっとそいつはその得をした一人と同一人物だと俺は思うんだよ。

証拠はないがね、それが真実だと俺は思っているよ。

夏実のことは俺が一番知っているんだ。

幼なじみってやつだよ。ガキの頃から知っていた。

ずっと見てきたんだ。だからわかるんだよ。

あいつが何を考えているか。

あいつがどれだけ大輝を好きだったか、を。

俺の気持ちなどこれっぽちも気に掛けずに、あいつはずっと大輝に熱をあげていたんだ。大輝の方は夏実になんか、まるで興味も抱いていなかったっていうのにな！

けっ……！

実はこの推理は当時すでに思いついていたんだよ。

小学六年生だったあの年の冬にはね。

だけど田浦も二宮も聞く耳を持ってはいなかった。終わったことだ、もうあの事件のことは口に出すなと釘《くぎ》を刺されたよ。

夏実のことはもういいよ。転校しちまったんだ。もう忘れろ。

あいつらはそう言うだけだった。

俺の気持ちなんかまるで気に掛けないで、面倒そうに言うだけだった。

ならばとクラスの女子に話題を振ったが、あいつらも一緒だ。

誰もまともに話を聞いてくれなかったよ。

俺は心底がっかりした。もちろんそれは警察や教師や親に言える話でもない。仕方なく俺はこの考えを胸中にしまったまま、その後の人生をだらだらと生きてきたんだよ。

わかるかい？

この可能性に気がついているのは、六年六組の中でも俺だけだったんだ。三十年前に、俺は気がついていた。それなのに誰にも取り合ってもらえないし、聞いてももらえなかったんだ。

何も気がつかないヤツが羨ましかった。何も考えずに、ただのうのうと生きていけるヤツらが羨ましかったよ。

俺にとってあの事件は、いまだ未解決なんだ。

事件が起こったことが俺の人生を狂わせたんじゃない。事件の陰に隠れた真実に気づいていながら、それを誰にも理解してもらえなかったことが、俺にとっての屈辱だったんだ。そして、そのことが俺の人生を誤らせたわけだ。

真犯人が他にいることを知っていながら、それを告発できなかったこと。

それこそが俺の人生の最大の屈辱だったんだ。

だから——。

それを本にしてどこが悪い？

俺は金儲けをしたいんじゃない。

隠された真実を世に問いたいんだ。

そのうえで事件のせいで取り逃した人生の逸失利益を請求したいだけなんだよ。

それが悪いことか？

本当の悪はあの事件を他人におっ被《かぶ》せたまま、ゆうゆうと三十年も生きながらえている真犯人のほうじゃないのか？

前に未成年者の犯罪をテーマにして書かれた小説が評判になったのを覚えているか？

櫻井忍《さくらいしのぶ》とかいう作家だよ。どうやら覆面作家らしいじゃないか。年齢も性別も出身地も経歴も何もわからない謎の作家。それでも作品は評判になっているって話だよ。

そういう方法なら俺たちにもできると思わないか？

本名を明かさないでいいし、共同執筆でも構わないんだろう？

それに気がついた時に、これだ、と思ったんだよ。

どうだい？　これだけ材料が揃っているんだ。絶対に成功する。一緒にやろうぜ。

あんたから取材の依頼があった時に、これはチャンスだと思ったんだよ。実は数年前から構想は練っていたんだが、時間がなくてね。

仕事があって、なかなか取材にまわれなかったんだよ。それにあれだ。俺は、ほら、当時クラスで好かれていたほうじゃないからさ。

俺が当時の同級生のもとをまわっても、きっと警戒されてまともに話をしてくれないという気がしてさ、それで躊躇《ちゅうちょ》していたところもあったんだよな。

名探偵の条件っていうのには、きっと頭が良いだけじゃダメなんだ。他人から嫌われて、話を聞いてももらえなければ、どんなに優秀な頭脳を持っていても事件の解決はできないんだよ。

でも、あんたは違う。

学生なんだろう?

時間もありそうだし、見かけは真面目な好青年というところだ。そのうえなかなか聞き上手でもある。

あんたならきっと大丈夫だよ。

あんたみたいな若い男が訪ねていけば、きっとみんな喜んで話をしてくれるはずだ。

だから、一通り取材が終わったら、まとめた原稿をこっそり見せてくれないか。

どういう形にすれば世に出せる物になるか、二人で検討してみたいんだよ。

学校名や登場人物は仮名にしてノンフィクションや、ルポルタージュ風にするか、あるいはフィクション仕立てで小説にでもするか——。

きっと方法はいくらでもあることだろうな。

俺たちが協力すればきっといいものができるよ。

だから、やろうぜ。一緒にさ。

悪いようにはしない。

よく考えてくれよ。
佐藤さん。

4　友田《ともだ》邦彦《くにひこ》の手紙

拝啓

初秋の候、いかがお過ごしでしょうか。

依頼の件、とりあえず、まとめた分を送ります。本来であれば直接会ってお渡ししたかったのですが、できるだけ早く届けてほしいとの由、取り急ぎ速達にて送ります。

ここまでの調査の経緯を簡単にまとめておきますと、預かった卒業生名簿を元に、まずは六年六組の卒業生の自宅全部に電話をしました。

三十年も前の名簿ですので、転居されて連絡がつかない人間のほうが多いぐらいでしたが、それでもリストの半分近くは手応えがあり、本人、もしくは家族の方と話をすることができました。とはいえ、あの事件の話を聞きたいと申し伝えると、皆さん一様に戸惑った素振りをお見せになりました。

結局こちらの身勝手な申し出に応えてくださった方は、十名にも満たなかったわけですが、しかしお会いできた方々からは、それぞれに貴重なお話を聞かせてもらうことができました。

その中でも特に重要と思える証言を三通、同封いたしましたので詳覧ください。

安田博之、平山紀子、鳥原貴。

その他に聞けた話もあるのですが、重複が多く、他と照らし合わせてみると思い違いや記憶違いらしき箇所も多く見受けられましたので、今回の報告では割愛しました。

ただ中には興味深い話もあり、私の判断だけで破棄するのはどうかと思う話もありましたので、整理をした上で病院にお伺いする時には持っていくようにいたします。

さて、次に今回の調査を通じて私なりに感じたことを記しておきたいと思います。

今回の調査に当たっては、前もって事件のあらましを聞かせてもらっていたこともあって、話を聞いている最中に大きな驚きを感じることはありませんでした。

六年六組に在籍していた二人の少年がその命を失った事件の概略も、クラスに存在したであろう煩わしい人間関係のあれこれも、そして楠本グループがクラスを扇動して行なった不届きな悪戯の計画の存在や、そして、その前年に三ツ矢昭雄へ行なったという下剤投与のことも私は事前に知っていました。

事件の翌年、伯父《おじ》さんの元に届いたという偽名の手紙。

その手紙を見せてもらうことで、事前に私は事実のすべてを知り得ていたわけです。

お読みになればわかることでしょうが、楠本グループの一人であった鳥原貴は、そんなこととは夢にも思っていないようでした。

それどころか私が取材した証言を元にして、事件に関する本を一緒に書かないかと誘ってくるような有り様でした。

彼は仙石夏実という少女に対して、どこか屈折した感情を抱いていたようでした。報われない恋心が辿《たど》り着いた先が、毒殺事件の黒幕扱いとは、どうにもうんざりした話です。ましてや、それを本にまとめて一儲けを考えているとまで聞かされては、思わず意見を言いたくもなりました。

鳥原さん、あなたは誰の依頼で私が当時の話を聞いて回っているのですか？

取材に当たって私は佐藤という偽名を名乗っていましたが、私の素性を知った後でも、それまでと同じような態度を彼は私に取れたでしょうか。彼の話を我慢して聞きながら、私はそんなことをずっと考えていたのです。でもご安心ください。私にも分別があります。すんでのところでそんな気持ちを押しとどめました。

一緒に本を出そうと熱心に懇願する彼に対して、私は含みを持たせた答えを返しました。今頃彼は出版された本が評判になって、印税で一儲けできる日を夢見ながら相変わらずだらしのない生活を送っていることでしょう。

彼は、私がかつての担任教師である鶴岡先生の甥《おい》だということも知らなければ、この一連の調査の依頼主が鶴岡先生だという事実も知りません（もちろんそれは彼だけでなく、他の証言者の方も同様です）。あの事件で教職を退いた鶴岡先生が、その後全国各地で職を転々とされ、いまでは体を壊して入退院を繰り返す身だということも、もちろん知る由もありません。

伯父さんが固く口止めをした通りに、私は余計なことは何も喋りませんでした。

遠い町の病院に入院した伯父さんに、ちょっと頼みたいことがある、と呼ばれた時、私はこのような依頼をされるとは夢にも思ってはいませんでした。

あの日、私は長い時間、伯父さんの話に耳を傾けました。

午後一番に訪ねたはずなのに、席を立つきっかけは夕食の開始を告げる看護師さんの声掛けによるものでした。自分が生まれるより十年近く前に起きた悲惨な事件のことを私は何も知りませんでしたし、伯父さんがその学級の担任教師だということを知ったのもその時が初めてでした。

事件の後で学校を追われた伯父さんが、その後二度と教職に就くことはなく、様々な職を転々としながら大変な苦労をされたという事実も、その時に初めて耳にしたことでした。すべての話を終えた後で、伯父さんは調べてほしい、と私に告げましたね。

あの時の子供たちがいまどこで何をしているか、そしてあの事件のことをどう考えているかを調べてくれないか、と。

そして二人の女生徒の名前を挙げて、特に彼女たちがどこでどうしているのかを知りたいのだ、と付け加えもしました。その声はどこか苦しそうで哀しげでした。

いまさらそんなことを調べてもどうにもならないし、本来であればそんなことはしない方がいいに決まっているのだろうが、しかしこうして歳をとって入院などすると、自分の来し方行く末などをつらつら考えるばかりになって、やはりそれだけは確かめておきたいという思いが、日に日に強くなっていくのを止められないのだ。

苦しげにそう告白する伯父さんの姿を前にした時、私は心を決めました。

それから二ヶ月たらずのうちに、ここまで調査を進めることができたことに、私は内心ほっとしています。

事件の顚末《てんまつ》に関しては、私がこれ以上言うことは何もないと思います。何よりそれに関しては、すでに伯父さんが一番ご存じのはずですから。

ただ伯父さんのかつての教え子たちの話を聞きながら、私はそれとは別の奇妙な感慨に心を捉われもしました。

事件のあらましとは関係ない、もっと単純な疑問が私の頭を捉えたのです。

なぜ彼らは伯父さんの人となりを全然疑わなかったのでしょうか。

誰に聞いても伯父さんの印象はやる気まんまん、脳味噌まで筋肉でできている、体育会系出身の単細胞教師でした。やればできる、みんな平等、が口癖の直情型熱血教師。誰も彼もが判で押したように鶴岡先生のことをそう評していました。

人間観察が趣味だと言い切る斜に構えた女生徒までもが、それが伯父さんの演技だとは露にも考えなかったようです。いいえ、誰にも気づかれなかったという意味では、伯父さんの教師としての手腕を褒めるべきなのかもしれません。

彼らは鶴岡先生を鬱陶《うっとう》しく思ったり、煩わしく感じたりしながらも、それでもどこかで心を許し、好いていました（鳥原氏のいた楠本グループは除いてのことですが）。あんな事件が起きさえしなければ、きっと六年六組は優れた理想のクラスとして、那由多小学校の校史に名前を残すようなクラスになっていたかもしれません。

伯父さんはきっと首を横に振るでしょうが、率直な感想として、私はどうしてもそう考えてしまうのです。

当時、大学を卒業して数年のまだ経験も浅い伯父さんが、なぜ六年六組という厄介なクラスの担任を任されたのでしょうか？

私がそう質問すると、特別な理由などない、と伯父さんはおっしゃいましたね。誰もがやりたがらなかったから、若い自分にお鉢が回ってきただけだ。それ以上のことでも、それ以下のことでもないのだ、と。

しかし任されたからには、どういう教師を演じればうまく学級運営をすることができるのかを、ない頭を絞って必死に考えはした。

クラスのひとりひとりは平等であり、誰も特別扱いはしないという基本方針をまず定めた後で、それを貫くために当時巷《ちまた》で流行っていた熱血教師のスタイルを装うことを思いついた。

あのクラスの担任をするためには、大事なのは鈍感であることだと思った。基本方針を曲げないためには、細かいことを気にしては絶対にいけない。学級内部に存在する生徒間のヒエラルキー、人間関係に余計な気を配ったら、やがて教師は威厳を失うことになる。そして教師が威厳を失えば、学級は秩序を失うだろう。鈍感で野蛮な熱血教師を装うことで、あの六年六組をコントロールできると、当時の私は本気でそう信じ込んでいたのだ。私は若かった。それが逃げだとは、当時は気づくことができなかったのだ。

そう述懐する伯父さんの言葉を聞きながら、私は一人の友人の話を思い出しました。彼は大学の同級生で、教職課程をとり、自分の出身中学校で教育実習を経験したことがあったそうでした。

初めて教壇に立ってみて一番驚いたことは、席についた生徒ひとりひとりの表情や仕種が思った以上によくわかることだったそうです。それに気づいた時に、彼はそれまでの中学高校時代の授業中の自分の行状を思い起こして冷や汗が出たと言っていました。教師に気づかれるはずがないと思ってしていた様々なことの、八割から九割はたぶん知られていたに違いないと確信したからです。

生徒の表情を見ていながら見ない振りができることも、教師になるための大事な資質のひとつなんだよ、と友人は肩を落として呟《つぶや》きました。自分の拙《つたな》い英語の授業を真面目な顔で聞いてくれる生徒は、そのクラスの中にただの一人だっていなかったと、そう自嘲《じちょう》的に付け足しながら。

いま、その友人の言葉を思い出すと、私は不思議な気持ちにもなります。

あんな事件さえ起こらなかったら、伯父さんはいまでもどこかの小学校で教鞭《きょうべん》を執っていただろうと、そういう気がするからです。

そして病に倒れた身であるとしても、きっとその病床には、現在あるいは過去の教え子たちが見舞いの品を携えて、引きも切らさず訪れて来ていたことでしょう。

しかし、そうであるべき未来は失われました。

現実の伯父さんはまるで違う孤独な境遇に身を置いています。いま私はそのことが悔しくてたまらないのです。

伯父さんは、自らの不甲斐《ふがい》なさを悔いて、罰が当たったのだと自分を責めることでしょう。ない頭を振り絞って考え出した馬鹿な演技が逆の目に出たのだ。小細工などするべきではなかった。もっと真剣に、もっと真摯《しんし》に真正面から自分は生徒に対峙《たいじ》するべきだったのだ。そうすれば、きっとあの悲劇は防げたはずだ——。

あの日、伯父さんはそう言って涙を流しましたね。

そうかもしれません。でも、そうでないかもしれません。

仮定の話は意味がありません。伯父さんは精一杯のことをやりました。

それは肉親の思いやりから出た単なる慰めの言葉ではありません。それはかつての教え子の話を聞きながら、あらためて私が感じたことなのです。

彼らは誰も伯父さんが悪いとは言いませんでした。先生は悪くない。先生は精一杯やっていた。誰もが皆、当時の状況をそう述懐していたのです。

私が伯父さんの申し出を受諾した理由は、時期的に夏休みで時間に余裕があり、またそれなりの報酬を伯父さんから貰《もら》えるという理由だけではありません。少年時代の一時期に、たまたま不幸な事件に遭遇した子供たちが、かつての担任教師にどういう想いを抱いているのか、それを知りたいと思ったからなのです。

正直な話、もしも恨みつらみや、憎悪や、嫌悪の言葉が出たなら、その時はどうしようかと思い悩みもしました。正直に言うべきか、あるいは当たり障りのない表現に置き換えるべきなのか。伯父さんのいまの境遇を考えれば、あまりにきつい言葉は病状にも差し支える可能性があるし、やっぱりそこは適当に対処するのが妥当なのだろうなとも考えていました。でもそんなことは杞《き》憂《ゆう》に過ぎませんでした。

今回私が会うことができた教え子の皆さん（鳥原氏を除いてですが）は先生に感謝こそすれ、恨み事など一言も述べませんでした。鶴岡先生は、困難な環境にあっても全力で問題に対処していたという印象が強い、とそのうちの一人が言っていました。

私はそれを聞いて涙が出そうな気持ちになりました。事件が起きたのは伯父さんのせいではありません。それとは逆に、伯父さんがいたからこそ事件があれ以上拡大しないですんだのだ、という考え方ができるような気がしたからです。

それだけでも私は今回の調査を引き受けてよかったと思ったのでした。

簡単な感想をしたためるつもりが、ずいぶんと長くなってしまったようです。もうそろそろ筆を置こうと思います。

最後に伯父さんが気にしていた小説家のことですが――。

その正体を見極めることは私にはできませんでした。

櫻井忍という覆面作家が、伯父さんの教え子、あの六年六組に在籍した誰かではないかという伯父さんの想像が正しいかどうか、私にはどうにも判断がつきません。

出版社のガードは思った以上に堅かったのです。

友人や先輩の伝手を頼むぐらいでは、到底それを調べることはできませんでした。

もしも、どうしても伯父さんがそれを調べたいのであれば……。

その道の専門家に頼むか、あるいは逆に開き直って、直接本人に手紙を出してみたらいかがでしょうか。伯父さんが睨んだ通りの人物であるなら、きっと返事が来るような気がします。なんとも頼りない答えで申し訳ありません。でもそんなアイデアぐらいしか、私には思い浮かびませんでした。

乱筆乱文のうえ、長々と書き続けて申し訳ありません。もう少し内容を整理して書ければいいのですが、心が急《せ》いているせいか、うまくまとまらないようです。

来月にはお見舞いに行けると思いますので、何卒《なにとぞ》ご自愛のうえ、ご静養ください。一日も早い回復を祈っています。

敬具

5 織原信子《おりはらのぶこ》の話

あら、いらっしゃい。
外は暑いでしょう。こちらへお入りくださいな。
どうぞ、奥の席へ——。
約束？
ああ、はいはい。佐藤さんね、お電話をいただいた。
ちゃんと覚えていますよ。
あの事件のことで質問があるとかなんとか……。酔狂なことで、まあ。
いえいえ、こっちの話。やれやれだねえ。客かと思っちゃったわよ。
とんだぬか喜びね。でも、まあ、いいわ。
入って座んなさい。
ほら、これがお通しね。
箸《はし》はそこ。適当につまんでちょうだいね。
いいわよ、こんなもので金なんか取らないから。
小料理屋のカウンターに腰掛けて、前に何もなかったら寂しいでしょうに。

誰かに見られたら噂が立っちまう。あそこの女将《おかみ》は客に何も出さないで勘定だけぼるってね。

ははは、冗談よ。このお通しはただ。だからつまみなさいよ。

じゅんさいは嫌いかい？　じゃあ、いいじゃないか。食べなって。

えっ？　ビール？

あら、話がわかるじゃないの。そうそう、初めからそう言ってくれれば、こっちだって嫌な顔はしないんだよ。はい、はい、じゃあ、おビールね。

グラスは二つ、と。

ほら、こっちがお客さんで、こっちがあたし。

それでもって、はい、かんぱーい。

――ああ、美味しい。

やっぱり客の注文したビールはうまいねえ。

この世の中に、客の注文のご相伴にあずかったビールほどうまい飲み物はないよ。最高だね。いつ飲んでもとびきりの味。他に焼酎《しようちゆう》も日本酒もあるからね。欲しいものあったらなんでも注文しなよ。つまみだって、なんでもできるしね。

メニューはこれね。気に入ったものがあれば、じゃんじゃん注文して。

他に客はいないんだからすぐに作るよ。だから――。

……うん？

ああ、話ね。

わかってるよ。あの事件の話だろう。

大丈夫だって。しっかり覚えているからさ。

ええと、なんだっけ。あんたの名前。ああ、佐藤さんね。

ちゃんと話すから。大丈夫、大船に乗ったつもりでいなさいよ。

だからその前につまみを注文しなさいって――。

漬け物にあたりめ？　なによ、若いくせに何言ってるんだか。そんなもの頼んだって腹は脹《ふく》れやしないよ。

しょうがないね。じゃあ、だし巻き卵でも作ろうか。卵好きだろう、卵。

アレルギーとかあるとあれだけどね。でもあんたは大丈夫そうだ。そんな顔してるよ。アレルギーがありそうな顔じゃない。

それから、やっぱり肉だろう？　若いんだからさ、もりもり食べなって。

豚肉でも焼こうか。生姜《しょうが》焼きでいいかねえ。ちょっと待ってなよ、ちゃっちゃっと作っちゃうからさ。

いいから、そこで座って飲んでなって。

すぐだからね。ちょっとだけ待っておくれよ――。

（中略）

――ほら、これも食べなよ。
特製の餃子《ぎょうざ》だよ。皮まで手作りだ。ニンニクがたっぷり入っているから精がつくよ。
これを喰《く》って今夜は彼女とうまくおやりよ。
えーと、それで何だっけ？
ああ、あの事件の話ね。楠本大輝が死んで、三ツ矢が自殺したあの事件。
それが何？
真実はどうだったかだって？
……さあねえ。あたしにそんなこと訊かれてもねえ。
それが真実だってあたしは思っていたんだけど、違うのかい？
だって警察がそう判断したんだろう？　だったらそれでいいじゃないか。いまさら
ごちゃごちゃ言ったってどうにもならないよ。
違う？　そう考えていない同級生もいたって？
はあ、そうなのかい。
あたしにはわからないねえ。
三十年も前の話だし、いまになってそんなこと言われてもねえ。

いまさらあの事件のことを思い出したい理由もないし。

そりゃあ、そうだよ。これっぽっちだって思い出したくはないね。事件がどうこうじゃなくて、あの頃のことは全部思い出したくもないんだよ。クラスのせいじゃないよ。あたしは学校自体が嫌いだったのさ。だからどうでもよかったのさ。クラスのことなんか気に掛けてもいないよ。

あたしにとっては、どこのクラスでも一緒だったからね。親の仕事のせいで、どこでも馬鹿にされたり、苛められたりしたわけだし、いまさらあのクラスがああだこうだという気持ちはないわけさ。

母親が一杯飲み屋をやっていたんだよ。ここじゃない。北口の駅前さ。

いまではただのシャッター通りだけれど、当時はそれなりに賑《にぎ》わいのある商店街だったんだ。そこで昼間は定食屋、夜は飲み屋をやっていてね。

店の前におにぎりって大きなのぼりを立てていたから、近所の子供はおにぎり屋おにぎり屋ってみんな呼んでいたわけさ。

そりゃあ、屋号はあったさ。しのぶだか、みゆきだか、そんな屋号。

でも誰もそんな名前で呼ぶヤツはいなかったね。子供たちはおにぎり屋としか言わなかった。だから小学校であたしはずっとおにぎり屋の娘だったんだよ。

渾名《あだな》もそのものずばりのおにぎり屋さ。親しみなんかじゃないよ。ただ馬鹿にされていただけだ。そんなわけだから小学校の六年間については思い出したい記憶もありゃしないんだ。

あの事件に関しても、特別な感想はないよ。

三ツ矢ってのも札付きの問題児だったわけだし、楠本大輝がよっぽど妬ましかったんだろうと思えば、それ以上の感想は浮かんでこないのさ。

そういう気持ちはわかる気もしたからね。

苛められた人間の気持ちは、苛められた人間にしかわからないってことさ。

まあ、だからって苛めた人間を殺していいって理屈にはならないけれどね。でも気持ちはわかる気がしたんだよ。

三ツ矢の気持ち、それはきっと自分だけがどうしてこんな目に遭うんだろうって世間を恨むような気持ちだね。まあ、本音を言えば、三ツ矢がいたから、あたしは救われていたってところもあったわけだけど。

あいつがいなかったらクラスで一番の外れ者はあたしだった。三ツ矢がいてくれたから、あたしはぎりぎりで踏みとどまっていたわけさ。

同じクラスにあいつがいてよかったという気持ちは、心のどこかにあったんだよ。

そういう意味ではあいつに感謝していると言ってもいいかもしれないね。まあ、当時は絶対にそんなことは口にできなかったけれどもね。

だからあんな事件が起こっても、あたしに特別な感慨はなかったよ。

ああ、やっぱりと思っただけだった。

三ツ矢の心の中にも悔しかったり、悲しかったりする気持ちは、やっぱりあったんだなあって、そう思っただけだった。

そんなことは当たり前だけれどね、でもそんな当たり前のことがわからない連中が、世間にはごろごろしているんだよ。

学校の成績の悪い子供は頭が悪い、頭が悪ければ感受性も鈍い。そんな風に考える大人が多すぎるのさ。

あんたはどう思う？

感受性が鋭いのは、優等生の特権かい。頭がいい子は感受性も鋭いけれど、頭の悪い子は感受性も鈍いかい？

そうだよねえ。

そんなことはないよねえ。

でもそんな風に考えている大人は意外に多いんだよ。成績のいい子ばっかりちやほやして、できない子供はほったらかし。どんなに邪険に扱っても、きっとそういう子は気にもしないと思ってるんだ。頭の悪い子供はどんなにひどい扱いをされても傷つかないと、そう信じている大人がこの世の中にはごまんといるんだよ。

……まあ、あんたにそんなことを愚痴っても仕方がないけどね。

でももうちょっと大人たちが優しくしてくれたら、三ツ矢だってあんな事件は起こさなかったし、あたしだってこんな場所でくすぶっていなかったって、そんな風にも考えてしまうのさ。

そんなわけだから、別にいまさら話すこともないよ。

悪いね。せっかく来てくれたのに。こんな話しかできないでさ。

真実がどうだとか、興味がないんだ。

あたしがもうちょっと賢かったら、また違う感想を持ったんだろうけれどさ、でも、そうじゃなかったからね。だから——。

——あら。ナベさん、いらっしゃい！

ビールでいい？

ああ、あんた。悪いけれど、ちょっと待っててよ。商売優先だからね。

ささ、ナベさん、こっちの特等席へ——どうぞ、どうぞ。

（中略）

それでね、ナベさん、聞いてくれる？

こちらのお客さん、佐藤さんとおっしゃるんだけれど、あの昔の事件を調べているんですって！

昔の事件っていったら昔の事件よ。なによ、いまさらそんな顔をして。この町で昔の事件っていったら、あの那由多小の毒殺事件に決まっているじゃない！

――そうよ。

ねえ、びっくりしたでしょう。三十年も前の事件なのにねえ。いまさらなんだって言うのよねえ。

あっ！　もしかしたら本当の犯人は他にいるとでも言いたいのかしら。

ほら、ミステリー劇場とかでよくやってるみたいに！

ねえ、そういうことなの？　佐藤さん。

あら、やだ、困った顔しちゃって！

ねえ、ナベさんはどう思う？

いまさらそんな事実がわかったら大騒ぎだけれどねえ。

えっ？　なに？

佐藤さんが――？

あたしは知らないわよ。本人に訊いてみたらいいじゃない。いやってことはないでしょうよ。自分で言い出しておいて。

なによう。あたしが訊くの？

あらあら、気の小さな事で。しょうがないわねえ。本当に。

……ねえねえ、こちらのナベさんが質問しているんだけれど、佐藤さんってお若いのに、そんなことわざわざ調べに来て、どういうお仕事をされてるの？

もしかして……警察の方？

というのはね、ナベさんって不動産屋の社長さんなんだけれど、色々後ろめたいことがあるみたいで、そういうことをすぐ気にする性分なわけ。

警察の人が近くにいるとそわそわして落ち着きがなくなるの。こわもてに見えても気が小さいのよねえ。

ひゃははは。冗談よお。怒らないでよ、ナベさん。

警察じゃなかったら、なに？　探偵とか？

過去の事件を調べて、それで真犯人を見つけ出そうとするなんて、ちょっと格好いいわよねえ。まあ、あたしにすれば真犯人が誰であっても、どうでもいいことなんだけどね。

時効？　三十年前の事件だと時効なの？　殺人事件であっても罪に問えないの？

なあんだ。それじゃあ、しょうがないじゃない。

じゃあ、誰が犯人だっていいじゃない。別にいまさらそんなこと。

なによ。ナベさん。

あら。日本酒にする？

はいはい。そう来なくっちゃ！

冷でいいわよね？

（中略）

……やっぱり日本酒はきくわねえ。明日が辛そう。

でもそう言いながらも飲んじゃうのよねえ。懲りないというか、学習能力がないっていうか。

そういえば、変なこと思い出しちゃった。あんたがあの事件の話なんかさせるからよ。当時のこと思い出しちゃったじゃないの。

あの頃はさ、母親が小さな店をやってたのよ。一人で切り盛りしていたから、忙しい時は手が回らないみたいでさ。それで手伝いをさせられてたのよ。小学校の中学年の頃からちょくちょくね。

いまなら、きっと問題になるんだろうけれど、当時はその程度のことは誰も気にしなかったわけ。ただのお運びだったし、小間使い代わりにこき使われていただけだからさ。

もちろん酔っぱらいの相手なんかしたって、楽しいことはひとつもなかったわよ。

命令されて渋々と従ってしていただけ。

それでいつだったかなあ。

お使いを頼まれて出かけたことがあったのよ。夜の九時か、十時頃。けっこう涼しい風が吹いて、虫が鳴いていたから秋の頃だねえ。

お店は混んでてねえ、騒がしい上に、煙草《たばこ》がけむたくて。それでお使いは終わったんだけれど、すぐには戻りたくなかったのよ。

ぶらぶらと近所の児童公園に行ったわけ。さぼりだね。ブランコと滑り台と砂場があるような小さな公園。そこのベンチに座って風に吹かれるのが気持ちよかったの。

当時は夜の公園っていっても、怖い場所じゃなかったのよ。

ホームレスがいるわけでも、不良のたまり場になっているわけでもなくてね。

たまに高校生のアベックがいちゃついているぐらい。身の危険はまるでない場所だったわけ。

それで、その日もね、ベンチに座って、ぼうっとしていると、向こうの木立の陰にやっぱりアベックがいるのに気がついたの。ああ、やっぱりいた、と思って何気なく見ていると、どこか見覚えのあるような気がしたの。女の方にね。

それで、なんか、気になってね。最初は遠目にこうちらちら見ていたんだけれども、どうしても我慢できなくて、そっと近づいたのよ。向こうに気づかれないように、腰をかがめてそっと……。

やーね！

そんなことしないわよ。覗《のぞ》き魔じゃないっていうの！

匍匐《ほふく》前進なんかしないわよ。やめてよ、ナベさんたら。

そういう話じゃないんだから！

佐藤さんが本気にしちゃうじゃない。

当時の貴重な思い出話なの。

傍からちゃかさないでちょうだいよ。

あっ、でもさあ、匍匐前進といえば面白い話があるのよ。

ほら、志野原《しのはら》との市境に自衛隊の官舎があるでしょう？　あそこの奥さんから聞いた話なんだけどさ、昔、匍匐前進して演習を逃げだそうとした新入隊員がいたんだって！

それがさあ、笑っちゃう話なんだけれど、演習場の森の奥にさ――。

（中略）

……ははは。馬鹿でしょう？

笑っちゃうわよねえ――。

あっ、ごめんなさいね、佐藤さん。

関係ない話になっちゃって。

ええと、それでなんだっけ……。

あっ、夜の公園の話ね。だから匍匐前進はしなかったんだけどね、こっそりと近づいたのよ。

女の方に見覚えがあるような気がしたから。

木の陰に隠れて覗いたんだけれど、でもはっきりとはわからなかったの。

女の顔はもちろん、男の顔も見えなかったわけ。その二人は暗闇の中で、ひしと抱き合っていたわけよ。

で、近くに来て、初めてわかったんだけれど、女の子のブラウスの前がはだけて、男の手がそこに入り込んでいたの。それに気がついたらびっくりしちゃってさ。

当時はあたしも純情だったからさ、ひえーと思って、慌てて逃げて来ちゃったの。

いまだったら、物陰に隠れて食い入るように見ちゃうけどね。

でも当時はさすがにそこまではねえ。

それでさ、女の顔ははっきり見えなかったけれどね、着ていたカーディガンに見覚えがあったのよ。

最初に気づいたのもそれだったのね。夜目にも鮮やかなレモンイエローのカーディガン。とても洒落たシルエットと素敵な色合いで、当時その辺のスーパーマーケットで売っているような代物じゃなかったわけ。でもあたしはその服を着ている女を一人だけ知っていたのよねえ。

そう。仙石夏実。

クラスの女王様だった彼女がそんなカーディガンを着て登校してきて、それをフランス製だって自慢したことだけはしっかり頭の中に残っていたのよ。はっきり顔は見なかったし、同じ洋服を着た別人だって言われたらそれまでだけれど、でも当時は子供にそんな高価なカーディガンを着せるような家庭、そうはなかったのよね。

男の方は誰だかわからなかったわ。

暗かったし、これといった特徴のない服だったし、女の肩のあたりに顔を埋めていたから、背格好もはっきりとは確認できなかったの。

楠本大輝に似ていたか？

どうだったかしらねえ。もちろん一番にそれを考えたけれど、どうとも判断できなかったわねえ。似ているといえば似ているし、似ていないといえば似ていないし。はっきりとはわからなかったわね。

仙石夏実みたいないいとこのお嬢さんが、あんな時間に外をふらふらしているはずもないってことも考えたけれど、隣町の塾に通っていたみたいだし、塾の帰りに男と待ち合わせたって考えれば筋は通る気はしたのよ。

まあ、下司《げす》の勘ぐりっていえばそうなんだけど。

その時は、変なところを覗いちゃったって驚きで、必要以上にまじまじと見ることはとてもできなかったわけ。それでびっくりして思わず逃げ出しちゃったのよね。

いまならもちろんそんなことはないんだけれど、当時のあたしは、ほら、純情だったから！

なによ。なんで笑うのよ、ナベさんたら！

あら、日本酒、お代わり？

はいはい、大丈夫よ。こうなりゃ、朝まで飲み明かしましょうか。

でも支払いはちゃんと現金でお願いね。

（中略）

……あら、もう帰るの。

たいした話もできないでごめんなさいね。

でも、昔のことを思い出したら、ちょっとしんみりしちゃったわよ。

そうそう。生きているだけで儲けものみたいな。

どんなに期待をされた優等生でも、死んじゃったらそれまでだものねえ。

平凡なつまらない人生だって、生きているからこそ味わえるのよね。

死んじゃったらお酒も飲めないし。

あっ、そうそう。せっかくだから、当時の同級生についてもうひとつ教えてあげるわよ。

筒井《つつい》久人《ひさと》っていう男の子だけれど、知ってる？

連絡を取ったけれど、転居した後だったの？

実は交通事故で亡くなったのよ。

そう。去年のことなんだけれどね。会社の帰りに飲酒運転の車に轢《ひ》かれたの。息はあって入院したんだけれど、結局ダメでね。

実は、そのお姉さんがナベさんの同級生なのね。

それを聞かされた時は、あたしもびっくりしたんだけれど。

転居先の電話番号？

知りたいのなら教えてあげてもいいけど、行くの？

お線香をあげに？　ふーん。若いのに殊勝な心がけね。行ったらよろしく言っておいてね。

……いいのよ。こちらこそ大した話もできないで悪かったわね。

お勘定はこれね。

訊きたいことがあれば、またいつでもどうぞ。

もっともアルコールが入って口が湿らないと、スムーズに話もできないってのがあたしの欠点なんだけれどね。

それじゃあ、お気をつけて。

気が向いたらいつでもいらっしゃい。

6　櫻井忍の手紙

拝啓
長らくご無沙汰《ぶさた》しております。

編集部から転送された手紙の中に、鶴岡先生のお名前を見つけた時は本当に驚きました。

まるで三十年前にタイムスリップをしたかのような錯覚に襲われて、思わず自分の周囲を見回してしまったほどです。

思えば私のこの三十年間は、あの事件を忘れようとして、ただひたすらにもがいてきた三十年間でした。

無駄なあがきにも似たその試みがうまくいったとは到底思えません。いかなる方法を試みようとも、その目的が達成されることは決してなかったからです。

しかしながら人生は皮肉に満ちています。

本来の目的とは違うところで、別の人生を切りひらくことに私は成功してしまいました。

誰も見ていないところで、こつこつと努力を積み上げたおかげで――とあえて言わせてください（笑）――過去を封印して、もう一人の自分を作り出すことに、私は成功してしまったのです。

もっとも、それは決して楽な道ではありませんでした。

そこに到達するまでの苦労を語れば、それだけで本が一冊楽に書けるでしょう。

さらには、取りあえずの成功を収めた後にも、トラブルの種が尽きることはありませんでした。

好奇心旺盛《おうせい》で詮索《せんさく》好きな人々はどこにでもいるものです。こっそり隠した封印の結び目を彼らにいじられたことは一度や二度ではありません。それが解かれるまでには至りませんでしたが、ひやりとさせられたことは何度もありました。しかし私の悪運が強いせいか、すべてが明るみに出ることはありませんでした。

私は自らの過去を隠し通したまま、ここまで辿り着いたのでした。

だから先生の手紙を読みながら、ああ、ついにこの時が来たのだな、と思いました。ここまでどうにか隠しおおせたのに、とうとう見つかってしまった。

そう考えると、手紙の文字面を追いながらも、内容をきちんと理解することができなくなりました。何度も同じ行を読み返しては、呆然とため息をつくことしかできなくなったのです。心の中で張り詰めていた何かがゆっくりと萎《しぼ》んでいくのがわかりました。

　これは時効目前に逮捕をされた殺人犯の心境にも似た心持ちなのかな。そんなことを考えながら、ぼんやりしていると、やがて落胆に取って代わって、安堵《あんど》したような気持ちが心に浮かんで来るのに気がつきました。

　やっと誰かに見つけてもらった。

　誰かに気づいてもらった。

　そんな気持ちが空虚な心の中をゆっくりと満たしていったのです。

　先生の手紙と、同封されたかつての同級生の証言を、すべて読み通すことができたのは、その日も遅く、深夜になってのことでした。

　私は何度も肯《うなず》き、首を傾げ、眉間に皺《しわ》を寄せ、笑い、そして泣きました。

　忘れようとしても決して忘れられなかった過去が蜃気楼《しんきろう》のように立ち上り、巨大な影のように視界を覆って、むせぶようにわななきました。

　とうとう先生に見つけてもらえた。

　東の空が白々と明るんでくる時刻になって、私はようやくそう考えるに至りました。

　鶴岡先生以外にあの事件の真相に気がつく人はいないに違いない、とずっとそう考えていたことを、ようやく私は思い出したのでした。

　事件の翌年、私は偽名で先生に手紙を出しました。私は私の知っていることをその手紙にしたためました。そこに書いたことは事実ではありました。しかし真相ではありませんでした。自分ひとりで秘密を抱えていることがあまりにも辛くて、苦しくて、それでいながら何もかもを包み隠さず打ち明けてしまうだけの勇気もなく、私は事件へと繋《つな》がる出来事のいくつかをそこに記したのでした。

いま思えばなんと幼稚で卑怯《ひきょう》な振る舞いでしょうか。

あの二人の死に責任があるのが、自分ひとりではないのだということを訴えたいがために、私は手紙を先生の許《もと》へと送ったのです。

あんな手紙を貰う方の気持ちなど微塵《みじん》も考えずに、自らを蝕《むしば》む毒の力を弱めたいがために、溢《あふ》れ出た毒を先生に送りつけたのです。

それは子供だからといって許される行為ではありません。拭っても消えない罪悪感の一部を、自分可愛さのために、先生に押しつけてしまったのですから。

きっと先生は、それでも構わないとおっしゃられることでしょうね。優しい声で、そんなことは気にしないでいいよ、と慰めてくれるのでしょう。

でもいけません。

先生が気にされなくても、私が気にするのです。

なぜかといえば、手紙の中で先生が触れていた通りに、私は深くあの事件に関わっていたからです。

いいえ、それどころか、私が余計なことをしたり、言ったりしなければ、あの事件は、きっと起こりはしなかったのです。

私は先生やクラスの同級生とはまったく立場が違うのです。

私はきっと一生、あの事件を忘れることはできないでしょう。

それが私の背負った罪であり、また罰なのです。

だから——。

お話しします。

先生に。

いまこそ、すべてをお話しいたします。

7　蓬田美和の告白

——事件の成り行きの説明をする前に、まずは楠本大輝くんの話から始めましょう。そのほうがきっと先生にはわかりやすいでしょうから。

大輝くんと私は幼なじみでした。

同じ幼稚園、小学校に通い、クラスもずっと一緒。幼稚園年少クラスのさくら組から、数えて八年半、私は大輝くんとずっと同じクラスに通っていたのです。

彼は小さな頃から優秀でした。色んなことを知っていて、何をしても一番でした。その話になると、彼の育った環境がそうさせたのだと、誰もが口を揃えて言いましたが、それだけではありません。

もともとの彼自身が非常に優秀な少年だったのです。

それが証拠に、五つ年上の兄がいましたが、小さな頃から彼は兄以上に優秀だったのです。

背格好や顔立ちはよく似た兄弟でした。大輝くんのことを見た大人たちはこぞって、まあお兄ちゃんにそっくりと目を細めましたが、二言三言言葉を交わすだけで、すぐにその違いに気がつくことになりました。喋り方、態度、立ち振る舞い、記憶力、運動神経、すべてにおいて大輝くんの方が優れていたからです。

お兄さんは離れた町にあるエスカレーター式の私立小学校に通っていましたが、そこはあまり学業が優秀とは言えない学校でした。成績も芳しくなかったのを親の顔で無理矢理ねじ込んだのだと、当時の大人たちが噂していたのを聞いたことがあります。

それに較べれば大輝くんはモノが違いました。

幼稚園が終われば自宅で家庭教師について勉強をしていたのですが、その当時ですでに小学三、四年生並みの学力があるとの評判でした。県内でも最も優秀な子供たちが集まる国立大学付属小学校を受験しても、きっと合格は間違いなしだろうと、周囲の誰もが噂をしました。

しかし、残念なことに目論み通りに事は運びませんでした。

受験することが彼にはできなかったのです。

その年の冬はことさら寒い冬でした。全国的に悪性の風邪がはやったのです。幼稚園でも流行し、私も罹《り》患《かん》しましたし、大輝くんも患いました。

そして運が悪いことに、大輝くんの症状はとくに重かったのです。熱が下がっても下痢が止まらず、自宅で点滴を受けたりもしたそうです。それでも受験日直前まで下痢は治まらず、結局は受験を断念するしかなくなったそうです。滑り止めとして考えていた他の学校の受験もできず、仕方なく彼は地元の那由多小学校に進学することになりました。

まわりの大人たちはみな一様に肩を落として、ため息をついたそうですが、子供たちは逆でした。大輝くんと同じ学校に通えることを素直に喜んだのです。中でも私は万歳をして、その時隣にいた母親を慌てさせもしたそうです。幼稚園の送迎の最中にその話を聞いて、私は嬉しさのあまり思わず飛び跳ねて、喜びを表したのでした。

あの時は思わず冷や汗をかいたわよ、近くにあそこのお母さんもいたんだからね、と母は後々まで笑いながらその話を私にしたものです。

当時から私は、彼のことが好きでした。学業も運動も何をしてもよくできる彼のことは、友達として眩《まぶ》しくあると同時に、誇らしくもあったのです。

当時の彼は気さくな男の子でした。誰にも分け隔てなく接し、弱い者苛めもせず、自らの能力を驕《おご》りもしませんでした。彼は王子様のような存在で、幼稚園の頃から周囲の皆に好かれていたのです。

小学校に入学してもしばらくは彼の態度は変わりませんでした。

変化があったのはいつの頃からだったでしょうか。学年が上がり、取り巻きといえる友達ができた頃から、彼は少しずつ変わっていったのです。

いいえ、正確にいうなら、変わったわけではないのかもしれません。誰も気づかなかっただけで、もともと彼はそういう性格の人間だったのかもしれません。

小さな頃は目立つこともなかった微《かす》かな歪《ゆが》みのようなものが、成長するにつれて大きくなり、さらには周囲の影響を受けてその偏りが顕著になっていった。つまりはそういうことなのかもしれません。

彼は優秀ではありましたが、完璧な人間ではなかったのです。

彼には欠点があったのです。それも決して見過ごすことのできない大きな欠点が。

もちろん先生はそれにお気づきのことだったと思います。だからこそ先生は、普段は皆に平等を標榜《ひょうぼう》しながらも、時には腫れ物に触るように慎重に彼に接していたのでしょう。

大輝くんの欠点。それは彼がなんでもやればできてしまえること、どんな問題にも何らかの答えを出せてしまえることに由来していました。

その時々にまわりの人間から要求されることに、彼は簡単に応えることができました。

周囲の大人や、友人や、クラスメイトから期待される人間になることは、彼には実に簡単なことだったのです。

優等生であることを求められれば模範的な優等生になり、リーダーシップを求められれば毅然《きぜん》としたリーダーになり、アスリートの能力を求められれば抜群のアスリートに変身し、そして卑怯ないじめっ子の大将になることを求められれば、どこまでも残忍で陰湿な性格になることが、彼にはできたのです。

今日の常識に照らして考えてみれば、楠本大輝くんはその優秀さの裏側に、情緒的な欠陥を隠し持っていたということになるのかもしれません。

彼はなんでもすべてできてしまうが故に、できない人間の心情を推し量ることができない人間だったのです。サラブレッドであるが故の欠点を、誰にも見えない心の中に抱えていました。彼は正しい意味での自由意思を持ってはいなかったのです。

何かをしたいとか、成し遂げたいという欲望を、心の中に持ってはいませんでした。

生まれながらに彼はすべてを持っていました。

思いつきの気まぐれな望みは、口にするだけで簡単に叶えられました。したいことはなんでもできました。欲しいものはなんでも手に入りました。物心ついてからこのかた、他人の心を推し量る必要性など、彼は微塵も感じなかったに違いありません。

とはいっても、その時点でまだ大きな不都合はありませんでした。

当時の取り巻き連中だった男の子たちが、意識的に彼を利用しようとしたわけではなかったからです。

小学校の中学年になると、彼は少々つっけんどんになり、男の子同士で乱暴な遊びをするようになり、女の子たちとはどこかで一線を引くようになりましたが、それはその年頃の男の子たちなら誰でも経験するような変化でしかないはずでした。

その後の展開を見据えるに、本当に問題となる転機はその後に起こったのです。

一人の女の子が彼に近づいたのです。

仙石夏実。

彼女もまた大輝くんと同じくらいに恵まれた環境で育った、人目をひくほどに目立った女の子でした。

大輝くんはどう対応するのだろう。きっと相手にされることはないわよ。まわりにいた女の子たちは口々にそう言い合いましたが、しかしその勘繰りは簡単に覆《くつがえ》されました。大輝くんは自分たちのグループに彼女を受け入れたのです。

それは四年生になったばかりのことでした。

どういう理由で彼が仙石さんを仲間に受け入れたのかはよくわかりません。

彼女は人目をひくほどに可愛らしく、おしゃべりも上手で、運動も勉強もよくできました。さらにはお祖父さんが市会議員で、お父さんが会社経営者という、地元でも有名な一族の一人娘でした。

私的な感情なのか、もっと他の理由があったのか――。

よくはわかりませんが、それを機会に彼女は取り巻きの一人に加わり、そうして大輝くんの変化は、前にもまして一層激しくなっていったのです。

その翌年に最初の事件は起こりました。

何が起こったかは、鳥原くんの証言に記してある通りです。

クラス替えで新しくなった五年六組は、まるで落ち着きがない学級でした。三ツ矢くんという火種が転入してきたことに加え、新しく担任になった吉野先生の指導にも問題があったからです。吉野先生は一見優しそうなベテランの女性教諭でしたが、いわゆる事なかれ主義の権化のような教師でした。

その視線は校長先生やＰＴＡの方ばかりを見ていて、生徒のことは二の次でした。たまに気を配っても、大輝くんや仙石さんという特別な子供のことしか気にしません。そんな調子だから、三ツ矢くんの生活態度は改まることもなく、クラスでは揉め事や騒ぎが絶えませんでした。

男の子はみな不機嫌で、喧嘩腰になり、女の子は数人ずつのグループで固まっては、こそこそと陰口ばかりを叩《たた》いていました。五年六組はいつしか、ぎすぎすして、怒鳴り声の絶えない最悪な学級になっていたのです。

夏になると仙石さんが三ツ矢くんにつきまとわれているという噂が、クラスの女子の間に広まりました。顔を合わせるとその話になり、誰もが、いい気味だと声を潜めて笑いました。

仙石さんは女子の間でひどく嫌われていたのです。もちろん嫌われる原因は彼女自身の言動にあったわけですから、同情するには及ばないと思いもしましたが、それでもどこか嫌な気持ちにもなりました。

だから、仙石さんをいい気味だと罵っても何も解決にはならないし、もうちょっとみんなでクラスを良くするための建設的な方法を考えたほうがいい、という意見を口にしたのです。しかしそうすると、今度は私がいい子ぶっているという噂を立てられて、皆に疎まれる結果になりました。

皮肉なことですが、こうして私もクラスの中で次第に孤立していったのです。

夏休みが過ぎて、二学期が始まりましたが、クラスの雰囲気は少しも良くはなりませんでした。みんなが次第にうんざりとしてきている様子がわかります。誰かになんとかしてほしい。そういう願いが教室の空気の中に澱《おり》のように漂っている気配がわかるのです。

といっても先生はまるで当てになりません。先生の他に当てにできる人といえば――。

皆の視線は学級委員である大輝くんを向いていました。たぶんそういう背景があったところに、仙石さんの訴えがあって、それが最後の一押しになったのでしょう。

五年生の二学期、大輝くんは下剤の悪戯を三ツ矢くんに仕掛けたのです。

もちろん、当時の私たちはそれを知りませんでした。

私たちが知っていることは、彼が急に体調を崩して学校を休みがちになったという事実だけです。その事実の裏に、大輝くんのグループがいたということを、当時の私たちが想像できるはずもありませんでした。

彼らは素知らぬ振りをして、悪辣《あくらつ》な手段で三ツ矢くんを教室から追い出したのです。クラスは落ち着きを取り戻し、誰もがほっと安心をしました。

彼はそうやって間違った一歩を、大きく踏み出してしまったのです。

ただその事件に関しては、ひとつだけ言っておきたいことがあります。

その最初の悪戯は、鳥原くんが言ったように、自分たちの自習時間の確保のためや、仙石さんの身を守るためにしたことではなかったということです。

確かにそれも要因のひとつではあるでしょう。でも、そのためだけにしたことでは、絶対にないのです。

彼はクラスの声を代弁し、何もしない先生に成り代わって、三ツ矢くんに罰を与えただけなのです。

同級生に下剤を混ぜた食べ物を与えながら、恬《てん》として恥じることもないその恐ろしさについては、とりあえずここでは言及しません。そうすることが事態を沈静化させる最良の方法だと判断したために、彼はその計画を実践したのだということを、いまはただ鶴岡先生には知ってもらいたいのです。

彼は自習時間にこそこそ受験勉強をしなければいけないような、自信のない受験生ではありませんでしたし、アイドル歌手に似ていると評判の同級生の色香に、ふらふらと迷うような頭の軽い男の子ではありませんでした。

事態を収めるための具体的な施策のない無能な担任教師や、右往左往するだけの無力な同級生に彼はただ同情をしただけなのです。

彼は自分のためではなく、みんなのためにそれをしたのです。

それは決して私の想像ではありません。私は彼から直接聞いたのです。

五年生の冬のことでした。

私は偶然、彼らの企みに気がついてしまったのです。

給食の時間でした。鳥原くんが何気ない素振りで、三ツ矢くんの牛乳をこっそりすり替えるところを目にしたのです。ただ、その時は、あまり深く考えませんでした。何をしているんだろうなぐらいのものでした。しかしその翌日、彼はまた体調を崩して学校を休みました。

何日かして、三ツ矢くんが学校に出て来ると、また同じ光景を目にしました。今度は二宮くんが同じことをしたのです。前のことを思い出して、どきりとしました。

当時、私の机は、三ツ矢くんの隣でした。三ツ矢くんは配膳の列に並んでいるところで、席にはいませんでした。それを見た時、私は考えるよりも早く、手を伸ばしてそれを自分の牛乳と取り替えました。

誰も見ている人はいませんでした。

給食の牛乳はガラス瓶に入っていました。紙の栓とビニールのシールが口の上についています。でもどこかが変でした。一度剝《は》がして、また付けたような、そんな気配があるのです。

思わず嫌なことを想像してしまいました。どきどきしながら、まさかそんなことはありませんように、と祈りました。本を読むのが好きだったせいで、私は想像力が実に逞《たくま》しい子供でもありました。まさか、そんなことがあるはずはない、と窓際の席で談笑する大輝くんのグループに目をやりながら、私は自分の想像を打ち消しました。

やがて配膳が終わり、皆が席に着きました。日直の、いただきます、の挨拶と一緒に、全員がスプーンを手に取ります。三ツ矢くんは迷わず牛乳を手に取ると、キャップや栓には注意を払わずに剝ぎ取って、一息で牛乳を飲み干しました。

いつものことですから驚きもしません。だけど、だからこそ、栓に何か細工をした牛乳と入れ替えても、彼は気づかずにそれを飲み干したことだろうなと思いました。

私は自分の机にある牛乳を見て、どきどきしました。それに手をつけないという選択肢もありました。

私はなるべくそれには視線をやらないようにして、給食を口に運びました。

食べ終わる頃になって、おい、と声がしました。

顔を上げると、三ツ矢くんが私の牛乳を見つめています。

それ飲まないならくれよ。

私はどきりとして、飲むわよ、と言いました。

人の気も知らないで！

無性に腹が立ちましたが、仕方がありません。

私は牛乳を手に取って、ゆっくりと栓をあけません。

三ツ矢くんの視線を感じながら、それを口に当てました。

そんなはずがない。私の勘違いだ。絶対に、そんなはずはない――。

目をつむって、一気に牛乳を咽喉《のど》に流し込みました。

変な匂いも、味もしませんでした。

しかしその日の夕方――。

私はひどい下痢をして、夜まで腹痛に苦しむ破目になったのです。


その後の一週間、思い悩みました。

クラスにおける自分の立場も微妙でした。

クラスの中で孤立していた立場はようやく落ち着いてきてもいたのです。三ツ矢くんが休みがちになって（というのはもちろんあの牛乳のせいなのでしょう）クラスの揉め事もずっと減りました。仙石さんの我儘《わがまま》は相変わらずでしたが、それ以外では大きな問題もありません。

余計なことをしなければ、そのうちにみんなと仲良くできそうでした。三ツ矢くんに関わっても、自分に得になることなど何ひとつないのだ。私は自分で自分にそう言い聞かせました。見て見ぬふりをすることが、たぶん一番楽な方法でした。

だけど――。

だけど、それは悪戯と呼ぶにはあまりに酷いやり方でした。いつから彼らがそんなことをしていたのかはわかりませんが、ずっと前からしていたのだとしたら、三ツ矢くんが体調を崩したことの直接の原因もそこにあるのかもしれません。そしてそれに気がついてしまった以上、黙っていることはできそうもありませんでした。

大輝くんはそんな人間だったのでしょうか。

いいえ、違います。幼稚園の頃の彼は優しくて、なんでもできるヒーローでした。大きくなったらお父さんみたいなお医者さんになって苦しんでいる病気の人を助けるんだ。幼稚園の卒園式でそう言った彼の言葉を覚えていました。

そんな彼が同級生の牛乳にこっそり下剤を入れるなんて！

そんなことは間違っている。

誰かがそう言ってやらないといけないのだ。

私は静かに決意をしました。

そして、ある日の放課後、こっそり彼を呼び出したのです。

寒い日でした。

窓の外には灰色の雲で覆われた暗い空がありました。

雪のちらつきそうな二月の夕暮れ、人気《ひとけ》のない理科室で、私は彼を待ちわびながら、自分の考えが何かの間違いであることを願っていました。しかし約束の時間ぴったりにやって来た彼は期待を裏切って、あっさりと私の想像を肯定したのです。

自分の病院から持ってきた下剤をあらかじめ混ぜた牛乳とすり替えていたと――。

最初は薬を混ぜたお菓子やジュースを分けてやっていたけれど、あまり長く続けると怪しまれそうだから、最近になって牛乳の方法へ変えたというのです。

「どうして、そんなことをするの？　誰かに頼まれたの？　たとえば仙石さん……とか？」

つきまとわれていたという話を思い出して、私はおずおずと質問しました。

しかし彼は首を横に振ると、笑いながら、

「夏実のためじゃない。みんなのためだよ」

「みんなのため？」

訝《いぶか》しむ私に向かって説明しました。

「あいつが学校を休むようになって、クラスのみんなは喜んでいるだろう？　私物がなくなったりすることもなくなったし、つまらないことで喧嘩になることもなくなった。女子だってつきまとわれることもなくなって、安心して学校に来られるようになった。三ツ矢が学校を休んでも誰も困らないじゃないか。先生にいくら怒られても懲りるということがないんだから、可哀相だけど学級委員としては、クラスのために強硬手段を取らざるをえなかったんだよ」

にこやかに笑いながら、彼はそうするに至った理由を理路整然と並べたてたのでした。

——誰もどうしようもできないから自分がやったんだ。自分の好き嫌いでやったことじゃないし、特定の誰かに頼まれたわけでもない。自分にしかできないことだからやったんだ。それだけのことだよ。それ以上のことでも、それ以下のことでもない。それ以外の意味なんかないんだよ——。

大輝くんのあっけらかんとした言葉を聞いているうちに、実は正しいのは彼ではないかという気にもなってきました。

もしも、次の瞬間に、理科室に入って来る人間がいなければ、私は彼の理屈と微笑に負けて、彼の言葉に一応の納得をしていたかもしれません。

しかし幸か不幸か、そうはなりませんでした。教室の扉があき、黒い影が飛び込んで来たからです。その影は一直線に向かってくると、勢いよく私を突き飛ばしました。

私はよろけて、小さな悲鳴をあげました。

「こんなところで大輝と何をしているのよ！」

甲高い叱責するような声が響きました。

仙石さんがそこにいました。彼女は腰に手を当てて、燃えるような瞳で私のことを睨みつけていたのです。

突然のことに私はしどろもどろになりました。

自分に非があるはずもないのに、ただ彼女の剣幕に負けて、パニックになってしまったのです。彼女はまるで私が悪いことをしているかのような態度で怒鳴り散らしました。

それはまるで恋人の浮気現場を見つけた嫉妬《しっと》に狂う女のような様子でした。三ツ矢くんの話をしていただけと言っても聞き入れてくれません。目を吊《つ》り上げて摑《つか》み掛からんばかりの勢いでした。

それでも大輝くんが執り成してくれたお陰で、少し落ち着いてきましたが、そうすると逆にこちらが収まりません。意味もなく怒鳴りつけられて、ただおろおろしていたことが悔しくてたまらなくなりました。

普段の私であればいくら喧嘩を売られても、それを買うようなことはなかったでしょう。でもその時は別でした。その場にいるのは大輝くんと仙石さんだけなのです。他に邪魔が入る可能性はなさそうでした。そして理はこちらにありました。どう考えても、私が間違っているはずはないという思いが、強く私の背中を押したのです。

私は思い切って、大輝くんと仙石さんに意見をしました。足が震えて、舌がもつれましたが、言いたいことは言えました。

「大輝くんが考えたことなのか、仙石さんが頼んだことなのか、詳しいことはよくわからないけれども、三ツ矢くんの牛乳にこっそり薬を入れるような悪質な悪戯はもうやめたほうがいいんじゃないの。いくらなんでも酷すぎるわ。もしもまだこれ以上続けるというなら先生に言うわよ――」

それを言うと胸のつかえが取れたような気分になりました。そうだ。もともと私はこれを言うために、大輝くんを呼び出したんだ！　そう思い出すと、一瞬だけ爽快な気分になりました。

次の瞬間に襲い掛かってくるだろう仙石さんの攻撃に耐えるために、全身で身構えながらも、私は自己主張の快感に胸がすく思いを感じてもいたのです。

でも仙石さんは怪訝《けげん》な顔をしました。

「薬ってなんのこと？」

素知らぬ顔でそう言うのです。

さっきまでの怒り方が嘘のような静かな顔でした。

もし次のタイミングで、さっき全部話したんだ、と大輝くんが言い、それに対して仙石さんが眉《まゆ》を顰《ひそ》めて一瞥《いちべつ》をくれる瞬間を見逃していたら、きっと私は、彼女はこの一件には無関係だったんだ、と思ったことでしょう。それほどまでに仙石さんの誤魔化し方は堂に入った自然なものだったのです。

自分の立場をわきまえるという意味では、たぶん仙石さんのほうが大輝くんよりも、よほど慎重で賢明だったのでしょう。

たとえ噂でもそんなことが流されれば、立場上困るのは彼らの方なのです。下剤の出所を考えれば、それが誰の発案かは疑う余地のないことでした。それがわかっていたからこそ仙石さんは、悪びれることなく、私は何も知らないわ、と言い放ったわけなのです。

「大輝があなたにどう言ったかは知らないけれど、彼は学級委員として重責を担っている立場なのよ。三ツ矢くんのことは大輝もずっと頭を痛めていた問題だけれど、それだからって大輝がそんな方法で問題を解決したかのような言い方をしなくてもいいんじゃないの？」

仙石さんはしらばくれるようにそう言いました。

私はその言い方に一瞬唖然としましたが、すぐに彼女の意図がわかりました。証拠がないのをいいことに、知らぬ存ぜぬで押し切ろうとしているのです。

そこで私は、鳥原くんや二宮くんが三ツ矢くんの牛乳をこっそりすり替えていたところを見たと言いました。そしてその牛乳を飲んだ自分がひどい下痢をしたことも付け加えました。でも仙石さんは顔色ひとつ変えません。私の顔をじっと睨みつけたま、あなたが下痢をしたのなんて、ただの偶然でしょう、と言いました。

「鳥原くんや二宮くんがそんなことをしたのはただのゲームなのよ。三ツ矢くんに気がつかれないように彼の牛乳をこっそり取り替えるってゲームをしていただけ。そんなゲームになんの意味があるかなんて言わないでね。実は私も同じことを思っていたの。男の子ってつまらない馬鹿なことに夢中になるものなのね。私も気にはなっていたのだけれど、別に実害がないから放っておいたの。でもダメね。あなたにそんな誤解をさせたのなら、これからはもうさせないことを約束するわ。それでいいでしょう？　もっともあなたが下痢をしたことにまで、私は責任が取れないけれど──」

彼女は落ち着いた口調でそう言うと、だいたいその牛乳に薬が入っていたという証拠だってないわけでしょう、と付け足しました。

「でもさっき大輝くんは自分たちがそれをしたって認めたわよ」私がそう言うと「彼は学級委員としての責任感からそう言っただけなのよ。そうでしょ、大輝」と彼の方を振り向きました。そして大輝くんが何かを言おうとするのを目で制して一人で喋り続けたのです。

「大輝はずっと責任を感じていたの。先生があんなに逃げ腰だから、学級委員である自分がなんとかしなくちゃいけないってね。そんな時に、たまたま三ツ矢くんが体調を崩して学校を休むようになったのよ。別に大輝が何かをしたわけではなくて、偶然彼は体調を崩しただけなのよ。でも大輝はそれを自分のせいだって思い込んだのよ。みんなで三ツ矢くんのことを除け者にしていたせいで、それを気に病んで体調を崩したんだってね。大輝はそう自分を責めたのよ。だから今日あなたに訊かれた時に、それは自分のせいであるかもしれないって、つい言ってしまったの。学級委員の責任を感じてそういう言い方をしただけなのよ。あなたが言うような事実は何ひとつとしてないわ。大輝が牛乳に下剤を混ぜて三ツ矢くんに飲ませただなんて、冗談でもそんなことは言わないでほしいわね。彼に変な言いがかりをつけるのは、いい加減にやめてちょうだい！」

彼女のあからさまな態度に唖然としました。事実を捻じ曲げた挙句、さらには私を悪者に仕立てあげようとするその物言いには、ただ言葉を失うばかりでした。

思わず彼女の顔を見つめましたが、しかし私の非難を撥ねつけるように傲然として睨みつけるばかりです。

普段であればその迫力に負けて、私はきっと白旗をあげていたことでしょう。私はもともと争いごとを好まない性質だったのです。しかし、その時だけは逃げるわけにはいきませんでした。

どんな理由があろうと、彼らがしていることは間違ったことなのです。

それなのに自己正当化を図った挙句に、それを指摘した私を悪者にするなんて――。

あなたたちのしたことは間違っている。

私は大きく息を吸い込むと、自分が言わなければいけないことを、はっきりと口にしました。しかし仙石さんも負けてはいません。大輝くんを間に挟んで、私たちの間には激しいやり取りが交わされました。

その一部始終をここに書くのは憚《はばか》られます。それは実に馬鹿馬鹿しい、子供じみた言い合いだったからです。それが証拠に途中から大輝くんは鼻白んだように横を向きました。それは女同士の馬鹿げた争いには首を突っ込みたくないという、彼の気取りだったかもしれません。私たちは頭に血を上らせて、果てしないなじり合いを続けていたのです。

そのなじり合いの不毛さにうんざりした頃、不意に仙石さんは「わかったわ」と言いました。

「こんなつまらない言い合いをしていても仕方がないわ。もうやめましょう」

そしてまだ気が収まらずにいる私に向かって、言葉を続けたのです。

「三ツ矢くんにこっそり下剤を飲ませている人がいるなんて、私にはとても信じられないことなんだけれど、でも、もしそれが事実だとしたら、私と大輝で犯人を見つけてきっとやめさせてみせるわ。それは約束するわ。だから、もうそれでいいでしょう？」

怒ったような口調でそう言いました。

「それって、どういう意味？」

私は思わず口ごもりました。学校の成績であれば彼女に負けない自信はいくらでもあるのですが、そういう話になると私は仙石さんの足許にも及ばないようでした。彼女の言わんとしている言葉の意味を測りかねて、私は目をしばたたかせました。

「その通りの意味よ。私と大輝が責任を持って、三ツ矢くんに対する悪戯はやめさせるわ」

仙石さんは面倒臭そうにそう言いました。犯人を見つけてやめさせるって、それをしているのは当のあなたたちのグループじゃないの！　そう言おうとして、その言葉を呑《の》み込みました。仙石さんの顔つきを見て、彼女の意図がわかったからです。彼女はその件に関しては、あくまで白を切り通す腹づもりのようでした。

大輝くんが首謀者である以上、何があってもそれを自分たちの仕業と認めることはないでしょう。その言い方は彼女なりの終結宣言なのです。自分たちの仕業とは認めないままに、でももう二度と同じことは起こらないだろうと言っているのです。それに気がついた時、どっと疲れを感じました。これ以上無益な言い合いを続けても仕方がないと思ってしまったのです。もともと彼らを告発したり、断罪することが目的ではなかったのです。三ツ矢くんへの悪意ある悪戯を止めることが目的だったのです。仙石さんの顔を立てて、彼女の意見に従えば、その目的は達せられることでしょう。それに気づいた時、私は思わず言ってしまいました。

「わかった。それでいいわ」

しかし、それが大失敗でした。

仙石さんは最初から自分が折れるつもりはこれっぽちもなかったのです。彼女の怖いところはそこでした。いったん矛先を収めたと思わせておいて、実は別の矛が私をしっかりと狙っていたのです。

「でもね」と仙石さんは続けて言いました。「私たちにそれだけ骨を折らせる以上は、あなたにも何かお手伝いをしてもらいたいわね」

えっ、と首を捻りました。骨を折らせるって……。

彼女はいったい何を言い出すつもりなのだろう。

私の当惑をよそに、仙石さんは平気な顔で話を続けました。

「三ツ矢くんの乱暴な行動に迷惑している人は多いし、ただ放っておくこともできないでしょう？　今年は大輝が学級委員、私が副学級委員で色々骨を折ったけれど、結局は彼を大人しくさせることはできなかったのよ。たまたま彼が体調を崩したから良かったようなものの、新学期が始まったら、きっとまた彼の体調も回復して、昔みたいに元気になることでしょうね。そうなったら、私たちはどうすればいいと思う？」

真っ直ぐに私に視線を向けたまま、そう言いました。

大輝くんは机の上に座ったまま、欠伸《あくび》をしています。

彼女が何を言いたいのかわからないまま、ただじっと身構えてその言葉の続きを待っていました。

「あなたはそういうことを考えたことがあるの？　四月から私たちは六年生よ。来春には中学受験もあるの。そんな大事な年なのに、クラスに問題児がいて、誰もどうにもできないなんて、頭の痛い、とても困った問題だと、そう考えはしないの？」

そう言うと、挑戦するように私の顔を見ました。

うまく言葉が出てこないで、私はただ、ううっ、と唸《うな》るような声を漏らしました。

彼女は嘲《あざけ》るように笑うと、さらに言葉を重ねました。

「私はこう思うのよ。誰かが三ツ矢くんの面倒を見る必要があるって。面倒見がよくて、優しくて、そして忙しくもない誰かが構ってあげれば、きっと彼も大人しくなるだろうって――。蓬田さん、あなたはどう？　中学受験をする予定はないんでしょう？　だから六年生になったら、あなたが副学級委員になって三ツ矢くんの面倒を見てやってくれない？　残念だけど、私は力不足でうまくできなかったわ。でも蓬田さんなら大丈夫。うまくやれるわ。いまみたいに自分の意見をはっきり言えば、絶対に大丈夫よ。この前の実力テストでも学年の女子でトップだったでしょう？　あなたなら彼の勉強を見てやることもできるじゃない？　一石二鳥よ。私はダメ。頭が悪いのに中学受験をしようなんて無謀な企てをしたものだから、忙しくて、忙しくて、時間がないの。もちろん大輝も一緒よ。彼の方は成績は文句なしだから心配はないんだけれど、でも絶対に失敗できない立場なの。わかるでしょう？　絶対に受からなくちゃいけないから、彼は彼で大変なのよ。だから六年生になったら学級委員を誰かに代わってもらおうかって、前から二人で相談していたの。でも色々考えたけれどそれも難しいのよ。学級委員はやっぱり大輝を置いて他にはいないという気がするの。鳥原くんも二宮くんも田浦くんも、成績のいい子はみんな受験があるし、一年からずっと彼はクラスの学級委員だったから、ここで逃げるのも悔しいじゃない。だから彼に名目だけは学級委員になってもらって、副学級委員に誰かしっかりした人に就いてもらったらどうかなって考えていたのよ。その人に実質的な仕事を引き受けてもらったらどうかなって。そうすればすべてが丸く収まると思わない？　それでね、今日、蓬田さんの話を聞いていて、ぴんときたの。頼むならあなたしかいないってね。成績はいいし、自己主張はできるし、何より正義感があるし。三ツ矢くんのことも、クラスのことも、あなたに任せれば安心だって、そう思ったのよ。どうかしら、蓬田さん――」

それから彼女は横を向くと、いい考えだとは思わない？　と大輝くんに声を掛けたのです。ああ、いいんじゃないの、と大輝くんはどうでもいいような調子で言いました。そして仙石さんは私の返事を待つこともなく、大輝くんと一緒に聞こえよがしに学級委員会の仕事についての話を声高に始めたのです。

私は口を挟むこともできずに、ただ下を向いて、やられた、と考えていました。どうやら仙石さんに立ち向かうには、荷が重過ぎたようです。途中からはいつの間にか彼女のペースに乗せられて、いいようにあしらわれて、彼女の考えたゴールへ誘導されてしまったのでした。

名前こそは副学級委員ですが、要は雑用係です。おまけに三ツ矢くんの面倒を見ることまで押し付けられました。そんなに彼のことが心配なら、自分で面倒を見なさいよ。彼女はそう言っているわけなのです。あなたがきちんと面倒を見ている限りは、私たちは彼には手を出さないと、暗に彼女はほのめかしているのです。

言葉を失いました。

私は仙石夏実の奸計《かんけい》の前に敗れ去りました。

当初の目的を達したことだけが、せめてもの慰めになりました。でも私には不思議に敗北感はありませんでした。いいえ、それどころか嬉しさのあまりどきどきとしていたのです。

どんな理由であれ、小学校の最後の年に大輝くんとペアになれる。それは私にとって、このうえもなく嬉しいことだったのです。

さすがの仙石さんも、そこまでは計算をしていなかったのです。

だから、その時、呆然とした振りをしながらも、私は時折首をめぐらせて、仙石さんと話をする大輝くんの横顔をこっそり眺めていたのでした——。

長々と告白をいたしましたが、まだ核心に触れるまでには至らないようです。

長くなりそうですので、この辺りでいったん話を中断いたします。

それに、ここから先は、いまだにお話しすることにためらいを覚えます。

事件から三十年が経ちましたが、自分の中でいまだに整理できない部分があるのです。これは終わった事件ではありません。事件が過去のものであっても、私の中であの事件はまだ終わってはいないのです。

そして今回、先生からのお手紙を頂いて、当時のクラスメイトの中にも、私と同じように考えている人がいるということを知りました。

納得できないまま、理解できないまま、ただ歳を取り、忘れていくことしかできないことに苛立ち、苦しんでいる人たちがいることを。

私は彼らに何をしてきたでしょうか。

何もしていません。ただ知らん振りをして、見て見ぬ振りをしてきただけです。

私は私の責任を全うしなければいけないのかもしれません。

自分のするべきことをしなければいけないのかもしれません。

ただ自分が現在いる環境を思えば、決して軽はずみなことはできないとも考えます。

共に仕事をする数少ない人たちや、またこんな自分に期待してくれている名前も知らない人たちを、私は一方的に裏切りたくはないのです。

このまま真実を自らの胸の内に収めたまま、瑕《きず》も汚れもないもう一人の自分を演じていく方が、周囲の人間をより幸福にすることができるのではないか、と弱い私は考えてしまうのです。

そしてそう思えば思うほど、ついつい本当のことを告白しようとする決意も鈍ってきます。

周囲の期待を裏切ることは怖いことです。私はこの仕事について、それを身に染みて知りました。期待されればされるだけ、同じくらいの重圧を感じます。

楠本大輝や仙石夏実は子供の頃から家族や周囲に期待をされて、こういう感覚を当たり前のこととして生きてきたんだなと、四十歳を過ぎてようやく私は気がつきました。

怖かったんだ。辛かったんだな。

遅ればせながら、やっと当時の彼らの心持ちを実感として理解することができるようになったのです。

鶴岡先生。

だからもう少しだけお待ちください。

真実は真実として陽の当たる場所に出さないといけません。

きっとすべてをお話しいたします。

だから、それまで。

どうか、体調を崩さぬようにお気をつけください。

敬具

8　友田邦彦の手紙

　初めてお手紙差し上げます。私は友田邦彦といいます。

　伯父である鶴岡泰夫《やすお》からお聞きになっているとは思いますが、三十年前の事件に関して、依頼をされて実際に調査を行なった者です。

　事件の調査に関しましては素人ながら、なんとか最低限の仕事はやり遂げたことで、ほっとしていましたが、頼まれたもうひとつのこと（蓬田美和と仙石夏実という二人の生徒の所在の確認）については、まるで手がかりがなく、少々心残りを感じてもいました。

　だから蓬田美和さんの所在が判明した、という連絡を伯父から貰った時は、自分のことのようにほっとしました。

　やはり伯父の最初の見込み通り、櫻井忍という小説家が蓬田美和さんだったということで、大いに興奮もしています。その事実を聞かされた時には、世の中は狭いとか、事実は小説より奇なりとかいう言葉が思い浮かび、人生というものには意外性と驚きが満ち溢れているなと驚いたものです。

　さらには櫻井忍さんが、私の調査に興味を持って、一度その内容を拝見させてほしいとおっしゃられていると聞かされた時には、天にものぼるような心地になりました。

あの有名な小説家の方が、私の拙い調査に関心を抱いているとは！　まるで想像もしなかった出来事に、少々浮き足だった気分にもなりました。もちろんそれが喜んでばかりもいられないことだとは承知しています。私のした仕事は、尊い人命が失われて、大勢の方が心に傷を受けた悲惨な出来事の貴重なレポートでもあるのですから。それでも櫻井先生に自分の仕事を見てもらえることは光栄の至りです。

今回の調査をまとめたパソコン用のメモリを同封いたします。先生のお仕事に使えるようであれば、ぜひご活用ください。同級生のみなさんに再度連絡を取る必要があるでしょうから、あわせて住所録もお送りいたします。大学院進学も決まり、ちょうど暇な時期でもありますので、お手伝いが必要なことがあれば遠慮なく声を掛けてください。

私にとっては、仙石夏実さんの消息が、いまだにわからないということが、いまひとつの心残りでもありますから、それを調べてみたいという気もしています。

聞き及んだ話では、仙石さんのお父さんが経営していた会社が、いまではセンゴク・コーポレーションと名前を変えて、ベンチャー企業へのアドバイザー業務や投資顧問でそれなりの収益を上げているそうです。お父さんはすでに経営から退いて、ご親族が引き継いでいるそうですが、もしかしたら、そちらの方面から消息がわかるのではないか、という気もいたします。

素人ゆえどこまでできるかわかりませんが、伯父の体調を鑑《かんが》みて、先生の邪魔にならない程度には協力したいと思っております。

それでは季節の変わり目ゆえ、体調など崩さないようにお気をつけください。

敬具

9　蓬田美和の告白Ⅱ

先生、お手紙ありがとうございました。

いつまでも待つとのお言葉に、本当に救われるような気持ちになりました。

でも、そのお心遣いだけで充分です。

先生からのお手紙や、あるいは甥御さんから送って頂いた追加の資料を、何度も読み返して、ようやく決心がつきました。

あの事件に関わっていたのは、直接の被害者と加害者だけではありません。

当時六年六組にいた四十人の生徒のうち、三十八人全員が、みな心に傷を負い、濃淡の差こそあれど、その後の人生において事件の影響を受けているのです。

私はそれを忘れていました。自分があまりにも深く事件の中心と関わって、さらには長い時間が経ってしまっていたために、それを思い起こす余裕がなかったのです。

私は結局利己的な人間でした。

周囲の不幸せな人々に何らかの助けになればと思い、学校を卒業後も、様々な奉仕活動に参加をしてきましたが、それも結局は自分を誤魔化すための方便でしかなかったようです。

自分の人生を隠し、糊塗《こと》して、ただだんまりを決め込みながら、ささやかな善行が過去の贖罪《しょくざい》になると信じて疑いもしませんでした。

自らの過去に決して対峙することもなく、ただ逃げ回っているだけ。

先生から手紙を頂いて、私はようやくそれに気がつきました。

だから、先生。もう迷いません。

どうか、驚かれることなく、私の告白をお聞きください。


前回は仙石さんとの対決に負けて、六年生になったら副学級委員をやらされることになったという顚末までお話ししました。

その言葉通り、仙石さんは新学期の最初のホームルームで私を推薦したのです。先生も当時のご記憶があるかもしれませんが、何も知らない同級生はみな一様に驚いていました。他に推薦にあがる人間もいないままに、そのまますんなりと私は副学級委員に任命されたのです。
・学級委員　楠本大輝
・副学級委員　蓬田美和
黒板に並んで書かれた、二人の名前を見て、私はどきどきとしたことを覚えています。彼とは幼稚園以来八年のおつきあい（というのはもちろんクラスが一緒という意味ですが）がありましたが、こうやってペアになったのは初めてだったからです。

そのあともクラスの係決めなどがありましたが、私はまったく上の空で、並んで書かれた二人の名前をちらちらと眺めて悦に入っていました。負けるが勝ちという言葉を思い出して、こっそりささやかな幸福を嚙《か》み締めていたのです。

ところがです。

これがまた失敗のもとでした。

仙石さんはそんな私の浮かれ気分を、またもや早々と嗅ぎつけてしまったのです。それが彼女の嫉妬心を呼び起こしたのでしょう。そこから小姑《こじゅうと》並みの意地悪が始まりました。ホームルームの運営や、学級委員会の応対のひとつひとつに細かいダメ出しをされるのです。

私が自分の意見を主張しても、私ならそんな風にはしない、あなたのやり方じゃ絶対にうまくいかない、と一方的に意見を否定されました。さらに一人でしなければいけない仕事量の多さに不満を言おうものなら、大輝くんに負担をかけないようにするために、あなたを副学級委員に推薦したのだから、それぐらいのことは我慢してよね、と軽くあしらわれました。

仙石さんは言いたい放題に文句を言い続け、私はただひたすら我慢して頭を下げ続けるしかありませんでした。

事情を知らないクラスの女の子たちが、どうしてあんなに我慢しているんだろう、と不思議に思っているという話は耳に入りましたが、私から釈明することは何もありませんでした。

「あの二人ってシンデレラと意地悪なお姉さんみたい。でも外見からしたらシンデレラとお姉さんの配役が反対かもしれないけれど」

そう言って笑う口さがない子たちもいたようでしたが、私は気にもしませんでした。これは私と仙石さんの問題であって、他の子たちが口を出す隙はどこにもないと知っていたからです。

実は仙石さんは私に本気で嫉妬をしている。

次第に私にはそれがわかってきたのです。

私みたいな目立たない娘に副学級委員の役目を譲ったことが、本心では悔しくてたまらなかったのです。私と大輝くんがペアになったことは、本気で許せないことだったのです。

私が大輝くんへの恋心を簡単に見抜かれてしまったように、いつしか私も彼女の心模様がわかるようになりました。

それは彼女も大輝くんに恋をしていたからです。

それも片想いの恋を。

私たちは外見も立場もまるで違えども、同じ男の子に実らない恋をしているという点では、それぞれに平等でもあったのです。

実らない恋——。

そうです。

彼女も決して両想いではなかったのです。

もちろんはたから見れば、私のしていた片想いよりは、よっぽど彼女の片想いのほうが有望なように見えたことでしょう。でもだからといって大輝くんの心は彼女に向いていたわけではないのです。

東校舎の二階で開かれる委員会からの帰り道は、二人きりで長い廊下を歩くことがありました。

そんな時はいつもどきどきして、うまく会話もできないうちに、西校舎の四階にある自分の教室に戻ってきてしまうのでしたが、ある時、偶然会話が弾んだことがありました。前夜のテレビの話題に、意外に大輝くんが興味を示したのです。番組で紹介されていたフランス料理のマナーがよくわからないと言うと、彼は丁寧に教えてくれました。ナプキンの使い方から、ナイフやフォークの順番まで、彼はなんでもよく知っていたのです。

ふーん、流石《さすが》だね、と私は感心しました。

小さい頃から父親に教え込まれたからね、と彼は微かにはにかんだ笑顔を浮かべ、ちょっとソースを零しただけで食事を取り上げられたりもするんだぜ、たまんないよな、と苦笑いをして顔を顰めました。びっくりして、お父さんってそんなに厳しいんだ、大輝くんでもそんな目に遭うの、と言うと、まあね、でもそれくらいならまだいいほうさ、兄貴なんか食事のたびに張り倒されたりもしているよ、と可笑《おか》しそうに答えました。

本当に？　と目をまるくすると、彼はニヤニヤしながら面白そうに鼻を鳴らし、いったいその言葉のどこまでが本気で、どこからが冗談なのかわかりませんでしたが、上機嫌な様子の彼を見ていると、これはチャンスかもしれないと咄嗟《とっさ》に私は考えもしたのです。

そこで精一杯なにげない調子を装って質問しました。

「ところでさ、もしかして大輝くんって、仙石さんとつきあっているの？」

「そんなわけないだろ」

彼は笑って即答しました。一瞬の躊躇もなく、微塵の嘘も感じさせない声でした。やった、と私は内心で手を打って喜びました。でも、急に不安になって、もうひとつの質問を口にしました。

「じゃあ、誰か、別の子とつきあっている？」

「そんなの、いないよ」大輝くんは面倒そうに言いました。「誰ともつきあう気なんかないよ。女の子なんて面倒なだけだしね」

その答えに何故《なぜ》か私は納得してしまったのです。

女の子なんて面倒なだけだしね。

そう答えた彼の台詞はいまだに耳に残っています。いまであれば、また事情は違うのでしょうが、三十年も前の話です。小学六年生でつきあうだの、つきあわないだの、そういう話はとてもおおっぴらにはできませんでした。中にはこっそり交換日記をしていたカップルもいたようでしたが、大輝くんはそういうタイプではありません。

私は妙に納得して、仙石さんに同情をしたことを覚えています。周囲からすれば仙石さんは男の子にもてるタイプであり、私はまるで相手にされないタイプだったわけですが、大輝くんからすれば、どちらにも興味がないということで差異はなかったわけなのですから。

大輝くんの心を射止めるのはどんな女の子なんだろうか。

きっと美人で可愛らしく、頭も良くて、性格も優しい、絵に書いたようなお嬢様タイプの女の子なんだろうな。仙石さんもあそこまで気が強くなければいいところまで行くと思うんだけれど、どうにも惜しい話だな、と私は一人でほくそ笑んでいました。

大輝くんに関しては、お互いに痛み分け、と勝手に解釈していたようなわけだったのです。

でも仙石さんからすればそれはとんでもない話だったようです。

私がそんな話を大輝くんとすることさえ、彼女は許せなかったのです。雑用を押しつけるつもりで副学級委員をやらせたのに、何を勘違いしたのか嬉々《きき》として仕事をこなし、おまけに役得のように大輝くんと会話まで交わしている。

きっと彼女はそうやって私への憎しみを深めていったのでしょう。仙石さんからの風当たりは強くなることはあっても、決して弱まることはなかったのでした。

でも私は次第にそれにも慣れていったのです。

私が仙石さんに怒られたり、嫌みを言われたりしている間、いつも大輝くんは我関《われ》せずという顔をして何か他のことをしていました。本を読んだり、友達と話したり、ぼうっと窓の外を眺めたり。大輝くんのそんな様子をそっと盗み見て、私はこれで充分だと思いました。別に彼ともっと親しい間柄になったり、交換日記をしたいと思っているわけでもなかったのです。

彼と近しい位置にいて、彼の姿を間近でそっと眺めることができれば、それで充分満足でした。

仙石さんのヒステリーを右から左へ聞き流すことを覚えてからは、私はどこか本気でそう考えたりもしていたのです。

そうやって慌しいなりに充実した毎日を送っていた私でしたが、仙石さんとの確執以上に気苦労の絶えないことがありました。

三ツ矢くんの問題です。

学年が変わって体調も回復し、元気に登校するようになりましたが、あの時、仙石さんが懸念した通りに、再び自分勝手な大騒ぎを繰り返すようになったのです。

授業中に奇声をあげる、休み時間に走り回る、女の子を苛める、班行動には協力しない――。

そのたびに私は、仙石さんの冷たい視線を感じました。

あんたがどうにかするって約束したのよ。それができないのなら――。

彼女はそうやって無言のプレッシャーを、私に与え続けたのです。

私はどうしていいかもわからないまま、とにかく彼に向かって、大きな声を出さないで、他人に迷惑を掛けないで、とただひたすらに声を掛け続けたのでした。

幸いなことに学年があがって、鶴岡先生が新しく担任になりました。

先生は特定の生徒を特別視することもなければ、分け隔てすることもなく、誰も彼も平等に扱ってくれました。お陰で、前の年ほど三ツ矢くんも荒れることはなくなりました。一年前に較べれば、彼は驚くくらいに大人しくなっていたのです。

それでも興奮したり暴れたりすることもありました。

そして先生のいない休み時間にそんな風になると、仙石さんは、躊躇なく私を呼びつけたのです。

「副学級委員の蓬田さん、三ツ矢くんが大変よ、なんとかしてあげて」

それを聞くたびに私はどきどきしました。内心はびくびくしながらも、彼女にそれを知られるのが口惜しくて、できるだけ毅然とした態度を装って三ツ矢くんの元へ向かい、冷静な声を出して、悪ふざけは止《や》めて大人しくするように注意をし続けたのです。

最初のうちこそ、無視されたり、うるさいと怒鳴られたり、あるいは叩かれたり、蹴《け》られたりもしましたが、そんなことが続くにつれて、少しずつですが、話を聞いてくれるようにもなってくれました。

喧嘩をしたり、大声で騒いだりしても、私が行くと、とりあえずは落ち着いた様子を示すようになったのです。

それはもちろん私一人の力ではなく、鶴岡先生の指導力がクラスにいい影響を与えていたためだと思います。しかし仙石さんを始めとするクラスの女の子たちは、それをいいことに、何かあれば決まって私を呼びつけるようになりました。私が三ツ矢くんの面倒を見ると仙石さんと約束をしたことを知っているのは、大輝くんしかいないはずでしたが、仙石さんの態度に便乗してクラスの女の子たちは同じように私をこき使うようになったのです。

副学級委員になった私がやる気満々で、自分の威光を見せつけようと三ツ矢くんに指導を繰り返している。そう冗談めかして言った仙石さんの言葉を真に受けて。

いいえ。

そう考えるのは僻《ひが》みのせいかもしれません。

皆がみな、仙石さんの冗談を本気にしたわけではないでしょう。ただ副学級委員という役目をもらって、舞い上がったかのように、しゃかりきになってクラスの揉め事に介入していく私を見て、それを面白いと思わなかった女の子たちがいたことは確かです。

大輝くんとペアになるということがどういうことか、その時、初めて私にはわかったのでした。それは他の女の子たちの妬みとやっかみを一身に受けることでした。いままで感じたことのない緊張とプレッシャーに身は竦《すく》みました。副学級委員という立場は、ただの便利屋以上に大変な仕事だったのです。いまさらながらそれが身に染みてわかりました。

しかし、それでも私はその立場を投げ出したりすることはしませんでした。

最初、それは大輝くんへの見栄であり、仙石さんへの意地でしたが、時間が経つにつれて、別の理由に取って代わっていったのです。

たのです。

三ツ矢くんが思った以上に賢くて、大人びた内面を持っていることに私は気がつ
冷静に話をすればきちんと理屈は理解できるし、勉強を教えていても、どこか勘が
よくて、飲み込みの早い一面があることにも気がつきました。

口は悪く、がさつで、衛生観念が低くて、集中力に欠けるところは相変わらずでし
たが、彼はそれなりに好奇心をもって、私が教える新しいことにチャレンジしていっ
たのです。

意外なことに彼は運動が苦手でした。その代わりに本を読むことに興味を示しまし
た。もしそれが逆であれば、もっと私も手を焼いていたでしょう。

でも本を、さらには小説を読むことの楽しさに彼が目覚めてからは、割合楽な気持
ちで接することができました。

図書館に連れて行って、面白そうな本の探し方を教えてあげると、彼はすぐさまそ
れに熱中したからです。お金もかからず、夕方まで好きに時間を潰せると彼は喜びま
した。本を読むことに熱中すると、三ツ矢くんはどこかで精神的な落ち着きを見せ始
めました。そうやって彼は、段々と周囲とトラブルを起こす回数を減らしていったの
です。

最初は学校の図書室にも連れて行ったのでしたが、彼の好みの本は多くはなかった

のです。

探偵小説とか、怪奇物とか、あるいは伝記、世界の謎というような本が彼の好みでした。彼は図書室の本を読み尽くすと、図書館に入り浸るようになり、そこで知り合った他校の生徒の導きで、あの放置された工場に足を踏み入れることになりました。

それを知った時は、正直後悔しました。

つまりは私がよかれと思ってしたことが、すべてあの事件への伏線となってしまっていたからです。

私が余計なことをしなければ、あの事件は起こらなかったのだ。

この三十年間、私はそのことばかりを考えてきたのです。

廃工場のことについては、私は詳しくは知りません。図書館で他校の友達ができて、そんな場所に出入りするようになったと、彼の口から聞いたこともありましたが、深く考えはしませんでした。

私は別に彼の保護者ではありません。学校から帰った後の彼の行動にまで、口出しをしたくはなかったのです。それに打算もありました。

夏休みを目前に迎えて、彼との接触を減らしたいという気持ちがあったのです。

学校が休みになって、行き場所のない彼が自分の家に来たらどうしよう。その時はどう断れば彼を傷つけないで済むだろうか。どう家族に説明をすれば誤魔化すことができるだろうか。私はそんなことを考えて、頭を悩ませていたのです。

それには夏という季節が関わってもいました。

暑い季節になると、薄着になります。そんな時期を迎えて、三ツ矢くんの視線に、私は嫌な雰囲気を感じてもいたのです。

子供から大人へと変わりゆく年頃を迎えて、彼は性的なことに強い興味を抱いているような気配がありました。

それには工事現場の宿舎が家代わりということも影響していたと思います。周囲の大人たちの交わす下卑た冗談を耳にし、大人向けの雑誌や漫画に載った裸の女性の写真を目にして、彼は日々生活していたのですから。

だから勉強を教えている最中などにも、ふと彼の視線を感じることがありました。その視線は決まって私の胸元にちらちらと注がれているのです。そんな時、私はさりげなく集中力の散漫を注意して、彼の気を逸《そ》らしましたが、夏休みの間、そんな男の子と二人きりの時間を過ごすことを考えると、それは苦痛にしか思えませんでした。

だから私にとっては、どんな友達であれ、彼に友達ができることは嬉しいことであり、どんな場所であれ、彼が居場所を見つけることは喜ばしいことであったのです。

彼が図書館の他にも、別の居場所を見つけてくれたお陰で、その年の夏休み、私は平穏で静かな日々を過ごすことができました。

本を読み、兄と語らい、犬の散歩をし、そして時には家業の手伝いをしながら、静かな一人の時間を過ごしたのです。大輝くんとも、仙石さんとも、あるいは三ツ矢くんとも特別に会う機会はありませんでした。

といっても狭い町のことですから、買い物に行く途中や、頼まれごとに出かけた道すがら、クラスの誰かと会うことはありました。名前は覚えていませんが、犬の散歩の途中に偶然出会ったクラスの男の子とは、挨拶をしたあと、しばらく歩きながら立ち話をしたこともありました。

でも、お洒落をしてどこかへ出かける仙石さんと擦れ違った時や、自転車に乗って見知らぬ男の子たちと一緒に走っていく三ツ矢くんを見かけた時には、お互いに気づかないふりをしたものでした。いま、それを思い出すと奇妙な気持ちになります。夏休みという特別な時間の中で、私は必要以上に彼らを意識し、警戒してもいたのです。

そうです。

一番大事なことを忘れていました。

あの夏、大輝くんがウチの店に来たことがあったのです。

それは最初で最後の出来事でした。

普段はお母さんと一緒に隣町の美容院に行っているとのことでしたが、その時に限って、ふらりとウチにやって来たのです。

八月も半ばを過ぎ、父は組合の会合か何かで出かけていて、母と私が二人で店番をしていた日のことでした。いきなり入ってきた彼の姿に驚いて、私は思わず物陰に隠れましたが、母はそんな私の様子を別段気にする様子もなく、さっさと立ち上がると、まあまあ、楠本病院のお坊っちゃん、こんな汚い店によくいらっしゃいました、さあ、どうぞ、どうぞ、こちらへどうぞ、と愛想よく席に案内しました。そして手際よく彼の髪を切りながら、どうして今日はウチに来たのですか、こんな汚い店に来ないでも綺麗な美容院が隣町にはいっぱいあるでしょうに、と水を向けたのです。学習塾の夏期講習の日程がきつくて、わざわざ遠くの美容院に行く時間がとれないんです、と彼は答えました。

私は店番をしているところを見られたことが恥ずかしくて、彼に気がつかれないように、物陰でずっと下を向いているばかりでしたが、母が上機嫌で、夏休みの間からそんなに忙しいなんて、将来のお医者さんは大変ですねえ、将来医者になって病院を引き継いだら自分たちを安く診てくださいね、とおべんちゃらを言っているのが凄く嫌だったことを覚えています。

大輝くんは意に介する様子もなく、ええ、はい、わかりました、と優等生らしいそつのない受け答えをしていましたが、やがて母の気安さに心を許したのか、実は最近貧血気味で、心配をした父親に大学病院で精密検査を受けるように言われている、だけど十月までは塾の予定が立て込んでいるので予定を入れるのが難しい、というような話をしました。

私は彼のまるで日に焼けていない白い横顔を、物陰から覗き見ながら、あんまり根を詰めすぎて本当に体を壊さなければいいんだけれど、と心配したりもしました。

他にはまるでお客さんの来ない暇な日で、小一時間ほどで彼の散髪は終わりました。

私は店舗と住居を隔てる通路の物陰に隠れたまま、彼が帰るまでじっとそこから動きませんでした。

そして、ありがとうございます、また来てくださいね、という母の声に続き、ガチャンと扉が開閉される音がしたことを確認してから、箒《ほうき》とちりとりを持ってこっそり出て行きました。

それを見て母は、なによ、あんた、そんなに恥ずかしがっちゃってさ、むこうはあんたのことなんかこれっぽっちも気にしていないわよ、と笑いました。しかし私は聞こえないふりをして、床の掃き掃除に取りかかりました。箒を使い、散らばった髪を掃き集め、そして――。

その時です。

私はあることに気がつきました。

最初はその思いつきに戸惑いました。ただの想像でした。妄想でした。こっそり赤面しながら、笑い飛ばしてしまうべき空想だったのです。

でも。

なぜか、私は息を止めて、固まってしまったのです。

首だけをまわして母の様子を覗き見ました。

母は使った道具の後始末をするためにこちらに背を向けて作業をしていました。

またとないチャンスです。最初で、そして、きっと最後のチャンス。

私は、自分の考えに赤面し、さらには後ろめたい思いにとらわれましたが、しかし、一度思いついたその考えを、捨て去ることはできませんでした。

考えるよりも先に、体が行動を起こしてしまったのです。

私はさっと屈《かが》み込むと、素早く床の上のものを搔き集め、ポケットに押し込みました。

それがよくないことだとはもちろんわかっていましたが、自分の行動を止めることはできませんでした。

そして手早く残りの仕事を片付けると、母に言葉をかけずに自分の部屋に飛んでいきました。

どきどきして心臓が口から飛び出そうでした。

それをお菓子の缶に入れ、押し入れの一番奥にしまいこんだ後でも、自分が恥ずかしくて仕方がありませんでした。しかし、なんてことをしてしまったのだろうと思う反面、幸福感に心がざわざわするような気分もありました。

それは私が生まれて初めて経験した、誰にも言えない背徳的な幸福感だったのです。

思えば私の生活は、幸福とはかけ離れた時間の連なりでありました。

たとえばお使いを頼まれた真夏の昼下がり。

人気のない路地の途中で自転車を止めて立ち止まり、映画の書割《かきわり》のような大きな入道雲が湧き上がる、晴れ渡った高い空を見上げていると、何十にも重なる蟬《せみ》の声だけが聞こえてきて、私は自分がどうしようもなく孤独な人間であることを知りました。

この広い世界に自分のことを本当に理解してくれる人はいるのだろうか。

そう考えると、どうしようもない孤独感に心が苛《さいな》まれました。

そんな風に思うのは、その時に限ったことではありません。それは、それまでもずっと考えてきたことであり、その先もずっと思い煩っていくことのように思えて仕方がなかったのです。

自分がどうしようもなく孤独に思えて、寂しくなりました。この寂しさの中で、私はこれからも生きていくのだな、と思うといいようのない寂寥《せきりょう》感を覚えました。

しかし奇妙なことですが、寂しいというその感情の中には、奇妙な充足感もありました。

その寂しさは、悲しさとはまた別のものだったのです。

誰にも顧みられることもないけれど、それでも私はここにいる。

十二歳の夏、じりじりと焼かれていくような日盛りの下で、私は確かにそういう感慨を胸に抱いていたのです。

そこにはささやかですが、確かな充足感がありました。

仙石さんとの確執も、大輝くんへの想いも、三ツ矢くんとの関係も、私が頭を悩ましている様々なことのすべては、誰にも知られず、顧みられることもないままに、時間とともに雲散霧消して消えてしまうことでしょう。

十二の年に感じた悲しさも、苦しさも、悔しさも、いつかきっとそれを忘れてしまう日が来るのです。

でも――。

きっとこの寂しさだけは忘れることはないだろう。

この寂しさこそが私の存在の中心だ。

真夏の昼下がり、燃え盛る太陽の下で感じた、いいようのない寂寥感。

それを感じる自分こそが、きっと私――蓬田美和の本質なのです。

あの事件が起きなかったら、私は平凡な人生を送っていたことでしょう。

文章を書いて生計を立てるなどという道には入らなかったに違いがありません。

普通に学校を出て、就職をして、それなりの恋愛をした末に、結婚をして、たぶん子供を産んで、平凡でいながら、それなりに気苦労があれば、張りもある日々を送っていたことでしょう。

あの年の夏休みが私の人生の最後の平穏だったのです。

目には見えない分岐点があの夏にはありました。

あの年以来、私は夏が来るたびに苦しみを感じます。

自分自身がいかに傲慢な人間であったかを思い出しては後悔し、いかに無力な人間であったかを思っては煩悶《はんもん》します。

私は自分に絶望したのです。

蓬田美和であることに、耐え切れなくなったのです。

私は新しい道を探しました。

そして文章を書くことで、新しい名前を手に入れたのです。

櫻井忍。

それが私の新しい名前でした。

その名前が私に、人目を忍ぶ仮の姿としての新しい人生を与えてくれました。

私がしたことを誰も知りません。

私が三ツ矢くんに何をしたのか、何を言ったのか。

それを知っている人物は、この広い世界に一人しかいないのです。

そしてその一人も、きっと私のことを糾弾しようとはしないでしょう。

自分たちのしたことと、知っていることはお互いの許可なく勝手に口外しないこと。

私たちは、そう約束をしたのです。

だから、きっと私が気に病むことは何もないのです。

知らん振りをして、余計なことを考えないまま、日々の生活を送ることに心を砕いてさえいれば、きっと思い煩うことは何もなかったのです。

でも、私は、結局それをすることはできませんでした。

他人が知らなくても、自分がすべてを知っているからです。

他人が糾弾しなくても、自分が自分を糾弾するのです。

自分に嘘はつけません。

あの日から、そうやって、私は自分で自分を責め立ててきたのですから――。

あの日――。

忘れもしない十月二日。

六年六組のクラスは朝から一種の興奮状態にありました。

その日の給食の時間にあの悪戯が仕組まれていたことを、クラスの中で知らない者はいませんでした。大輝くんの主導のもと、クラスの皆に役割が割り振られて、緊張と興奮に誰彼といわず授業も上の空で、顔を上気させていたからです。強張《こわば》った表情と、上ずった笑いがそこかしこにありました。

あの日、その教室で何が起こるかを知らないのは、鶴岡先生だけでした。先生以外の誰もが皆、ただひとつのタイミングを待ち続ける共犯者として、せわしない目配せを交わしながら、じっと席について息を潜めていたのです。

そして、私は私で、また事情が違いました。私はその日に起こるであろう、別の計画の存在を知っていたからです。

そうです。私は三ツ矢くんがその日、何をするかを事前に知っていました。

もちろん、その計画の結果として、大輝くんが命を落とすことになるとは、夢にも思ってはいませんでした。知っていれば止めたでしょう。大輝くんを殺すことなど、まるで私の本意ではなかったのですから。

私は大いなる誤謬《ごびゅう》を犯したのです。

私は賢《さか》しらぶった似非《えせ》優等生でした。

大事なことは何も知らないくせに、かしこぶって、格好をつけ、その結果として、二人の人間を死に追いやったのです。

それは九月半ばの、ある自習時間から始まったことでした。

大輝くんとそのグループが前に出て、ちょっと聞いてくれよ、とその計画を披露したのが始まりです。

先生の給食にこっそり下剤を入れようぜ。

そう呼びかける鳥原くんたちの顔には、なんとも形容のできない嫌な表情が浮かんでいたことを覚えています。目つきの上ずった、腹に一物隠し持った不穏な表情です。話の内容もさることながら、その顔つきを見た瞬間、私はぞっとしました。

大輝くんはたいして興奮も見せずに、淡々と計画の骨子を説明しましたが、その冷静さにも嫌な感じがしました。周囲から煽《おだ》てられて、祭り上げられて、大輝くんはまた過ちを犯そうとしていると思ったからです。

私は慌てて、ちょっと待って、と立ち上がりかけましたが、いま楠本くんが喋っているんだから余計な口は挟まないでよ、という仙石さんの言葉で機先を制されました。

「言いたいことがあったら、彼らの話が終わってからにしてよね」

頭ごなしに発せられた仙石さんの言葉に、クラスの何人かが同調しました。

そうだ、そうだ、副学級委員だからって出しゃばるなよな。楠本くんたちの話を聞くのが先よね。そんな声が聞こえ、冷たい視線を浴びせられて、仕方なく私は浮かせていた腰を落としました。

冷静になろう。落ち着いて頭を整理して、こんな馬鹿げた悪戯を止めさせるように、みんなを絶対に説得しよう。私はそう決意をして、どう話せばみんなはわかってくれるだろうか、と考えを巡らせたのですが、でもその考えを皆の前で披露する機会は、結局訪れませんでした。

大輝くんグループの半ば命令にも似た高圧的な説明に、誰もがいつのまにか納得して、賛同してしまったからです。

彼らの話が一通り終わった後で、私は立ち上がって、そんなことをするのに何の意味があるのか、そんな悪趣味な悪戯をしたことを知ったら先生は悲しむに決まっている、と訴えましたが誰も耳を傾ける人はいませんでした。

それはたぶん喋った言葉の内容にではなく、私に対してのクラスのひとつの意思表示だったのでしょう。負け馬に乗る人はいないのです。仙石さんの冷ややかな視線を感じながら、私はまたしても彼女にやり込められたことを知りました。

全員が結託してこの悪戯を成功させたらクラスの全員が共犯です。

その計画を実行することが、三ツ矢くんに行なった悪戯の陰湿さを薄めさせることになると、たぶん彼女は考えたのです。

この先、何かの拍子に三ツ矢くんに仕掛けた悪戯がばれることがあったとしても、クラス全体で仕組んだこの計画が実行された後となっては、きっとその印象も薄れるに違いがありません。

四十人全員が共犯となって先生に行なった悪戯の衝撃に較べれば、たかだか四人が三ツ矢くんに行なった悪戯など子供の遊び程度のものでしかないからです。後になってわかったことですが、鳥原くんも、二宮くんも、田浦くんも、本当の理由は知りませんでした。

運動会の練習で居残りを命じられて鬱陶しい。だからちょっと悪戯をしてやろう。そう唆かされて、その気になっただけなのです。

彼らは私が三ツ矢くんへの悪戯を知っていることも知りませんし、二月の放課後に大輝くんと、仙石さんと空き教室で対決したことも知りませんでした。

秘密を共有する人間は少なければ少ないほどいいの。人数が多くなれば、それだけ他人に漏れる危険性も高くなるわ。とくに鳥原くんは口が軽くて仕方がないから、余計なことは言わないに限るのよ。

後になって仙石さんはそう言いました。勝ち誇ったわけでもなく、邪悪な笑みをその口許に浮かべるでもなく、彼女は淡々とそれを私に打ち明けたのでした。虚勢を張るかのように、毅然とした表情は崩さなかったものの、落ち着きのない気弱な色が瞳の中でちらちらと動いているのがわかりました。そして共感を示すことを乞《こ》うかのように、その口許が奇妙に緩んでいることにも私は気がつきました。

彼女は脅えているのだ。私は、その時になって初めて、彼女も自分と同じ気弱な存在だったという事実に思い当たったのでした。

でも、それは、もっと後のことです。

その日は、まだそこまではとても考えがまわりませんでした。

ただ敗北感に打ちのめされて、心底がっかりするばかりだったのです。

鶴岡先生に対する敬意も、感謝も、賛同も忘れたかのように、大勢に従って唯々諾々と加担するクラスメイトに憎しみさえ覚えました。

そして、なにより本人はそれを知らなかったとはいえ、半年もの間、こっそり同じ薬を飲まされていた三ツ矢くんまでもが、その計画に大乗り気で、興奮していることに私は大きなショックを受けたのです。

冷静になって考えてみれば、彼の気持ちも理解はできたでしょう。

いままでクラスの中でも相手にされず、ただの人数合わせのためにしか存在していなかった彼が、その日、初めてクラスの一員として認められたのです。

他のクラスのヤツらはもちろん、親にも兄弟にも誰にも秘密だぜ。喋ったヤツは永遠にこのクラスの仲間はずれになる運命だと覚悟しておけよ――！

計画を打ち明けた最後に、鳥原くんはそう言ってクラスの全員の顔を眺めまわしたものでした。私は下を向いたまま彼らの誰とも目を合わせる気にはなれませんでしたが、三ツ矢くんはその言葉に違う感銘を受けたらしいのです。

もしも喋ったら裏切り者として仲間はずれになる。でも逆に考えるのならば、誰にも喋らない限りはクラスの仲間として認められたことになるのです。

彼はそのことに敏感に反応したのでした。その計画に参加することで、クラスの仲間として認められることになる。彼はたぶん生まれて初めての経験に、興奮し、浮き足立ったのです。彼はクラスの一員として認められたくて仕方がなかったのです。

その結果として三ツ矢くんは自分をこっそり虐待していたグループの手先となり、自分を庇《かば》ってくれた先生に後足で砂をかけるような計画にも、嬉々として参加を表明したわけなのです。

その日から私の煩悶は始まりました。計画を鶴岡先生に伝えるべきか、伝えないべきか。冷静に考えれば伝えるべきでした。

たとえ密告したと罵られて、クラス中から無視されることになったとしても、私以外にできる人はいないのだから、副学級委員として私はそれを伝えるべきだったのです。

だけど——。

考えれば、考えるほど、私は仮定の迷路に嵌《はま》りこんでしまったのでした。

もしかしたら仙石さんの本当の狙いは、そこにあるのかもしれない、と考えてしまったのです。

この計画自体が、私を陥れるための罠《わな》のような気がしました。

私が事前に先生に密告すれば、計画自体はダメになります。

でも、そうなったらそうなったで、きっと仙石さんたちは密告者探しに取り掛かったことでしょう。

いいえ。

それは探すまでもないことでした。

あのクラスには、私以外に、先生に密告するような人間はいないのですから。

そして当の私も、あなたが先生に言ったの、と問い詰められたら、きっと否定はしなかったと思います。いまさらそれを隠す意味など、私にはないのと一緒だったからです。

もしかしたら、それこそが仙石さんの思う壺《つぼ》だという気もしたのです。

そうなれば私は裏切り者として、クラスの皆から二度と相手にされることはなかったはずです。そんな状況下で、実は五年生の終わりに、大輝くんとそのグループが結託して三ツ矢くんの牛乳に下剤を入れていたのだ、と訴えても、誰も本気にはしてくれなかったことでしょう。

仙石さんにとってみたら、鶴岡先生に悪戯をすることなどは、きっと何の意味もないことだったはずです。彼女はただ自分の身を守り、そして同時に私をへこませたかっただけなのです。

三ツ矢くんに対する悪戯の尻尾《しっぽ》を摑まれている以上、なんらかの形で私をやりこめ、口を塞《ふさ》がなくては、彼女の気は収まらなかったのでしょう。

そう考えれば、もしも私が口を噤んで先生に何も伝えなくても、それはそれで何の不都合もなかったわけです。

その時はその時で、私は仙石さんに完全に屈服したことになるからです。

給食に下剤を混ぜることが悪いことだと認識していながら、数の論理に負け、力に屈して、声を上げることができなかった。そうであれば私も共犯の一人です。

三ツ矢くんへの悪戯を咎めて仙石さんと対決したことも、副学級委員を押しつけられて孤軍奮闘したことも、私の努力はこの一件ですべてが帳消しになってしまうのです。

いくら綺麗ごとを言っても、最後の最後で日和《ひよ》って裏切ったじゃない。

自分の身可愛さに先生を見捨てたんじゃないの。

そう嘲り嗤《わら》う仙石さんの声が聞こえるような気がしました。

私は唇を噛みしめました。

どちらを選んでところで、私には敗北の道しかなかったのです。

でも、そう考えるのは私の被害者意識が強すぎるせいなのかもしれない。すべてが私の妄想に過ぎず、仙石さんはそんな邪《よこしま》な考えは一片たりとも持ってはいなかったのではないか。そういう思いが頭に浮かんだことも事実です。

だから私は煩悶しました。

一週間の間、そうやってああでもない、こうでもないとさんざんに悩みましたが、結局のところ、計画を先生に伝えるべきだ、という決心はつきませんでした。

それは自分の身の可愛さを思っての結論であり、また鶴岡先生の心情を案じての結論でもありました。

私はさらにこうも考えたのです。もしも私がその計画の一端を伝えたら、先生はどう思われるだろうか。

教え子たちのことを思って一生懸命してきたことが、すべて蔑《ないがし》ろにされて、嘲られたような思いを抱いてしまうのではないだろうか。教師としての矜持《きょうじ》もすべてが地に落ちたような錯覚に囚《とら》われてしまうのではないだろうか。その結果として心からがっかりされて、六年六組のことを見捨てられてしまうのではないだろうか。

私はそんな心配さえを、心に思い浮かべたのです。

計画を先生に伝えることが、本当に必要なことなのだろうか――？

これが本当に私に対して仕掛けられた罠なら、私だけが我慢すれば、すべてが丸く収まることではないか。私ひとりが甘んじて屈辱を受ければ、それで終わってしまう問題ではないのか。結果として先生がお腹を壊されることになっても、それだけでことが済むなら目をつむってもいいのではないだろうか――。

そう考えると、私の気持ちは揺らぎました。

これは他愛のない悪戯に過ぎないのだ。決して大袈裟に騒ぎ立てる必要はないのだ。それこそが仙石さんの思う壺なのだ。私が大袈裟に騒ぐことを狙って、彼女はこの計画を大輝くんに立案させたのだ。

だから。

――黙っておこう。

黙っておけば、きっと誰も傷つかない。

私の面子《メンツ》や誇りが地にまみれたからといって、それがいったいなんだというのか。

私ひとりが我慢をすれば、きっとすべてが丸く収まるだろう。

そうしよう。

そうするべきだ。

そうすれば、きっとすべてがうまくいく――。

言い訳に過ぎない理由をたくさんこじつけて、私は結局だんまりを決め込んだのでした。苦しくて、悲しくて、辛くて、涙が出そうでした。それでも、私は先生にすべてを伝えるだけの勇気を持ってはいませんでした。

先生ごめんなさい。心の中でそうお詫《わ》びをしながらも、私は口を噤んでしまったのです。

もしも私ひとりであれば、そこで話は終わったのでしょう。

私が我慢すれば終わる話だったのです。

きっと誰も死ぬことはなかったはずです。

誰も傷つくことはなかったのです。

でも、そうはならなかったのでした。

不幸なことに、私のそばには三ツ矢くんがいたのです。

大輝くんのグループの、第一の被害者である三ツ矢くんが――。

彼はすっかりはしゃいでいました。

自分がクラスの一員として認められたことが嬉しくてたまらないようでした。

彼は計画の内容を何度も繰り返しては、自分に割り当てられた役割（それはただ喧嘩の尻馬に乗って大声で騒ぎ立てるというだけの内容でしたが）を覚えこもうとしているようでした。そしてこともあろうか、私に対して、どうすれば自分の役目をうまく遂行できるか相談してきたのです。

放課後の帰り道、後ろから追いかけて来ると、彼は馴れ馴れしい様子で、どうすればいいんだろう、と質問をしてきました。

悩む必要などないことでした。誰も彼に対して難しいことは要求していないのです。

普段と同じように、ふざけて、騒ぎ立てればいいだけです。

それなのにその役目を、彼は特別なこととして捉えてしまったようでした。

どうすればいい？　どうやればうまくできる？

彼は何度も私にそう意見を求めてきたのでした。

どうもこうもないじゃない。普段のようにすればいいだけの話でしょう。

私は彼の顔を見ないまま答えました。その件に関してはこれ以上彼と言葉を交わしたくなかったのです。でも彼は私の気持ちに気づく気配もありません。

「喧嘩が始まったらすぐに大声を出せばいいのかな。それとも先生が仲裁に入った後まで様子を見たほうがいいのかな。できれば誰かがここで騒げって合図を出してくれれば間違わないと思うんだけど。そうだ、その時になったらお前が合図を出してくれよ。そうすれば絶対に間違わないからさ」

彼はさも大事なことを相談するように、声を潜めて話しかけてくるのです。そんなことが何度も続き、最初は適当にあしらったり、これみよがしに無視し続けていた私も、とうとう我慢できなくなりました。

きっと彼は彼なりに、思うところがあったのだと思います。割り振られた役目をきちんとこなせたら、その時こそ本当にクラスの仲間になれるかもしれない。そう考えればこそ、彼も必死で考えを振り絞っていたのでしょう。

私もそれがまったくわからなかったわけではありませんでした。

でもそれを理解して、それとなく窘《たしな》めることができるほどに大人ではなかったのです。

ある意味、私も限界を超えていたのです。もともとが人前に出ることを好まない、非社交的な性格をした人間です。副学級委員を押しつけられて、くたくたになっていたところにこの騒ぎです。私も鬱屈が溜《た》まって、どうしようもない状態になっていたのです。

「いい加減にしてよ！」

私は怒鳴りました。でも彼はそれぐらいで物怖《ものお》じするような性格ではありませんでした。平気な顔で、どうしたらいい、どうすればいいと思う、とにじり寄って来るのです。

我慢の限界でした。これ以上三ツ矢くんの能天気さにつきあう気にはなれません。

だから私は最低の行動を取ったのです。

それがいかに残酷なことかを私は理解していました。

いいえ、理解していたからこそ、それをしたのです。

「あんたって本当の馬鹿ね！」

ナイフを振りかざすように言いました。

「自分がされたことを他人にするのがそんなに嬉しいの？　いい加減に気がつきなさいよ！　あんたが去年体調を崩したのは、同じことを彼らにやられたからだって――！」

最初、彼は私の言っている意味がわからないようでした。きょとんとしている彼に向かって、だから私は二度三度と繰り返し説明しなければなりませんでした。

意味がわかるにつれて、彼の顔からは笑顔が消えていきました。それに気がついて、しまったと思いましたが、途中で止めることはできません。自分の心にどうしようもなく残酷な気持ちが生まれてしまい、それを制御することができなくなってしまったのです。

私の話を聞き終えると、彼の顔からは表情がまるで消えていました。転校してきたばかりの時のような無表情な顔になって、くるりと背を向けると、何も言わずに向こうへ歩いていってしまったのです。

やっとわかったのか。ああ、せいせいした。

しかし、そう思ったのも束《つか》の間でした。すぐに私は後悔し始めたのです。

言ってはいけないことを言ってしまった。意味もなく三ツ矢くんを傷つけてしまった。そう思うと、もうダメでした。自分がどうしようもなく最低な人間に思えてきて、どんどんどんどん苦しく、重い気持ちになっていったのです。

もう何もかもが嫌だ。学校なんかに行きたくない。何もかもを投げ出して、どこか遠くへ行ってしまいたい。

高い空を見上げたまま、私はひたすらにそう思い続けるばかりでした。

といっても、もちろん行く場所などありません。それからも私は朝、家を出ると学校へと足を向けました。学校をさぼるだけの勇気もなく、
ただ、三ツ矢くんとはそれきり口を利きませんでした。

それまでの騒々しさが嘘のように、彼は教室の隅でじっと沈黙を守っていました。

そして授業が終わると、真っ先に教室を飛び出して何処《どこ》かへ消えていったのです。

自分が彼にした行為の残酷さを思い出すのが嫌なばかりに、彼のことはいっさい気に掛けずに、私は知らん振りを押し通していました。

何も考えず、何も感じずに学校生活を送っていれば、悪戯の決行日もいつのまにか過ぎてしまうだろう。そんな情けない望みに必死に縋《すが》りながら、私は一日一日をただ機械的に、やり過ごすばかりだったのです。

時折、何かを言いたそうな顔をして三ツ矢くんがこちらを見ていることに気づきま

したが、私は無視を決め込みました。これ以上、彼と話すことなど何もないと思っていたからです。

針のむしろにいるような日々が過ぎました。

そして、いざ決行となる前々日の放課後に、帰り道でまた三ツ矢くんに声を掛けられました。

いえ、その時彼が取ったのは声を掛けたなどという生易しい方法ではありませんでした。待ち伏せをして、背後から羽交い締めにしそうな勢いで、彼は私に迫ってきたのです。

この前の話は本当か、と三ツ矢くんは思いつめたかのような声で質問をしました。心臓が止まりそうになるくらいびっくりしましたが、負い目があったせいか、強気には出られませんでした。

「嘘なんかじゃないわよ、本当よ」

それから目を血走らせて、顔を上気させている彼の心情をこれ以上刺激しないように声を出しました。

「ちゃんと話をするから、そんなに興奮しないでよ。その話を聞きたいのなら、全部教えてあげる。だから落ち着いて。ね。こんな道の真ん中じゃなくて、もっと静かな場所に行こう」

事実、そこは住宅街を通る通学路でした。見も知らない他人の家の門の横に身を隠していた彼は、いきなり飛び出してきて私を驚かせたのです。

しかしそのまま道の真ん中で言い争いをしていれば、近所の人に怪しまれます。それを学校にでも連絡されたら厄介なことになりそうでした。

私がそう言うと、彼は案外素直に言うことを聞いて、大人しく後からついてきました。こんなところをクラスの誰かに見つかったら、また碌《ろく》でもない噂を流されるな。心のどこかでそんなことを考えてもいたのですが、幸運なことにその姿を見られることはなかったようでした。

その日、二人でいるところを誰かに見られて、それを言いふらされたら、きっとその後の私の運命は、また違ったものになったことでしょう。でも幸か不幸か、私たちの姿は誰にも見られることはなかったのです。

誰にも知られないまま、私と三ツ矢くんは連れ立って通学路から外れた人気のない空き地まで歩き、放置された土管の陰で二人きりで話をしたのです。

その日、私は知っていることをすべて三ツ矢くんに話しました。

私が話をしている間中、彼は表情もなく、じっと凝り固まって身じろぎもしませんでした。

話の途中で私は何度も不安になり、大丈夫？　話を聞いている？　と声を掛けましたが、彼は何の感情も表さないまま、目だけで話の続きをするようにせがみました。

戸惑い、躊躇しながらも、結局、私はすべてを彼に話してしまったのです。

話が終わった後、彼は怒りもわめきもしませんでした。悲しむことも、悔しがることもせず、ただ遠くを見るような目をして、黙っていました。

その沈黙にいたたまれない気分になって、いっそのこと、この場から走って逃げてしまおうかとも私は考えました。しかしそれを行動に移す前に、三ツ矢くんは口を開きました。彼は眉を顰めて言いました。

「じゃあ、俺はいったいどうすればいいんだよ?」

それはとても冷たい声でした。先生への悪戯の計画を語っていた時の熱っぽさはどこにもありません。どこか投げやりで、それでいながら困ったような声でした。

「どうすればって、私に言われても……」

そう言いかけて、私は言葉を途切らせました。彼の目は真っ直ぐにただ私だけを見つめていたからです。そこには怒りも悲しみも苛立ちもありませんでした。迷子になった子供のように、困惑して、戸惑う色だけがそこにはあったのです。

「三ツ矢くんはいったいどうしたいの?」

思わず私が問うと、彼は即答しました。

「仕返ししてやりたい」

三ツ矢くんはそう言って、私の顔を真っ直ぐに見ました。

そして、ゆっくりとした口調で自分の考えを説明しました。

その内容に私は絶句しました。しかし、どこかで共感をしていた部分もあったのでしょう。彼の言葉に私は驚きながらも、拒絶することもできずに、だんだんとその内容に惹《ひ》きこまれていったのです。

先生への悪戯を計画しているその日、みんなが計画の遂行だけに気を取られている隙を縫って、空っぽになるだろう楠本大輝の机に近寄り、牛乳にこっそり薬を入れてやる——。

その計画を聞き、その大胆な発想に私は舌を巻き、唖然として、しばらく言葉が出ませんでした。いったいなんだって彼はそんなことを考えたりしたんだろう。

しかし、それでいながら、頭の片隅はどこか冷静で、彼の言う計画が実行可能かどうかを素早く検証してもいたのです。

薬をまず自分の牛乳に入れてから、騒ぎに乗じて大輝くんの牛乳とすり替えればいいじゃないか。

彼らが三ツ矢くんにしたのと同じ方法を使うわけで、クラス中を巻き込んだ大掛かりな悪戯の裏側で行なえば、成功する確率は高いだろう。仮に気づかれたとしても、自分たちのしたことを振り返って考えてみれば文句は言えないはずだ。仙石さんだって、話を大事にはしたくないだろう。三ツ矢くんを追及すれば、自分たちの悪事がばれる可能性も高くなる。きっと彼女はことを荒立てないはずだ。

そして何より大事なことは、この計画をこっそり実行できれば、それが仙石さんに対して絶好の意趣返しになるということでした。

私は思わず彼の顔を見ました。彼はにやりと笑いました。興奮するでもなく、怒りを燃やすでもなく、冷静な落ち着いた表情のままで、彼はぞっとするような笑顔を作ったのです——。

「なんでそんなことを考えたの？」震える声で私は言いました。「こう言うとあれだけど、見直したよ。そんな計画を考えるなんて、本当は頭がいいんだ。三ツ矢くんは——」

夏休みの最中は図書館に通って内外の有名な探偵小説を読破したと言っていたから、その影響なのかな、と考えもしましたが、彼ははにかんだような、困ったような、少し微妙な顔つきを見せるだけでした。

その時、彼が何故そんな顔をするのか、深く考えてみようとは思いませんでした。そこに自分の逃げ道を見つけたような気がして、他のことには気がまわらなかったのです。仙石さんに対する敗北感や、三ツ矢くんに対する罪悪感から逃れるため、さらには大輝くんに対するあてつけの気持ちから、私は彼の計画に興味を抱いたのです。

「でも薬はどこで手にいれるの？　液体の下剤なんて、普通の家庭には置いてないよ」

私がそう言うと彼は、大丈夫、と自信満々に肯きました。

「町外れに潰れた工場があるんだ。そこに色んな薬が放置されている。あそこから何か持ってくればいいんだよ」

その工場のことは夏休みの前に聞いたことがありました。他校の生徒や、中学生、高校生も出入りをしていて、そのうちの何人かと三ツ矢くんは親しくなったという話のはずでした。あそこにいいものがあると彼は言うのです。

いいものって？　と問う私に向かって、彼は青酸カリだと言いました。

「なに言ってるのよ！」私は仰天して叫びました。「そんなものを入れたら大輝くんが死んじゃうじゃない！」

それを聞くと、冗談だよ、と三ツ矢くんは笑いました。

「馬鹿だな、お前、そんなことをするはずないだろう。冗談だよ、冗談」

そう言ってげらげら笑うのです。

「何よ！　じゃあ、何を入れるっていうのよ！」

悔しくなって私が叫ぶと、彼はある薬品の名前を挙げました。

その名前を聞いて、私は一瞬返事に窮しました。それは有名な薬でした。歴史の話や、推理小説によく出てくる名前です。ちょっとぐらいなら口にしても何も影響はないはずでした。でも、逆にいえば、それを飲ませたからって、何も効果が出ないのです。下痢もしなければ、きっと嘔吐《おうと》も、発熱もしないでしょう。だったら、こっそりそれを飲ませる意味など、何もないのと同じでした。

「いいんだよ。別にあいつらを傷つけたり、苦しめたりしたいわけじゃないんだから。偉そうに威張っているあいつらの裏をかいて、逆に嗤ってやりたいだけなんだ。だからそれでいいんだよ。別に下痢なんかしなくていいよ」

彼はそう言って大きく息を吐いたのです。そこまで聞くと少し意外な気がしました。計画のことも、薬のことも、そしてその目的も、普段の三ツ矢くんとはどこかかけ離れた感じがしたのです。いくら本ばかり読んでいると言ったって、その影響でこんな考え方をするようになるのかな。漠然とそんな風に考えもしましたが、それほど深く考えはしませんでした。

もしもその時にもっと突き詰めて考えていれば、疑うこともできたのでしょう。その計画を一人で全部考えたのか、と――。

授業が終わった後にすぐ学校を飛び出して、いったい何処へ行っていたのか。その時点で三ツ矢くんにそれを問い質《ただ》していたら、もしかしたらあの惨劇は防げたのかもしれません。

でも、私はそうはしませんでした。

そして、そうしなかったことを終生悔やむことになったのです。

事件当日のことは、はっきりとは覚えていません。

その後に起こった出来事の烈《はげ》しさ、酷さに強い衝撃を受けたせいで忘れてしまったのかもしれません。起こるはずのないことが起こったのです。給食の途中で大輝くんは食べたものを戻して、床に倒れました。悲鳴と、足音と、口々に叫ぶ同級生の声。

私はそれを別の世界の出来事のように、どこか遠くに見ていた記憶があります。

そんなはずがない！　そんなことが起こるはずがない！　私は心の中で、何度もそう叫んでいました。

たぶん三ツ矢くんが間違えたのだ。きっと彼が間違えて強い毒を大輝くんに飲ませてしまったのだ！

私はそう考えていました。

しかし、その場では彼に問い質すこともできず、誰にも言えないまま、私は世界がぐるぐる回っているのを眺めているだけでした。

その時は大輝くんが死んだとは思っていませんでした。彼は救急車に乗せられて運ばれていったのです。何かの間違いで毒を飲ませられてしまったけれど、入院すれば助かるだろうと漠然と考えていたのです。

授業は打ち切りになり、そのまま帰宅するように命じられました。

私は待ちかねたように三ツ矢くんのところに行くと、前に話をした空地で待っていると こっそり耳打ちしました。彼は蒼白な顔をしたまま肯きました。

その時の彼が、いまにも泣き出してしまいそうな歪んだ顔をしていたことだけは、三十年経った今でもはっきりと覚えています。

あの時の三ツ矢くんの顔を、私は生涯忘れることができないでしょう。

「間違えて他の薬を飲ませたんじゃないの？」空地に着くと、すぐに私は彼を問いつめました。まだ午後の早い時間で、日はさんさんと輝き、涼しげな風が頬を撫《な》でていきます。でも私たちはその心地よさに気づくこともなく、ただ必死の形相でお互いの顔を睨んでいたのです。

「間違えてなんかない」

三ツ矢くんは言いました。

「他の薬なんか使っていないよ。ちゃんとあの薬を使ったんだ。砒素《ひそ》だ。間違いない」

私は呆然として彼の顔を眺めました。「本当に砒素だったら、あんなに吐いて倒れることなんてないはずよ。砒素を飲ませたって、すぐに死ぬことはないもの。長い間、少しずつ飲ませて、それでようやく効いてくる毒なのよ。本当に砒素だったの？　間違いないの？」

「間違いないよ。クーさんにもらったんだ！　絶対に間違いない！」

「クーさん？　それって誰？」

私がびっくりして言うと、彼はしまったという顔をしました。そしてそれきり何を訊いても口を閉ざしてしまったのです。

それで私はようやくわかったのです。

大輝くんに薬を飲ませる、その計画を立てたのが本当は誰なのかを。

「クーさんって誰？　その人が三ツ矢くんのために計画を考えてくれたの？　砒素を使うように言ったのも彼なの？　その人とはどこで会ったの？　クーさんって誰？　幾つぐらいの人？　どこから来た人なの？　なんでそんなことを教えてくれたの？」

私は立て続けに質問しましたが、彼は黙ったままでした。

「いったいどれくらいの薬を牛乳に入れたの？」

泣き出しそうになる気持ちを抑えて必死に質問すると、三ツ矢くんは脅えたような目をしたまま、小さなプラスチックの容器を取り出しました。その容器には、すでに半分くらいしか薬は残っていません。彼がどれだけの量の砒素を入れたのか、具体的にはわかりませんでしたが、それを見た瞬間、反射的に私は叫んでいました。

「どうして！　私は、ほんの少し入れるだけだと思っていたよ。当然じゃない！　少しだけ入れればよかったんだよ！　そんなに入れれば体調だっておかしくなるよ！　私は知らないよ！　私は知らなかった！　それだけの量を入れるなんて、三ツ矢くん、私には言ってなかったじゃない!」

当時の私は砒素という薬について、どれだけのことを知っていたのでしょうか。

それが毒だということは知っていました。猫いらずといわれるネズミ捕りの餌《えさ》に使われることも知っていました。でも、それが猛毒だという認識はありませんでした。

青酸カリのように、一口食べただけで泡を吹いて死んでしまう毒ではないと思い込んでいました。無味無臭の粉末で、少量を長期に亘《わた》って摂取させることで、自然死に近い状態で落命させる薬。砒素とはそういう薬のはずでした。

小説の中に出てくる砒素は、決まってそういう使われ方をしていました。

幽閉されたナポレオンもそういう方法で暗殺されたと本には載っていました。あるいは中世のヨーロッパでは、美白効果のため化粧品の中に入れられたり、少量を服用したりする習慣もあったはずでした。だから少量の砒素を一回くらい飲ませたところで、大事にいたるはずはないと、私は思い込んでいたのです。

砒素化合物にも種類があり、毒性の強いものだと、わずか数㎎ほどの摂取で死に致ることがあるなどとは、当時の私には、思ってもみないことだったのです。

私は混乱していました。そして自分の賢しらぶった態度が、この事態を招いてしまったのだという事実を認めたくなくて、とにかく責任逃れの態度に徹していたのです。

卑怯な物言いだということはよくわかっていました。

三ツ矢くんに責任を被せれば、自分は言い逃れができる――。

理屈ではありません。剝《む》き出しの本能が私の体を乗っ取って、その口から残酷な暴言を吐き出させていたのです。

三ツ矢くんは一言も喋りませんでした。

言い訳も、弁明もせずにただ黙って下を向いていました。

私も責任逃れに一通り終始すると、次に言う台詞がなくなりました。

ほんの少しだけ冷静になると、自分の態度を恥ずかしく思う余裕も出てきて、だからその日はそれで別れることにしました。

その時は、まだ大輝くんが亡くなるなどとは思っていなかったのです。

だから彼の回復の状況を見ながら、必要があれば自分たちのしたことを先生に打ち明けよう。もしかしたら大輝くんはたまたま具合が悪くなっただけで、明日になったらぴんぴんしているかもしれない。そうなったらきっと余計なことは言わない方がいいだろう。だから明日になって詳しいことがわかるまではこの話は誰にも内緒にしておこう。私は三ツ矢くんにそう言い渡しました。

それが可能性の低い、はかない望みであることは承知していました。

でも取りあえずはそうでも思わないことには、私たちは家に帰るきっかけさえも得られなかったのです。

彼は眩しそうな顔をして私を見ると、ぎこちない動作で肯き、背を向けて、とぼとぼと歩いて行きました。

私もぐったりとして家に帰りました。

その夜、連絡網を使った電話があり、大輝くんが亡くなったことを知りました。

信じられない気持ちと、どうしようという気持ちがないまぜになった胸中で、それでも一番重きを占めた問題は、三ツ矢くんは自分のしたことをいつまで黙っていることができるだろうか、という疑問でした。

彼が喋ればみんなに知られる。

その時、私が最も気になっていた問題はそういうことでした。

翌日、授業は行なわれませんでした。

全校集会があり、ホームルームがあり、先生と警察から簡単に事情を訊かれると、翌日以降は個別の事情聴取があるということで、お昼前に帰されました。午後には緊急のPTAの集会が開かれたようで、その次の日になると、クラスの誰もが大輝くんの死因を知っていました。

砒素による急性中毒死。

その砒素はやはり給食の牛乳瓶から検出されたそうでした。

その日の午後、私たちはまたあの空き地に行きました。どうしてこんなことになっちゃったんだろう。大輝くんを殺すつもりなんかなかったのに！　そんな酷いことをするつもりなんて、まるでなかったのに——！

私は恐怖と後悔に震えながら、三ツ矢くんに訴えました。

「ねえ、クーさんって誰なの？　その人が三ツ矢くんにこんなことをやらせたの？　その人は最初から大輝くんを殺すつもりだったんじゃないのかな。クーさんって誰？　どんな人？　男？　女？　歳は幾つぐらいの人なの？　ねえ、ねえ、三ツ矢くん、ちゃんと話をしてよ……」

しかし三ツ矢くんは何も言いませんでした。クーさんという人のことについては話をしたくないようでした。

「大輝くん……死んじゃったんだよ」私は言いました。「殺すつもりはなくても、死んじゃったんだ。こっそり薬を給食に入れたから。だから私たちが黙っているわけにはいかないよ。黙っていたって絶対にばれるし。警察だって来てる。全部言わないわけにはいかないよ」

私は三ツ矢くんに向かって、やったことと、知っていることを全部話してくれるように繰り返し頼みましたが、彼はただ俯いて黙っているだけでした。

やがて私は疲れ果てて、地面の上に座り込みました。

ずっと我慢してきた何かが弾《はじ》けたような気がしました。辛い、悲しい、怖い、悔しい、寂しい。そんな気持ちがないまぜになって、気がつくと私は泣いていたのです。涙は後から後から湧いてきて枯れることはありませんでした。亡くなった大輝くんのことを想い、この半年の苦しみを思い出し、そしてこの先に控えるもっと辛く厳しい日々のことを考えて、私は涙を流し続けたのです。

その間、三ツ矢くんは疲れたような、困ったような顔をして、私を見ていましたが、やがて、もういいから、泣くなよ、と言いました。

「泣いても仕方がない。だからもう泣くなよ」

彼は慰めるような口調でそう言うと、立ち上がって向こうに歩いて行ってしまいました。そして私が泣きやむまで近づこうとはしませんでした。

ようやく私が泣きやんでハンカチで涙を拭いていると、やっと戻ってきて、起こったことをあれこれ言ってもしょうがないよ、いまさらくよくよするなよ、と言いました。

「そんなわけにはいかないじゃない！　大輝くんは死んだんだから！」

私が怒鳴ると、彼は、あーあ、と空を仰いで声を出しました。

「しょうがねえなあ」

それから、なあ、ジャンケンしようぜ、と言いました。

ゆっくりした動作で、大きく振りかぶると、今度はゆっくりと目の前で手を振りました。

　こんな時に何を言っているのだろうと思いながらも、その勢いにつられて思わず手を出しました。ただ反射的に開いた手を前方に差し出したのです。先に大仰な動作で振りかぶってみせたくせに、彼は一瞬遅れてグーを出しました。

　後出しのくせに負けるの？　私は彼の顔を見つめました。

「あーあ。負けちゃった。ちぇっ。しょうがない。俺が責任をとるよ」

　三ツ矢くんは乾いた声で言いました。

「――責任？」

　彼は私の質問には答えませんでした。

　ただ自分の手を開いたり、握ったりして、それをじっと見つめているだけでした。

　そんな動作を繰り返しながら、不意に言いました。

「探偵小説って面白いよな。でも最後はやっぱり探偵が勝つんだよな。それで犯人は負ける。負けた犯人は責任を取らなきゃいけないんだよな。だから――。そうするよ。俺が責任を取る」

　彼はそう言うと、悪戯っぽい表情で、ふんっと笑いました。

「責任って何よ？　いったい何を言っているの？」

彼の物言いに何か不穏なものを感じて私は質問しましたが、それを無視したまま彼は上目遣いに私を見ました。

「いろいろとありがとな。最後に頼みがあるんだけど、聞いてくれるかな――？」

「最後ってなに？　お願いってどういうこと？」

訳がわかりませんでした。

「蓬田じゃなければ頼めないことなんだよ。頼むよ。一生のお願い！　なっ！　頼むよ！」

ニヤっと笑うと両手を合わせて拝む真似をして、私の答えを待つこともなく、右手を真っ直ぐ伸ばしてきました。

またジャンケンをするの？

一瞬そう思いましたが、その手は途中で止まることなく、ぐいっと最後まで伸ばされました。一直線に伸ばされた彼の掌は、目的地に向けて最短距離で進んできたのです。何の躊躇《ためら》いも、遠慮もなく彼の手はその目的を果たしました。

パーの形で伸ばされた彼の掌は、私の胸のふくらみの上にすっぽりと被さりました。そしてブラウスの上に羽織ったカーディガンの上から、締めつけるように、ぎゅっと押さえつけてきたのです。

私はただ啞然としていました。

そんなことをされるのは生まれて初めてだったからです。

小学校中学年で胸が大きくなり始めた頃から、男子の好奇の視線に窮屈で嫌な思いをしたことは何度もありましたが、そこまであからさまな行為をされるとはまるで想像もしていなかったのです。

ましてや、こんな状況です。

そんなことをされるとは、想像するはずもありません。

一拍置いた後、ようやく私は自分のするべきことを思い出しました。

伸びてきた手を振り払って、悲鳴を上げたのです。

引き攣《つ》った金切り声をあげ、両手で体を抱えたまま、その場に屈みこみました。

ははははは、という笑い声が聞こえました。

「やったあー！　蓬田のおっぱい触ったぞー。やったー、やったー！　すげえ柔らけえ！　やったああ……ばんざああい、ははははは……」

三ツ矢くんはそう笑いながら駆けていってしまいました。

私はその場に屈みこんだまま、呆気《あっけ》に取られるばかりでした。

しかし何度か深呼吸をすると、急に腹が立ってきて、スケベ！　馬鹿！　いきなりあんなことして、何よ！　この変態！　と罵りの声が出ましたが、その怒りも長続きはしませんでした。

変なやつ。なんで、急に――。

彼が口にした責任を取るという言葉の意味を考えあぐねながらも、それを深く考えることが怖くて、ぼんやりと彼の消え去った方角を見つめるばかりだったのです。

それが私の見た彼の最後の姿になるとは、その時は考えもしないことでした。

翌日、三ツ矢くんは学校を休みました。

午後になると、薬品の入手先の情報を聞きつけた警察が廃工場へ行き、薬品棚の前で倒れている少年を発見しました。

彼は大輝くんが飲んだのと同じ薬を飲んで事切れており、遺体のそばには小さな空の容器と、遺書らしい走り書きが落ちていたそうです。

彼の身元が判明して、学校に連絡があったのは夕方になってからのことでした。

その翌日には再び全校集会があり、そこで私たちは三ツ矢くんが死んだことを知ったのです。

10　筒井久人の姉の証言

――お忙しい中、御足労いただきましてありがとうございます。

はい。

ちょうど先週が久人の一周忌でした。

準備や何やらで、色々とばたばたして、結局約束が今日まで延びてしまったことをまずお詫びいたします。

そうです。

交通事故です。

仕事の帰り、横断歩道を渡っている時に、信号無視の車に撥ねられて、病院に運ばれましたものの、意識が戻らずに、そのまま……。

それまでは大きな怪我《けが》も病気もしたことがありませんでしたので、青天の霹靂《へきれき》というか、まさかあの子がという感じで、ずいぶんあたふたといたしました。

通夜と告別式が終わり、四十九日が過ぎても、うまく気持ちの整理がつけられぬままに、ただ時間ばかりが過ぎていく感じがして……。

年が明けて、春になり、梅雨《つゆ》の季節も終わって、夏が来る頃になって、ようやく弟の死を自分なりに受け入れることができたような次第です。

それで少しずつ遺品の整理などをしていたのですが、ちょうど、そんな折に電話を頂いたのが、また不思議といえば不思議な気もいたします。

電話の主は佐藤さんと名乗られました。

昔の事件を調べているので、可能であれば話を聞かせてもらえないかとおっしゃられたのです。

本人はすでに亡くなっているのですから、その旨《むね》だけを告げて、お断りをするのが筋だったのでしょうが、その時の私は、ふと何かを感じたのです。

昔の事件といえば、きっと六年生の時のあの事件を指すのでしょう。

給食に毒が入れられて、学級委員をしていたお子さんが亡くなった痛ましい事件。

犯人も同級生で、事件の数日後に同じ毒を飲んで自殺をした、あの事件のことを、私もちょうど思い出していたところだったのです。

卒業文集や卒業アルバムには、事件の痕跡はまるで残っていませんでした。亡くなったお子さんの写真を、卒業アルバムに載せることをご遺族は承知しなかったという噂を、当時聞いたことがありました。そのせいでというわけでもないでしょうが、文集の中にもあの事件を思わせる記述はどこにもありません。いくら遺品を整理したところで、あの事件についての記憶を呼び起こす手がかりは、どこにもないはずでした。

でも弟の死をきっかけに、私はあの事件を思い出しました。

私にとってあの事件は、当事者とは別の意味で、また忘れがたい、印象深い事件でもあったからです。

このタイミングで、事件のことを調べたいという人間から電話が掛かってくるとは――。

奇妙な偶然に私は胸をつかれたような気がしました。そして気がつくと、思わず少し待ってもらえませんかと、電話の主に申し出ていたのです。

そこには、わざわざ弟のことを尋ねてくれた方を、無下にお断りすることが憚られる心情もありましたし、私が知っていることを伝えなければいけないという思いもありました。

もうしばらく待っていただければ、記憶を整理して、当時のことをお話しすることができるかもしれません。私はそう電話の主に言いました。

ただその後も、結局は気持ちの切り替えがうまくできませんで、あるいは日常の些《さ》事《じ》でばたばたとするなどして、なかなかお会いする時間を作ることはできませんでした。

それでも、一周忌が過ぎ、今回ようやく決心がついて、佐藤さんに連絡をとったところ、申し訳ないが自分の調査はすでに終了している、でも別の方がそれを引き継いでいて、資料をすべて預けているので、そちらの方からあらためて連絡をいたします、というお言葉をいただいたわけです。

久人の同級生だった方が、いまでは小説家になられて、あの事件のことを調べている。ついてはそちらに協力をお願いできないか、と。

そうです。

びっくりいたしました。

蓬田というお名前には聞き覚えがありました。

駅前にあった床屋の娘さんでいらっしゃいますわよね。

当時は久人の口から噂を聞いたこともありました。

いえいえ、悪い噂ではありません。勉強がよくできて、真面目でいらっしゃる。他人が嫌がるような仕事を進んで引き受けて、まったく頭が下がるというようなことを、弟はよく口にしていました。

夏休みには犬の散歩の途中に偶然会って、少し立ち話ができたなどと嬉しそうに言ったりもしたものですから、あんた、その娘が好きなんじゃないの、と妹たちにからかわれていたような具合でした。本人が真っ赤になって否定するので、ますます妹たちは面白がって囃《はや》したてもしたようで……。

ああ、これは失礼しました。余計なことを申しました。

そんなわけで、何か奇妙なものを感じたのです。もしも久人が生きていれば、あなた様が訪ねてきて、きっと喜んだに違いがないと思います。

ですので、今日は拙い聞き覚えですが、弟の供養のためにも、私の知っていることをお伝えしたいと思って、お呼びたてした次第です。

……はい。

弟のことをどれほど記憶にとどめて頂いているかわかりませんが、もともと久人は線の細い子でした。

四人姉弟の末っ子で、上は女ばかり。

母親はあれが八つの時に亡くなっておりますので、それ以後は一番年上の私が母親代わりをしてきました。私とは十歳離れていますが、他の妹二人とは歳が近いものでして、子供時代は、あれやこれやと命令されたり、押さえつけられたりで、言いたいことも言えずに育ってきたようなところもありました。

父親も忙しい人でしたから、あまり子供を顧みるようなこともせず、そのせいもあるのでしょうか、あの子は寂しさを紛らわすために、生来の気の小ささとはうらはらに、わざと悪さをして大人を困らせるような面もありました。

だから事件が起こる少し前に、薬品が放置された廃工場に出入りしていたと聞いた時には本当にびっくりしました。

——いいえ、事件の直後はまるで気づきませんでした。

もっと後になって、そんな事件があったことも忘れたような頃になって、いきなり本人の口から聞かされた次第なのです。

あれは中学校の卒業式の時でした。

母親代わりの私が式に出席しての帰り道。

私と肩の位置を並べるほどに背が伸びた弟の成長に感慨深いものを覚えておりますと、不意に、弟が立ち止まって、あらぬ方角を見つめているのです。

なあに、どうしたの？　私はそう言って久人の視線の先にあるものに目をやりました。それはスーパーマーケット開業の広告でした。どこかの工場の跡地に新しいスーパーができるらしく、その大きなポスターが道路に面したビルの一階に貼られていたのです。

「あら、新しいスーパーができるのね。でも町外れだし、ウチは車もないから、あまり行く機会はないかもね」私が何気なくそう言うと、姉さん、ここはあの場所だよ、と陰気な声で弟は言ったものでした。

「あの場所って、なんのこと？」

「工場だよ、このスーパーはあの工場があった場所に建つんだよ」

「あの工場？　工場ってなによ？」なんの話かわからずに目を白黒させました。

「小学校の時の事件の話だよ」久人は言いました。「同じクラスの楠本大輝が殺された事件があっただろう。あの事件で三ツ矢が毒薬を持ち出した廃工場の跡地に、このスーパーマーケットは建ってことなんだよ」

すぐにはぴんと来ませんでした。だから、そうなの？　そんなことよくわかるわねえ、と暢気《のんき》な声を出しました。

「わからないはずがないよ。だって当時は、俺もあそこに出入りしていたんだから」

久人は硬い声を出しました。

「へえ、そうなの……」相変わらずぽかんとしたまま私はそう答えました。弟が何を言い出したのか、よくわからなかったのです。

「あそこには他の学校のヤツらや、中学生、高校生も出入りしていたんだよ。鈴宮《すずみや》って覚えてるかな。昔、近所に住んでいて、隣町に引っ越した同級生――そいつと、あの夏に偶然会ったんだ。それで誘われて遊びに行くようになったんだ。六年生の夏休み。毎日ってわけじゃないけれど、学校の友達と遊べない日にはよくそこへ行った。思い切り不良って感じのヤツはいなかったけれど、ちょっとだけはみだしているようなヤツらが大勢いて、なかなか面白かったんだ。居心地もよかった。でも一番驚いたのは、そこに三ツ矢がいたことだったんだ」

「三ツ矢って……あの事件を起こした男の子――？」

「——ああ、三ツ矢昭雄だよ。楠本大輝を毒殺した犯人さ。あいつはあそこの常連だったんだ。学校じゃ誰も友達はいなかったけれど、あそこではみんなと仲良くやっていた。だから俺も友達になったよ。その場限りの友達だけどね。学校で仲良くしているところを見られたら、俺も仲間はずれにされる。だから夏休み中は親しくしても、二学期が始まったら学校では口を利かなかった。でもあいつはそれを怒らなかったよ。そういうものだって思ってたのかな。三ツ矢と俺は、あの夏休みに工場であった時だけ親しくなった、期間限定、場所限定の友達だったんだよ」

久人が言わんとしていることの意味がおぼろげにわかって、急に怖くなりました。

「あんた、まさか、楠本病院の息子さんが殺された事件に関係していたの！」

しっ！　と久人は顔を顰めました。

「そういうことじゃないよ。話をちゃんと聞けよ——」

呆れたように周囲を見回しながら、ちっと舌打ちをしました。

「俺は関係ないよ、あれはあいつが一人で勝手にやったんだ。俺は関係ないんだ！」

「本当ね。本当にそうなのね」

思わず立ち止まって久人の両肩を摑んで問い詰めました。

「本当だよ。嘘なんかつくかよ」

久人は手を振り払うように、さっさと歩き出したので、慌てて追いかけました。

「待ってよ。怒らないでよ。ああ、びっくりした――。あんたがあそこに出入りしていたなんて、姉さん全然知らなかったから、ちょっと驚いただけ。……待ってよ、もっとゆっくり歩いてよ――」

私の問いかけに久人は無言でしたが、それでも少しは歩調を緩めてくれました。しばらくは黙ったまま、二人で肩を並べるようにして歩きました。

「姉さんどころか、友達だって誰も知らないよ。いま初めて他人にそのことを言ったんだから」

「そうなの。――わかったわ。いきなり聞かされたから驚いちゃった。久人のことを疑っているわけじゃないわ。ただちょっと――」

「いいんだよ。俺だって疑われるのが怖くて黙っていたんだから。それはいいんだ。でも、いまあの広告を見たら、色んなことを一度に思い出したんだ。いままでは言うのが怖くてずっと黙っていたけれど、でも本当は誰かに話をしたくてしょうがなかったんだよ。もう限界だ。我慢できないよ。だから、姉さん。俺の話を聞いてくれよ。これ以上はもう無理だ。黙ってることはできないよ――」

そう言うと久人は軽く唇を噛むようにして、当時を思い出すように話を始めたのです。古びたコンクリートの壁に囲まれた、荒れ果てた煉瓦《れんが》造りの工場の入口や、ゴム底の靴がきゅっきゅっとなるリノリウムの廊下を通って辿り着く、朽ち果てた広間のような倉庫の様子を——。

「その倉庫には備え付けの大きな棚があった。ほとんどが空になっていたけれど、一番奥に鍵のついた扉があって、そこには何種類かの薬品が忘れ去られたように並んでいたんだよ」久人は呟くように喋り出しました。

「塩酸とか硫酸とかラベルのついたガラスの容器があったし、劇薬と書かれたプラスチック製の容器も残っていた。そこに出入りしていた高校生の一人がもったいぶった顔をしてそれが何だか教えてくれたよ。それには絶対に触るなよ、と脅かされた。それは青酸カリだぞ。その薬を飲ませれば何十人何百人って人間を一度に殺せるんだ。お前ら、誰かを殺したいヤツがいるか？　もしいればその薬を使えば簡単に殺すことができるんだ。その高校生はそう言って笑うんだ。彼はみんなからクーさんと呼ばれていた。髪が長くて、格好がいいけれど、どこか暗くて怖い感じのする人だった。人を殺すのなんて簡単だ。殺したいヤツの食べ物や飲み物に、こっそり薬を入れれば、それで死ぬんだ。簡単すぎて張り合いもないくらい簡単に死ぬんだぜ。その高校生は、俺たちを前にしてそう笑うんだよ。もちろん冗談だろうけれど、でもぞっとするくらいに怖い気持ちにもなった。殺そうと思えば簡単に人を殺せる毒がそこにはある。それはとてつもなく怖いことだった。でもそれでいながら心が惹かれることでもあったんだ」

久人の言葉を私はじっと聞いていました。どう答えていいか、何を言っていいかわからず、ただ一言一句聞き逃さないようにと、息を詰めて耳に神経を集中させていたのです。

「最初は本当に怖くて、もうあそこに行くのはやめようと思った。でもなぜかまた足を運んでしまった。そうやって何度も行くうちに、次第に怖さは薄れていった。慣れていったのかもしれない。手を伸ばして、その毒薬を取り上げれば簡単に誰かを殺せる。そう考えるとぞっとしたけれど、どきどきもした。誰かを殺したくなったらここへ来ればいい。そう考えると気持ちがすっと軽くなるような気がしたんだ。ほっとするような気持ちになった。なぜなら、その時の俺には殺したいヤツがいたからさ」

弟の言葉にぎょっとして顔をあげました。

「――それが誰かなんて、聞かないでくれよ。姉さんが心配することじゃないさ。他人じゃない。自分さ。俺は自分が嫌いだったのさ。だから自分で自分を殺したかった。あの薬を飲めば楽になれる。もう何も悩むことはない。そう考えると楽になれた。色んな厄介事が綺麗さっぱり頭から消えた。自殺することを考えるのは、あの頃の俺の日課みたいなものだった。俺はずっと死にたかったんだ」

他人事みたいにそう言って、ぼんやりと空を見上げていました。私はいきなりの告白に虚《きょ》をつかれて、言葉がうまく出てきませんでした。

「どうして……自殺なんて」

ようやくそれだけを口にできました。まるで予想もしない弟の言葉に頭が空っぽになって、何を言えばいいのか、まるでわからなくなったのです。久人が自殺を考えていたなど、まるで考えもしないことでした。

「別に、理由なんかないさ。ただ生きていてもしょうがないと思ったからさ。強いて言えば、勉強も運動も苦手だし、これといった取り柄もない、つまらない人間だからかな。いや、でもそういうことともちょっと違う気がするな。やっぱり理由なんかないんだ。生きていることに意味はない。朝になったら起きて、学校に行って、給食を食って、授業を受けて、家に帰ってきて、テレビを見て、飯を食って、寝る。そんなことの繰り返しにうんざりしていたんだ。何をしても楽しくないし、嬉しくもない。だから死にたかった。それだけの話だよ――」

「何を言っているのよ！」私はぞっとして言いました。「生きていてもしょうがないなんてことはないわよ。あなたが死んだら私は悲しいわ。もちろん父さんだって、家族だって悲しむに決まっているし、天国にいる母さんだって物凄く悲しむに違いないわ。だからそんなことは考えちゃダメ。まだ何もわからない子供のくせに、生きていても仕方がないなんて、そんなことを考えては絶対にダメよ――！」

「わかってるよ」

必死に言葉を吐き出す私を制するように声を上げました。

「いまのことじゃない、昔のことだよ。ずっと前からおぼろげに感じていた不安が、六年生になってはっきりした形になったんだ。いまはそんなことを思ってはないよ。一時的にそんなことを考えた時期があったってだけの話さ。興奮するなよ、落ち着けよ、姉さん」

澄ましたように言うその言葉に、思わず怒りが爆発しました。

「なによ！　あんたがいきなり自殺を考えていたなんて言うからじゃないの！　もう平気なの？　本当に大丈夫？　本当に一時的なことなの？　もしかしたら誰かに苛められていたの？　隠し事をしないで、正直にすべてを話してちょうだい。久人、お願いだから――」

「うるさいな。違うんだって」

久人は泣き笑いのような表情をして訴えました。

「そういうことじゃないんだよ。はっきりした理由があったわけじゃない。急に虚《むな》しくなっただけさ。生きていることの意味がわからなくなったんだ」

「生きていくことの意味だなんて、あんた、まだ子供のくせに何を言っているのよ。そんなことで死んだりしたら、姉さん許さないわよ！」

久人はうるさそうに手をふります。

「いまはもう違うんだ。わかってるよ。そんなことは」

「本当に、本当なのね。あんたいきなりそんなこと言い出して、明日になったら死んでいたなんて絶対に嫌よ。母さんにも顔向けできないわ。本当に大丈夫なのね？」

ああ、本当だよ、と声を出しました。

「でも、もしかしたら理由はあるのかもしれないな。きっと楠本大輝のせいだよ。あいつはスーパーマンだった。勉強もできたし、運動神経も抜群、女の子にもモテるし、リーダーシップもあって、家も金持ち。あいつと較べると自分がゴミみたいに思えてくるんだ。自分なんか何の取り柄もないダメな子供だ。そう思うと生きていることに意味がないように思えてきたんだよ」

「何言ってるの、そんなことないわよ。生きている意味がないなんて、そんなことは絶対にないわよ！」

精一杯の気持ちを込めて吐き出すように言いました。

「わかっているよ。皮肉な話だけど、あの事件があってわかったんだ。気持ちが入れ替わったのさ。死ぬってことの意味が本気でわかったんだ。この世界からいなくなる。存在が消える。大輝と三ツ矢がそんな目に遭って、心底ぞっとしたよ。死んだら終わりだ。どんなに育ちのいい優等生でも、育ちの悪い劣等生でも、死んでしまえば同じなんだ。火葬にされてそれで終わり。煙と灰と骨になって、この世から消えてなくなる。それに気がついて怖くなったんだ。そうはなりたくないと本気で思った。だからもう死ぬなんてことは考えないよ。絶対に自殺なんてしない。約束するよ。絶対に大丈夫だよ」

久人はそう言うと、真剣な顔になって言葉を続けました。

「あの事件があって俺は吹っ切れたんだ。死ぬのは怖い。死んだ二人には悪いけれど、そんな当たり前のことが、あの事件を通してやっとわかったんだ」

そう言うとすたすたと歩き出し、私は納得できないながらも、口を噤んで後に続きました。それ以上何かを言って、また心配の種になるような言葉を聞かされるのが怖かったからです。

でも久人は、そんな私の気持ちなどにはお構いなしに、また口を開きました。

「でもさ、わからないこともあるんだよ。あの事件に関することで」

もういいわ、やめてよ、という私の言葉を遮るように、あの工場には色んな薬があったんだ。青酸カリだってあった。でも三ツ矢はそれを使わずに砒素を使った。それがどうしてかわからないんだよな、と久人は言葉を続けました。

「青酸カリだって、砒素だって同じ毒薬なんでしょう？　だったらどっちを使ったって同じじゃないの。もうそんな話はやめなさいよ」

久人は首を振りました。

「毒性が違うんだよ。工場に出入りするようになってから、興味をもって色々と調べたんだ。確実なのは青酸カリのほうなんだ。毒性が強いから、微量で確実に死ぬ。でも砒素は種類がある。毒性の弱いものだと、いくら使っても死には致らないことがあるんだ。それなのに、どうして三ツ矢は砒素を使ったんだろう？　それがどうしてもわからないんだ。あの事件の前に青酸カリを入れたジュースがばら撒《ま》かれる事件があっただろう？　東京で高校生が死んだ事件だよ。あの事件ではジュースを口に入れた高校生はすぐに吐き出したけれど、でも結局死んじまったんだよ。ほんの少しを飲み込んだだけで助からなかったんだよ。青酸カリっていうのはそれだけ毒性が強いんだ。水溶液にして胃に入れたらほとんどが助からない。三ツ矢はそんな毒を使うことも可能だったんだ。でもあいつは砒素を給食に入れた。なんで青酸カリではなく、砒素を使ったんだろう。もし本当に大輝を殺すつもりだったら、青酸カリを使ったんじゃないのかな。そうじゃなくて砒素を使ったってことは、本当は大輝を殺すつもりはなかったんじゃないのかな。俺にはそう思えてならないんだよ」

　久人はそう言うと、どうにも収まりの悪い笑顔を浮かべて、大きく息を吐いたのです。私はぞっとしました。生まれてからこの方、ずっと面倒を見てきた弟ではない誰かがそこに立っているような気がしたからです。見も知らない他人が、弟の姿になって隣にいる――。そんな思いに鳥肌が立ちました。

「もうそんな話はやめて」

泣きそうになりながら、精一杯の声を出しました。中学校の卒業式という晴れがましい日に、どうしてこんな話を延々と聞かされなければいけないのでしょうか。恨みがましい目で弟を睨みつけました。

「あいつは本を読んでいた」

弟は私の気持ちなどお構いなしに言葉を続けました。

自分より十歳も年下の末弟の顔が、その時はひどく老成した表情に見えました。桜の花がほころびかけた三月の昼間の通学路に、どこか濁った空気が澱《よど》んでいるような気になって、私は思わず声を荒らげました。

「もういい加減にしてちょうだい。いったい、なんの話をしているのよ」

しかし久人は話をやめません。

「三ツ矢だよ。五年生の時はまるで落ち着きのない、はた迷惑な鼻つまみ者だったのに、六年になって急に変わったんだ。落ち着いて、勉強もするようになったし、本を読むようにもなった。六年生の夏休み、あいつは毎日のように工場に来て、そこにいる連中と遊んだり、だべったり、本を読んだりしていたよ。別に難しい本を読んでいたわけじゃない。推理小説や、ＳＦ小説だよ。でも驚きだった。学校ではそんなところを見たことがなかったからさ。それを言うと、夏休み前に図書館の使い方を教えてもらったんだって返事が返ってきたよ。教えてもらったって誰に？　そう言うとヤツは意味ありげにニヤニヤ笑うだけだった。まあ、それが誰でも関係ないと思ってそれ以上は訊かなかったけれどね。とにかくあいつは六年生になって、急に勉強をするようになったんだ。五年生の終わりに体を壊して、それが治ったら、驚くほど静かになった。あいつも少しは大人になったんだろうな、と誰かが言っていたよ。でもその後にあいつが起こした事件のことを考えると、ぞっとするような気持ちにもなる。あいつはずっと大輝をつけ狙っていたのかもしれない。大輝を苦しめようと計画を練っていたのかもしれない。だからあいつは大人しくしていたんだ。だから急に勉強したり、本を読むようにもなったんだ。俺と一緒だよ。目標ができたら、まず最初にすることは調べることだ。その目的を達成するために必要な事柄を勉強することが必要になるんだ。ただの思いつきを、しっかりした計画に練り上げるためには下調べが必要なんだ。どんな方法を選べば確実で楽な自殺ができるか。自殺を考えた時、俺はそうやって毒のことを調べたんだ。きっと三ツ矢も一緒だったと思うよ。急に本なんか読みはじめたのも目的があったからさ。推理小説を読んで、あいつは勉強していたつもりだったのかもしれない。どうやったらうまく大輝を苦しめることができるのかってね」

「お願いだから、もう、やめて！　そんな話に何の意味があるのよ。久人、あなたどうしちゃったのよ――」

思わず大きな声を出しましたが、それでも話が中断することはありません。

「考えれば考えるほどわからないことが増えるんだよ。あの年の夏に、あいつは図書館の使い方を初めて教わったと言っていた。でも、いったい誰に教わったんだろう。親か、先生か、友達か。そんな親切にモノを教えてくれるような人間があいつの身近にいたんだろうか。もしいたのなら、そいつが三ツ矢に入れ知恵をした可能性もあるじゃないか。もしかしたら大輝を殺したかったのは、そいつじゃないのか。三ツ矢はただ騙されて、いいように使われただけじゃないのか。そんな疑問が後から後から湧いてきて、頭が混乱してくるんだよ。本当のことは何もわからない。三ツ矢は死んで、謎だけが残った。そのことがもどかしくてどうにもたまらないんだ」

一息にそう言うと、なんとも悲しそうな顔つきをして、寂しそうに笑ったのです。

「夏休みの間、三ツ矢はクーさんと呼ばれていた高校生と仲良くしていたよ。クーさんは金を持っていて、その工場に来る時はお菓子やジュースをたくさん買って、持って来てくれたんだ。だから三ツ矢はクーさんが来ると、尻尾を振るような勢いでまとわりついていた。あいつはいつも腹を減らしていたからね。クーさんが来ればただで食い物が貰える、とそう考えていたんだよ。まあ、俺たちだって同じように考えていたから、そこを非難する気はないんだ。

でも、そこに集まった子供たちに食い物を振る舞いながら、クーさんはおかしそうにこう言ったことがある。お前ら、俺の持ってきた食い物をそんなばくばく食っちゃって大丈夫かよ。そこに毒が入っていたらとか思わないのか。ここにはお前らなんか簡単に殺せる毒がごろごろしているんだぜ。俺が食い物にそれを入れるかもしれないって、どうしてそう考えたりしないんだよ――。

そう笑われた途端に俺たちの手はぴたりと止まったよ。怖いとかいうことじゃなくて、なんとなく恥ずかしくなったんだ。何の疑いも持たずに、貰ったお菓子をばくばく食べている自分たちの姿がみっともないように思えたんだよ。クーさんが来ればお菓子やジュースを貰えるって、いつのまに何の疑問も持たずに考えるようになっていたんだな。まるでパブロフの犬みたいじゃないか。だからそこを指摘されて恥ずかしくなったんだ。

後になってみれば、自分で食い物を持ってきておきながら、そういうことを言うクーさんの性格も、ずいぶんなものだって思うけれど、でもその時はそんなことを考えずに、ただ手を伸ばすことをやめただけだった。みんなで下を向きながら、気まずそうに顔を見合わせたよ。でも三ツ矢は違ったんだ。そんな言葉には耳も貸さずに、逆にチャンスとばかり袋を抱え込んで一人で食べ始めた。呆れて眺めるまわりの視線なんか屁《へ》とも思わず、あいつは貪《むさぼ》るようにお菓子を口に詰め込んでいた。それを見てクーさんは、すごいな、お前、と言った。呆れたような、感心したような声だった。大物になるよ、三ツ矢は——。そう言ってクーさんはおかしそうに笑ったんだ。

それを聞いた時に、俺はなんともいえない感情を三ツ矢に抱いたよ。悔しいとも、羨ましいともつかない奇妙な感情だった。クーさんに声を掛けてもらった三ツ矢が妬ましくて、それから憎らしくなった。俺はクーさんから一度だってそうやって声を掛けてもらったことはなかったんだ。名前だって覚えてもらっていたか怪しいもんだ。でも三ツ矢は違う。名前を覚えてもらって、さらには大物になるよとまで言ってもらえた。それが悔しくて、悔しくてたまらなかったんだ。

だからその日は一人でこっそり先に帰った。そこにはいつも自転車に乗って遊びに来ていた。近くに停《と》めたら工場で遊んでいることがばれてしまうから、自転車は少し離れた児童公園に停めておくようにしていた。自転車をとって帰ろうとすると、隣に三ツ矢の自転車が停めてあることに気がついた。子供用じゃない、大人用の汚い錆《さ》びた自転車だった。工事現場で使っているようなぼろぼろの自転車だ。それを目にしたとたん、なぜか頭に来て、俺はその自転車を蹴り倒した。なんであんなヤツがクーさんから名前を覚えてもらえるんだ！　声を掛けてもらえるんだ！　そう考えると腹立ちは収まらなかった。三ツ矢が羨ましくて、それでいながらそんな感情を抱いている自分が嫌で嫌でたまらなくもあった。倒れた自転車を何度も何度も蹴飛ばして、俺は逃げるように家に帰ったよ。

あの時のことを思い出すと、いまでも悔しい気持ちになる。情けない気持ちになる。余計なことを取り除いて比較してみたら、本当のところ俺は三ツ矢に敵わないんじゃないか。そういう気持ちになるんだよ。家庭環境とか、クラスでのポジションとか、そういったことを全部引っぱがして、全然別の環境に放り出されたら、俺はあいつにまるで敵わないんじゃないかってそう思うんだ。

そりゃあ、わかるよ。クーさんだって別に三ツ矢を本気で褒めたわけじゃない。もしかしたら心底馬鹿にしていたのかもしれない。でも、その場で俺はそうは取れなかったんだ。軽蔑《けいべつ》されるにしても、そうさせるだけの個性のようなものがあいつにはあったんだ。それに較べたら、俺には何もない。軽蔑されることすら俺にはなかったんだ。

たとえばの話だけど、将来どこかで偶然会ったとしても、きっとクーさんは俺のことなんか覚えてやしないと思う。でも三ツ矢は違う。あいつのことはしっかり覚えているだろうな。それが俺とあいつの違いなんだよ。

それが悔しかった。それが許せなかった。といっても、結局俺にできることといえば、こっそり三ツ矢の自転車に八つ当たりをするぐらいのことだったんだけれどね。情けない話さ。俺は自分がたまらなく嫌だったよ。三ツ矢にすら負けたことが許せなかった。自分の馬鹿さ加減に頭に来た。死にたいと本気で考えるのは、そんな時だ。

逃げたくてたまらなくなるんだよ。こんな馬鹿で、どうしようもない自分からさ」

初めて聞いた弟の激しい感情の迸《ほとばし》りに、息を呑んで立ちすくんでいると、でもいまはそんなことはないよ、と久人は笑いました。

「もう、死にたいだなんて思わないよ。とにかく、そんなことがあって、それ以来工場には行かなくなったんだ。夏休みが終わる一週間くらい前の出来事だったかな。それ以来、一度もあの工場には行かなかったし、三ツ矢とも口は利いていない。なんか夢から覚めたような気持ちだったよ。それまでは夢の世界にいたんだ。劇物や毒薬に囲まれた大人のいない楽園だ。夏休みのあいだ、俺はそこに行くのが楽しみでならなかったよ。あそこにいれば嫌なことを考えなくて済んだからね。

でもクーさんのあの一言で、俺は現実に戻ったんだよ。どこにいたって俺は俺だ。家だろうが、学校だろうが、廃工場だろうが、どこに行っても、俺は自分以外の人間にはなれないってことがよくわかったんだ。それがわかったから諦めた。逃げることも、分相応の望みを抱くことも諦めて、とりあえず適当に生きて、どうしても嫌になったらその時に死ねばいいと思ったんだ。

だから、あんな事件が起こった時には、本気で驚いたよ。どうしよう、どうすればいいんだろう。パニックになって、とてもじゃないが真実を話す勇気は湧いてこなかった。ただ気が焦るばかりで、自分の知っていることを大人に話すことはできなかったんだ。大輝が死んで、三ツ矢が死んで、それでも俺は黙っていた。あの工場に行ったことも、三ツ矢に会ったことも、何もかもね。

クーさんの姿を見ることはあれから二度となかったよ。

彼が事件の黒幕なのかもしれない。三ツ矢を使って大輝に毒を飲ませたのかもしれない。そう考えることはあったけれども、でもどうしてそんなことをやったのかと考えると途方に暮れた。まるで見当もつかないことだったもの。俺があそこに行かなくなってから、事件が起こるまでにゆうに一ヶ月以上の時間があった。その間にクーさんがうまく三ツ矢を手なずけて、毒を飲ませるように仕向けたのかもしれない。その可能性は充分にあったんだ。でも証拠はない。それにそれを証明するためにはすべてを大人に話さなくちゃならない。それは嫌だったよ。でもあそこにたむろしていた誰かが俺のことを喋る可能性もある。だからそうなったら諦めようと思った。もし警察が来て、三ツ矢のことを訊かれたら、その時はきっと知っていることを全部話そう。そう一人で決心したんだ。でも警察が来ることはなかった。どんなに待っても、覚悟を決めてじっと待ちわびても、警察は来なかった。

だから――。

俺は忘れることにしたんだ。卑怯な方法だということはわかっていたよ。でもほかにどうしようもなかったんだ。ぜんぶ忘れて、思い出さないことにした。そうすればきっと何も余計なことを考えなくて済むだろう。そうやって、自分から逃げていたんだ。だからいままで誰にも喋らずに、ずっと黙っていたんだよ」

黙っていてごめん、と弟は頭を下げました。私は首を振りました。

「いいのよ、私こそ、ごめんね。気づいてあげられなくて。辛かったのね。一人で寂しかったのね。ごめんね、久人――」

熱いものが胸元から咽喉までせりあがって来て、涙が零れました。弟もやはり目を潤ませていました。

そして――。

いいえ。

そこまでです。その後のことはよく覚えていません。その後、私たちは家に帰り――。

それ以上のことは何もありませんでした。

その日を境に久人は変わりました。

見違えるように溌剌《はつらつ》としてきました。

あの日の告白で、体に溜まった澱をすべて吐き出してしまったのか、危ういような目つきも、雰囲気の暗さも消えていて、いつのまにか普通のどこにでもいるような高校生になっていたのでした。

もっとも私にすれば、あの日に聞かされた告白に仰天したことは間違いなく、弟の変化も含めて、さんざん取り越し苦労をした末に、家の中にあった刃物を集めて隠したりもしたのですが、幸いなことに悪い予感が的中することはありませんでした。

それからの弟は、ごく普通に高校、大学と卒業して、電機メーカーの下請け会社に就職しました。三十歳の頃に会社の後輩と結婚したものの、子供ができなかったことから夫婦仲がぎくしゃくして、数年で離婚するようなことにもなりましたが、振り返ってみれば、さほど波風の立たない平々凡々とした人生を送ったといえると思います。

ようやく四十を過ぎたところで、交通事故に遭って落命する運命とは夢にも思いませんでしたけれど、それでもあの日の思いつめた顔つきと、陰にこもった口調を思い出すと、それを乗り切ってよくここまで頑張ったという気もいたします。

後で聞いたところによりますと、佐藤さんとおっしゃる方は、当時の担任だった鶴岡先生の甥御さんだそうですね。

お目にかかる機会はありませんでしたが、最初にあの方から電話をもらったことで、こうして色々と思い出し、あなたにお話をすることができました。

もしお会いする機会があるようでしたら、よろしくお伝えください。

事件のことを本になさるのは構いません。

興味本位のまるで事情を知らない部外者に書かれるよりも、当事者にきちんと取材をして書かれる方が、よほど公平で、貴重な本になると期待をしています。

――はい。

上梓《じょうし》された暁には是非、本をお送りください。

弟の墓前に供えて、そして……。

――いいえ。

――すみません。

つい、色々なことを思い出してしまって。

それでは、この辺で。

本日は遠いところを、ありがとうございました。

これからも応援いたします。

頑張ってください。

11 蓬田美和の告白Ⅲ

今回は、大輝くんが亡くなり、三ツ矢くんが自殺をした直後の出来事から話を再開したいと思います。

三ツ矢くんの死は事情を知らない人にとっては衝撃的な出来事のようでした。本当に彼が犯人なのか。本当に彼がしたことなのか。そういう声が自然と周囲の大人たちから湧き上がったようでした。

しかし彼の家庭の事情などがわかるにつれてそれは小さくなり、牛乳瓶から検出された指紋が三ツ矢くんのものだとわかったことで、その声は急速に消えていってしまいました。これだというはっきりした動機こそ不明でしたが、指紋という証拠が出たことで、誰もが納得せざるを得ないというのが当時の雰囲気であったのだと思います。

そうして事件は凡《およ》そ終息の方向に向かっていましたが、しかしもちろん私だけは心安らかな日々からは遠く離れた場所にいたのです。

自分の知っている事実を警察に伝えるかどうかという問題に、胸が苦しくなるほど煩悶していたからです。

もちろん悩むことなど何もありませんでした。すぐに警察に伝えるべきでした。結果論ではありますが、すべてのきっかけは私が作ったのです。私が余計なことをしたり、言ったりしなければ、こんな事件はきっと起こらなかったに違いないのです。

すぐに警察に言ってすべてを話すべきでした。

しかし、私は臆病《おくびょう》でした。卑怯でした。

自分の行為は罪に問われるのだろうか。自分は少年刑務所に行くことになるのだろうか。そう考えると、怖くてただひたすらに震え上がるばかりだったのです。

だから、さんざん悩んだ挙句にようやく決心ができたことといえば、警察に行く前に仙石さんに相談をしようということでした。

大輝くんも、三ツ矢くんもいないいま、私が相談をできる相手は彼女しかいませんでした。

それに大輝くんが死んで、最初に疑惑の目が彼女に向いてしまったことも謝らなくてはならないでしょう。

私は心の中でいくつもの言い訳をこじつけて、仙石さんに話をすることを正当化しました。

見も知らない警察関係者に話をすることに較べたら、仙石さんに打ち明け話をすることは実に簡単なことのように思えたのです。

私は電話をしました。

三ツ矢くんの自殺が判明してから、ずっと彼女は学校を休んでいました。

クラスの名簿を見て、おずおずと電話を掛けると、いいわよ、と仙石さんは暗い声で答えました。私もあなたと話をしたいわ。すぐに来て。

本来であれば運動会が行なわれるはずの日曜日、そうやって私は人目を忍ぶように仙石さんの自宅を訪ねたのでした。


「やっぱり、そういうことだったのね」

私の長い告白を聞いた後、仙石さんはため息をつくように言いました。カーペットの上に正座した私を、ベッドの上から冷ややかに見下ろしながら。

広い部屋でした。壁は淡いピンク色で、天井からはきらきら輝くシャンデリアが垂《た》れていました。ベッドの横には大きなステレオが設置されていて、英会話の学習教材や、海外留学のパンフレットが無造作に床に投げ出されていました。机や本棚も大人向けの高価そうな設《しつら》えで、黄土色の砂壁の六畳間に、兄のお下がりの学習机を無理矢理入れている私の部屋とは大違いでした。

さらには仕立ての良さそうなブラウスの上に、目にも鮮やかなレモンイエローのカーディガンを羽織って、丈の短いチェックのスカートをはいた彼女はとても大人びて見えました。

私はしばらくの間、そんな雰囲気に圧倒されて、口ごもっていましたが、逆にこれだけ境遇の違う相手なら馬鹿にされようが、虚仮《こけ》にされようが、気にすることはまったくないのだ、という開き直りに背中を押されました。そして事件に関することをすべて伝えました。

三ツ矢くんと交わした会話の内容と、私たちがしたことをすべて。胸の裡《うち》にしまってあった後ろめたい思いの丈《たけ》すべてを、彼女にぶちまけたのです。

それを聞いても、彼女は特に驚きもしませんでした。

ただ、やっぱりね、と頷《うなず》いただけでした。

「三ツ矢ひとりがやったにしては段取りがよすぎると思ったわ。やっぱり、あなたが噛んでいたわけね」

「私が計画したんじゃないわ」慌てて言いました。「彼と……クーさんという人が計画したことよ。私は後から聞いただけ」

「クーさんって——どこの誰よ」

「わからないけど、その工場で会った人だと思う。中学生とか、高校生とかも出入りしていたって言うし、その中の一人だと思うの」

「じゃあ、大輝を殺したのはそのクーさんっていう人で、三ツ矢や、あなたは責任がないって言いたいわけね」

「責任がないとは言わないわ。でも……」

思わず口ごもります。

「でも、なに？」

「でも、彼が三ツ矢くんに何かを吹き込んだ結果として事件が起きた可能性は高いと思う。もちろん仙石さんは容赦しません。

「クーさんね。そんな人が本当にいるのかしらね。三ツ矢が自分の責任を転嫁しようと思って作り出した架空の人じゃないの？」

「それも、はっきりしたことはわからないわ。だからそれを確かめるためにも、警察に説明して調べてもらわなきゃいけないと思うの」

「そうね」仙石さんはベッドの上に寝そべったまま、投げやりに肯きました。「そうしたほうがいいわよね」

しかしそう呟く仙石さんの顔はやつれて、覇気がありませんでした。頰《ほお》の色は蒼白で、目の下には隈《くま》ができていました。普段であれば綺麗に梳《と》かしているはずの長い髪も、あちこちで絡まり、はねています。

彼女にすべてを話すと決意した時は、きっとひどい罵詈《ばり》雑言《ぞうごん》を浴びるものと覚悟をしていました。

あんたが大輝を殺したのよ、この人殺し！

頭ごなしにそんな台詞を浴びることもあるかもしれない。物を投げつけられたり、殴られたりもするかもしれない。でも、それも身から出た錆（さび）なのだ。すべてを甘んじて受け止めよう。そして、彼女のその怒声と悲嘆をきっかけとして、親と先生と警察にすべてを話す決意を固めよう。私はそう考えていたのでした。

しかし、仙石さんは責めることも、なじることもなく、私の告白を聞いても、特別な感情の吐露をすることもありませんでした。ただ、疲れきった顔をしたまま、他人事のような感想を述べただけでした。

それどころか、やっぱり警察に行くのは考え直した方がいいんじゃないの、と言い出す始末でした。

「いまさらそんなことをしてもしょうがないわよ。事件はもう解決したんだから、余計なことはしない方がいいんじゃない？」

「余計なことって……でも黙っているわけにはいかないでしょう？」

「あなたが何かしたって、大輝が生き返るわけじゃないわ。だから、もうこれ以上引っ掻き回すのはやめた方がいいんじゃないかしら」

彼女は物憂げに言うと、ぷいっと横を向きました。

どうやら彼女はこの件に関してこれ以上関わりを持ちたくないようでした。

私は戸惑いながらも、もう一度説明をしました。警察の事情聴取は、クラス全員が対象でした。しかし大事なことは何も言わないまま、私はそれを潜《くぐ》り抜けてしまったのです。

順番に保護者同伴での事情聴取を受けているところに、三ツ矢くんが死亡したという連絡があったのです。大輝くんが亡くなった時とはまた違う意味で大騒ぎになりました。さらに毒物混入の犯人が彼らしいとなったあたりから、風向きが変わりました。事情聴取の内容も、事件当日のことよりも、三ツ矢くんの人となりや交際範囲についての質問が多くなっていったのです。

彼には友達がいませんでした。一時期大人しくなったといっても、彼にいい印象を持っている同級生は皆無でした。

悪口や、悪い噂の種には事欠きませんでした。三ツ矢くんに対する文句や不満を語らせれば、男子でも女子でも、制限時間はすぐに経ってしまう有様だったのです。そこではもちろん私の名前も出たようです。六年になって副学級委員になって、張り切って彼を指導していたけれど、結局それも何にもならなかった。同級生たちはそう言ってあからさまに同情したり、憐《あわ》れんだりしたそうです。

だから女性警察官らしき人に事情を訊かれた時、私は最初から同情をされていたのでした。

——頑張って彼の面倒を見たのに、こんな結果になったのは残念だったわね。でも自分の力が及ばなかったことを悔やんではダメ。あなたは一生懸命やったんだから、そこを間違えてはダメよ。気を落とさないで、もっと前向きに考えていいの。あなたは充分にやったわ。だから元気を出して。あなたは悪くないのよ、ねっ——。

違うんです、それはぜんぜん違うんです！　そう私は叫びたかったのです。でも声は出ませんでした。悄然《しょうぜん》としたまま、ただ気落ちした風を装って、こくりと肯いただけでした。

その時の私は、まだ、すべてを話す勇気を持つことができなかったのです。

でも、時間が経つにつれて、気持ちは変わりました。

私が黙っていれば、真実は永遠にわからないままだ。

三ツ矢くんは永遠に汚名を着せられて、さげすまれ、卑しめられて、人殺しとしてその名前をみんなに記憶されることになるのだ。

私が言わなければ。私が名乗り出なければ。

後出しめいたジャンケンの負けの結果として、責任を取ると言った彼の言葉が蘇《よみがえ》りました。最後にひとつだけ頼みがあると前置きをした後で、私の胸をいきなり摑んだ彼の最後の行為を思い出しました。私のために、彼はきっとそうしたんだ。

乱暴でがさつな行為でしたが、あれは彼なりの思いやりであり、慰めだったんだ。

だったら私だって、彼の勇気に身を以《もっ》て応えなくてはいけないはずです。

クーさんという人のことをきちんと警察に説明しなくてはいけないはずでした。男なのか、女なのか、子供なのか、大人なのか、まるでわかりませんでしたが、大輝くんの給食に薬を入れるという計画自体を、実際はその人物が考え出した可能性もあるのです。致死量の砒素を給食に混入させるという方法で、最初から殺意をもって、三ツ矢くんを使って大輝くんを殺害させた可能性もあるのです。真実がどうなのかを調べるためにも、私が黙っているわけにはいかないのです。

すべてを話して、きちんと調べてもらわなくては、決して真実は明らかにはならないのです。

だから私は何もかもを包み隠さずに明らかにすることを決心しました。

三ツ矢くんが転校してきてから一年半。その間クラスの中で何があったのか、すべてをつまびらかにする義務が私にはあるはずです。

だから。

そうしよう。

そうしなければいけない——。

そう思うに至った経緯を、私は仙石さんに包み隠さず告げました。

しかし、彼女は冷たい一瞥をくれただけでした。話が終わっても、黙り込んだまま、何も言おうともしません。私は彼女から無視されたような格好になりました。

途方に暮れて、壁に貼られた世界地図を眺めていると、ドアをノックする音が聞こえ、年配の女性がお盆を持って入って来ました。

彼女のお母さんかと思って居住まいを正しましたが、よく見ると化粧気もない地味な服を来た女性でした。

「遅くなってすみません。紅茶をお持ちしましたので、どうぞ、ごゆっくりしていってくださいね」

「――いいのよ、キミさん、気を遣わないで。この子はもうすぐ帰るから」

仙石さんは乾いた声で言いました。その言い方でその女性が家政婦さんだということがわかりました。私はかしこまって目の前に紅茶とクッキーの載った皿（蔓《つる》草模様の描かれた高価そうなティーカップとソーサーのセットでした）が置かれるのを見ていました。

「せっかくいらしたんですから、ごゆっくりしていってくださいね」

キミさんと呼ばれた女性は頭を下げて部屋を出て行きました。慌ててお辞儀をして、後ろ姿を見送りました。

そんな私の様子を見て、もういいんじゃないの、と仙石さんは口を開きました。

「もうこれ以上、猫を被った物言いはしなくていいわよ。言いたいことがあれば、ちゃんと言いなさいよ」

「言いたいことって……私は警察に行って話をしようって思っているだけよ。だから」

戸惑いながらもそう口にしました。

しかし、とたんに、

「やめてよ！」鋭い声で言いました。「そんな優等生ぶった言い方はいい加減にやめてって言っているの！　いまさらそんなことを言って何になるのよ」

「何になるって――大輝くんが死んだ、本当の理由を知りたいとは思わないの？」

「そんなの決まっているじゃない！　三ツ矢が彼の給食に毒を入れたからでしょ。それ以外にいったい何があるっていうのよ！」

「だから言ってるじゃない。三ツ矢くんはクーさんって人に唆されて薬を入れた可能性があるの。死にはしない、殺すわけじゃないって騙されて――」

「じゃあ、なんであいつはそれを言わなかったの？　あんた以外の誰にもそれを言わないで、あいつは自殺したの？　それが嘘だったから自殺したんじゃないの？　あんたにはそう言ったものの、警察が調べればそれは嘘だって簡単にばれるって思って、だから三ツ矢は自分で毒を飲んだんじゃないの？　違う？」

「それは、確かに、そういう可能性もあるかもしれないけれど……でも彼が嘘を言ってはいない可能性だってあるし、真実を調べるためにも、すべてを警察に言わなきゃいけないと思って、私は」

「もう、いいわよ、そんなことは──」

「もういい？」

私は耳を疑いました。何を言っているのだろう、この人は。

しかしそんな私の疑問などまるで歯牙《しが》にもかけないまま、仙石さんははっきりした口調で言葉を続けました。

「もういいわよ。私にはどうでもいいことよ。いまさら真実も何もないじゃない！　大輝は死んだの。真実がわかったって彼が生き返るわけじゃないもの。だったら、終わったことをごちゃごちゃ言ってもしょうがないでしょう。終わったことより、これからのことよ。大輝が死んだことはショックだけれど、でももう何をしたって彼は戻って来ないのよ。だったら、生きている人のことを最優先で考えるべきよ。──私の言っている意味がわかる？」

私は首を横に振りました。

「そんなのっておかしいよ。生きている人も大事だけれど、でも死んだ人のことはこの機会を逃したら、二度と真実がわからなくなる可能性もあるじゃない。いま、一番大事なのは大輝くんと、三ツ矢くんのことだよ。あの二人のことを──」

「違うわ」私の言葉を遮るように仙石さんは言いました。「いま一番大事なのはあなたのことよ」

「えっ？」彼女の言葉に私は一瞬思考が停止しました。私のことが一番大事？　いったい仙石さんはどうしちゃったんだろう？　戸惑っていると、彼女はにこりともせずに言いました。

「私はあなたのことが心配なのよ。クーさんなんて架空の人まででっちあげて、自分の責任を三ツ矢に押しつけようとしている、あなたの精神状態がね」

「えっ？」咄嗟には彼女の言葉の意味がわからず、言葉に詰まりました。

「クーさんって人のことについては、三ツ矢が嘘をついた、ついていない、って他にもうひとつ可能性があるじゃない。三ツ矢はそんなことを一言もいっていない、あなたが嘘をついているって」

「ち、違うわ！　それは誤解よ！」

慌てて言いましたが、仙石さんはその言葉を無視するように話を続けました。

「いいのよ。気持ちはよくわかるから。あなたが全部の責任を取ることはないの。色々と思い悩むことがあったんでしょう？　それは、きっと副学級委員をやらせた私の責任でもあるわけだもの。あなた一人が悪いだなんて責めはしないわ。三ツ矢にあることないこと吹き込んで、復讐をしたいって気持ちにさせても、彼が一人でそこまで考えられるわけはないものね。計画を思いついて、彼に助言をした人物が他にいるって考えは、それほど不自然ではないと私も思うわ。でも実行犯の背後に、どこの誰ともわからない謎の人物がいるっていうのはどうかしらね。それはちょっとやりすぎじゃない？　黒幕がいたとしてもそれは謎の人物じゃなくて、よく知っている人物だって考えるほうが自然だと思うのよ。あなたが自分がしたことを隠すために、クーさんっていう人の存在を言い立てる気持ちはわかるけれど、でもことによったらそれは逆効果かもしれないわよ。だって事件はもう解決しているんだもの。いまさらあなたが余計なことを言っても逆効果にしかならないわ。もう少し落ち着いて考えてみたらどうかしら？　でも誤解をしないでね。私はあなたを責めているわけではないの。ただ心配しているだけ。私はあなたの味方よ。私の言っていることはわかるでしょう？」

「そうじゃないの、私はそんなことはしていない！　クーさんって人がいるって三ツ矢くんは本当にそう言ったのよ！」

そう叫びましたが、仙石さんは冷ややかな視線で見やるだけでした。

その後も私たちは、クーさんという人がいるいないと言い合いましたが、もちろん埒《らち》はあきません。

しかし、その時、心のどこかで閃《ひらめ》くものがあったのです。

これは前と同じだ。あの時と一緒だ。

心の片隅でそういう声が聞こえたのです。

そうだ。これはあの時と一緒なんだ——。

五年生の三学期の理科室の件を思い起こしました。

彼女はわざとやっている。

根拠はないけれどそう思いました。彼女は自分の考えたシナリオを使って、またしても私を自分の思う通りに引きずり回そうとしているのだ。

それに気がついたことで、すうっと気持ちが静まりました。ここで感情を昂らせたらきっと負けです。下手に出たり、責任の回避を図っても同じ結果になるでしょう。それでは、きっと彼女に勝つことはできません。

私は素早く頭の中で色々な方法を検討しましたが、すぐにうまい方法を思い浮かべることはできませんでした。

「いまさら警察に行くことなんてないわよ。事件はもう解決したの。いまさらあなたがしゃしゃり出たって警察の人も困るだけじゃないかしら。もうちょっと冷静に考えた方がいいわ。無理することはないの。あなたが悪いってことを知っている人は他にはいない。黙っていても、きっとわからないはずよ。私も言わない。約束する。——だから警察に行く必要はないわ。安心して。ねっ、蓬田さん」

彼女は優しげな口調で言いました。

聞き覚えのある口調。そうです。それは確かに、あの理科室で副学級委員を押しつけられた時の物言いに他ならなかったのです。

彼女はまたそうやって恩に着せようとしているのです。私が黙っていればわからないわ、だから安心して口を噤んでいなさいよ。そう囁くことで、彼女は私を籠絡《ろうらく》しようとしているのです。

でも、そうやって生殺与奪権を彼女に握られたら、このさき私はどうなるでしょう。弱みを握られて、ずっと彼女の言うことを聞かなければいけなくなるのではないでしょうか。

いいえ。それは考え過ぎかもしれません。でも心理的な圧迫を感じて、いままで以上に対等の立場でものを言えなくなることは確実に思えました。

それが彼女の狙いなのだ。それが彼女のやり方なのだ。それに気づいた時、私はある決心をしました。

しかし仙石さんは私の思惑には気がつくこともなく、ただ一方的に喋り続けていました。

「大輝を殺すつもりがなかったって言うのは信じてもいいわ。私たちの立てた計画の裏をかいて、鼻をあかしたかっただけなんでしょう？　でも三ツ矢は、あなたの意図を理解できずに、多量の砒素を牛乳に入れてしまった。そのせいで大輝は命を落としたわけね。その失敗をあなたになじられたり、責められたりして、三ツ矢も大輝の後を追った。要はそういうことなんでしょう？　でもクーさんとかいう架空の人間に責任転嫁を図るのはどうかしらね。私が警察に何かを言うかもしれないって心配になって、そんなことを考えたの？　あなたの不安はわかるけれど、でも心配しないでもいいわ。私は警察に行かない。黙っていてあげる。だからあなたも余計なことはしないで大人しくしていなさいよ。それできっと大丈夫。何も問題はないはずよ」

彼女の自信たっぷりの言葉が終わるのを待って、ゆっくりと肯きました。

「そうね、あなたの言う通り。だいたいにおいて、あなたの考えはあっているわ」

わざとそう言いました。

「そうでしょう？」

仙石さんは満足そうに微笑《ほほえ》みました。

「だったら、もうこの話は終わりにしましょう。ここだけの話にしてあげる。二人だけの秘密にしてあげるわ。だから――」

「でも、やっぱり、それはダメ」

即座に言いました。

「警察には行くわ。そしてクーさんが実在するかを調べてもらう。それに私たちのしたことも、すべて話してくるわ」

「どうしてよ！　そんなことをしても何もならないって言っているじゃないの！」

仙石さんはベッドから飛び起きて、私を睨みつけました。

クーさんは本当にいると私は思うの、と重々しく言いました。

「私は三ツ矢くんの態度を見ていたから、それがわかるの。それに私も自分の罪を償わなくちゃいけないの。だから警察に全部を話すわ。五年生になった日から、あの事件が起きる日までのことを、いままであのクラスで何があったかを全部、警察に話してくる。だから――」

「ちょっと！　私の言ったことがわからなかったの！」全部を言い終わる前に仙石さんは叫びました。

そして摑みかからんばかりの勢いで私をなじりました。私の決意を、意味のない馬鹿げた英雄気取りの行為だと非難しました。しかし私は屈しませんでした。彼女の言葉にはまるで気を払わないで、真実をはっきりとさせるため、そして自分の行動の責任を取りたいためそうしたいのだ、と言い続けたのです。

彼女の言葉に耳を傾けてはいけない。彼女の言葉に頷いてはいけない。

私はようやくそれに気がついたのです。鈍い振りをすること。頭の悪い振りをして、ただ鈍感に自分の考えを押し通すこと。私が彼女に屈しないための方法は、そこにしかありませんでした。

しかしもちろん仙石さんも簡単には引き下がりません。

私たちは互いの意見をまるで聞かないまま、相手を貶《おとし》め、傷つけるための言葉を使うことも厭《いと》わずに、ひたすら不毛な言い争いを続けました。

手をつけられないままの紅茶はただ冷めていき、窓の外の空がオレンジ色に染まりかけても、私たちの意見は平行線を辿ったままでした。

警察に行くということに、どうしてそこまで強硬に反対するのか、最初はよくわかりませんでしたが、次第に彼女はとばっちりを恐れているのだということがわかってきました。

私が警察に行ってすべてを話せば、捜査はまた再開することになるかもしれません。そして私の告白の事実確認のため、再度の聴取を受けるのは鳥原くんたちであり、そして仙石さんであるのです。

私の告白から芋《いも》蔓式に、これまで彼らが隠してきたことが発覚するかもしれません。もしかしたら彼女にはまだ私には知られていない秘密があるのかもしれません。彼女が恐れているのはそういうことなのです。それに気づいた時、攻守の優劣は逆転しました。

夕方の冷たい北風が窓ガラスをガタガタと揺らす頃になって、彼女はとうとう泣き言を口にし始めました。

「どうして私がこれだけ言っているのに、あなたは言うことを聞いてくれないの？」

でも私は負けませんでした。一度下手に出ると、そこにつけこまれて足許を掬《すく》われます。だから頑《かたく》なに首を横に振り続けて、彼女の申し出を拒み続けたのです。

「もういいわ！　勝手にすればいいじゃない！　一人でのぼせあがって馬鹿みたい！　あんたの言うことなんか、何の役にも立たないわよ！　それでもしたいのなら勝手にすればいいわ！　私はもう知らない！」

とうとう仙石さんは吐き捨てるように言うと、ぷいっと向こうを向きました。

交渉決裂だな。そう思いました。

しかし考えてみれば、最初から彼女を当てにして来たわけではありません。

私と彼女は、何から何まで水と油なのです。私たちは、きっと永遠にわかりあえることはない正反対の性格を持っているのでしょう。それを知るために今日、ここに来たんだ。私はそう思いました。それがわかっただけでも、無駄ではなかったんだ。

そっと立ち上がると別れの言葉を告げました。

「警察に行くわ。でも、あなたに迷惑を掛けることにはならないと思うから、心配しないでいいわよ。さようなら仙石さん――」

彼女にそっと声を掛けて、部屋を出ました。

すでに日は暮れて、廊下は仄暗《ほのぐら》い薄闇に覆われていました。

大きな家でした。彼女は家族と一緒に暮らしているはずでしたが、どこかに人のいる気配はありませんでした。階段を下りて、廊下を歩き、玄関を出るまで、彼女の家族と会うことはありませんでした。

翌日の月曜日。

私は普段通りに学校に行きました。

事件の後、鶴岡先生は担任から外れて、教頭先生が毎時間、淡々と授業を進めていました。授業中であれ、休み時間であれ、教室はいつもしんと静まっていました。冷たく重い空気があたりを支配して、大きな声を出したり、笑い声を立てたりすることが悪いことのような感覚につきまとわれました。残された生徒は、必要があればひそひそ声で話をしました。

その教室のどこかには目に見えない幽霊が佇《たたず》んでいるような錯覚を、私たちはいつのまにか持ってしまっていたのでした。

ひっそりと授業は終わり、私たちは無言のまま三々五々その教室を後にしました。階段を下りて、廊下を歩き、下駄箱で靴を履き替えて、校舎から出ると、校門に向かってとぼとぼと歩きました。

警察に行くのは、今日にしようか、明日にしようか。

そんなことをぼんやりと考えながら歩いていると、……蓬田さん？　と声を掛けられました。校門を出たばかりの所です。誰だろうと思って顔を上げると、痩《や》せた中年の女性がニコニコ笑いながら立っていました。

「ああ……」次の言葉が出てこないで、私は口ごもりました。昨日、仙石さんの家であった家政婦の人でした。

「キミさん、でしたっけ？」

私が言うと、彼女は嬉しそうに笑いました。

「あなたを待っていたんですよ」

「待っていた？」

「はい。お嬢さんから頼まれたんです。もう一度、お話をしたいから、あなたを連れて来るようにって。ご都合がよろしければ、これから家まで来てもらえませんか？」

ずいぶん強引な誘いもあったものです。自分の母親ぐらいの年齢の女性に頭を下げられたら、断る術《すべ》もありません。私は彼女と連れ立って、また仙石さんの自宅へ赴《おもむ》くことになったのです。

道すがら、ぽつぽつとキミさんは仙石さんの家族の話を口にしました。

――市会議員をしているお祖父さんと、会社を経営している両親と同居をしているものの、皆がそれぞれに忙しくて、家族四人が一緒になれる機会はなかなかない。学校であんな事件があり、お嬢さんもショックでかなり落ち込んでいるので、できれば力になってあげてほしい――。

そんなことを一通り喋った後で、そんな話を私から聞いたってことは内緒にしておいてくださいね、知られたら怒られちゃうから、とキミさんは笑いました。

私も愛想笑いを返して、小さく肯きましたが、心の中では、実は仙石さんが私にそんな話をするように指示を出したのではないか、と疑いもしました。そうやって同情を買って、最終的には私を丸め込もうとしているのではないか。あの仙石さんならそれくらいのことをしてもおかしくはないはずだ。私はそう考えて、緊張しながらキミさんの隣を歩いたものでした。

その日の仙石さんは前日よりもさらにやつれて見えました。

顔色が悪く、目だけがぎらぎらとしていました。キミさんが紅茶とケーキを持って来ると、ありがとう、これからこの娘とじっくり話をするから、あなたはもう帰っていいわよ、と素っ気なく言い放ち、それから後はただひたすら警察になんか行く必要はないと、私に向かって言い続けました。

またしても平行線です。

でもその日は、ついに仙石さんのほうが音をあげました。

まるで嚙み合わない議論の末に、たぶんいままでずっと言わずに我慢してきたただろう本音を、ぽろりと口にしてしまったのでした。

中学受験を控えた大事な時なのよ。いまのこの時期に、そんな面倒なことに巻き込まれるわけにはいかないの。家族のみんなが私に期待をしているの。だから警察沙汰なんかにしてほしくないの！　警察なんかに行かないで！　余計なことを言わないで！　あなたが余計なことをすると私には物凄く迷惑なの！　お願いだから、余計なことはしないで黙っていてちょうだい――！

それは張りつめてきた緊張が限界を超えたせいかもしれません。あるいはいままでずっと虚勢を張ってきたその反動かもしれません。

事件が起きてからずっと悩み続けてきた私は、もうこれですべてを失っても仕方がないと、心の奥底で諦めてもいたのですが、仙石さんは違ったのでした。

彼女はいまだに何ひとつ失ってはいなかったし、また失いたくもなかったのです。どんな搦《から》め手を使ったところで私が頷かないと見て、彼女は観念したようです。ついにその本心を露《あら》わにしました。それに気がついて私は背中がぞくぞくする気持ちになりました。でも、まだです。これからがきっと本当の勝負なのです。だから私は屈しませんでした。意地悪な言葉で彼女に追い討ちを掛けたのです。

「仙石さんともあろう人が何を言っているの？　今回の受験を諦めたってまだ次の機会があるじゃない。仙石さんなら大丈夫だよ。今回ダメでも、きっと次は成功する。でも大輝くんは受験をしたくたって、もうできないんだよ。それって凄く残念なことじゃない？　来年も再来年も彼にはないんだよ。彼にはもう過去しかないの。私たちが、いま彼らのためにできることはなんだと思う？　あの事件が起こる前に自分たちのしたことを、あの事件について自分たちの知っていることを、全部警察に言うこと。いま私たちができることはそれだけだよ。それ以外には何にもないよ。だから、一緒に警察に行こうよ。正直に言えば、きっと罪も軽くなるよ。ねえ、仙石さん。私と一緒に行こうよ。これから二人で警察に行こうよ――」

それは私にとっても本心ではありませんでした。すぐに警察に行く決心は、私にもまだついてはいなかったのです。でもきっと仙石さんは私に賛同などしないだろう、と思って、わざとそう言ったのです。

しかし、その物言いは思った以上の効果をあげました。

私の言葉に反論することもせず、嫌々をするように体を震わせると、いきなり仙石さんはベッドの上に突っ伏してしまったのです。

やがて彼女の背中が小刻みに震え始めました。

小さな啜《すす》り泣きが聞こえ、それが嗚咽《おえつ》に変わりました。

それまでずっと我慢してきた彼女の感情が、ついに限界に達したようでした。

ベッドに顔を伏せたまま、彼女は泣き始めたのです。

呆然としてその様子を眺めていました。

彼女が泣くところを見るのは初めてでした。

仙石さんでも泣くことがあるんだ。

ぼんやりしたまま、そんな当たり前のことを考えていました。

気がつくと彼女は、子供のようにわあわあ声を上げながら泣いていました。

悲しそうな声でした。辛そうな声でした。

それを聞いているうちに、私も寂しくなりました。

私は言葉もないまま、ただ泣き続ける仙石さんを見守っていたのです。

それは長い間であったような気もしますし、短い時間であったような気もします。

彼女が泣き終えるまで、身じろぎもせずにじっと待っていました。

そうすることしかできなかったのです。

そして――。

ようやく泣き止んだ後で、仙石さんはまるで熱に浮かされたように、自分たちがしたことを告白したのです。堰を切ったように、言葉はその口から溢れ出しました。まだ何かを企んでいるのかもしれないと警戒を怠ることはしませんでしたが、彼女の話を聞いているうちに、次第にその懸念は晴れていきました。

彼女の口から、大輝くんと二人で計画した悪戯の本当の目的が明らかになったからです。

私の考えていたことはだいたい当たっていました。三ツ矢くんにした悪戯を糊塗することを目的として、先生への悪戯は計画されたのです。とりあえず私の口を塞いではいるけれど、この先何かの拍子で私がその話を口外しないという保証はない。その不安を解消するために、彼女と大輝くんはこの計画を考えたというのです。私が先生に話をすればクラスで孤立し味方は一人もいなくなります。

話をしなければ自分も共犯であるという負い目を感じて、大輝くんのグループを弾《だん》劾《がい》しにくくなります。

どちらに転んでも、私は一方的に正義を振りかざすことはできなくなるのです。さらにはクラス全員を共犯関係に仕立てあげることで、後になって三ツ矢くんの件が発覚したとしても、大輝くんたちだけを責めることのできない環境を作り上げてしまえるわけです。

仙石さんの杞憂を解決する形で大輝くんがすべてを立案したそうでした。

鳥原くんたちも含めて、すべての真相は知らされないままに、大輝くんの掌中で皆がそれぞれの役割を割り振られて踊らされていたわけです。

そこまでの話を聞いて疑問を感じ、私は口を挟みました。

「でもクラス全員を共犯関係にすることは、別なリスクを生むことになるじゃない。誰かが一言口を滑らせたら、悪戯の計画は知られることになる。それがＰＴＡとかの耳に入ったら……。やっぱり責められるのは大輝くんじゃないの。だって自宅から下剤を持ち出したとなれば、病院の評判にだって傷がつくわけでしょう」

仙石さんはしばらく何も答えませんでした。

上目遣いに私を見て、そして乾いた唇を舐《な》めました。

「そんなことぐらい計算済みよ」

仙石さんは蒼《あお》ざめた顔に、微かに勝ち誇った色を浮かべて言いました。

「そんなことはもちろん最初からわかっていたわよ。だから……」

「だから？」

「だから……」

仙石さんは言いづらそうに顔を歪めると、また私をちらりと見ました。

「だから薬は持ち出さなかったのよ」

「持ち出さないって、だって先生の給食に薬を入れたんでしょう？」

「ねえ」

仙石さんは下を向いたまま、

「これからする話は誰にも言わないって約束してくれる？　警察にはもちろん、クラスの誰にも」

「うん」私は曖昧《あいまい》に頷きました。「誰にも言わないよ。でもクラスのみんなにもって、どういうこと？」

「先生の給食に入れたのはただの水なの。病院から持ち出したのは空の容器だけ。そこに水を入れて、下剤だってことにしたの。そう言われても、誰もそれを判別することはできないでしょう？」

「えっ？　それって」

　事情が呑み込めずに、目を白黒させました。

「クラスのみんなを、騙したってこと？」

　仙石さんはきまりが悪そうに頷きました。

「でも……鳥原くんたちは」

「知らないわ。私と大輝の二人以外は誰も知らない。大輝が死んだから、いまでは知っているのは私一人。そういうことなの、だから誰にも言わないで。お願い！」

　仙石さんにそんな言葉を言われたのは初めてでした。頷いた後で「でも、どうして、そんな」と言いかけて、止めました。答えはわかったような気がしたからです。

「わかっているでしょう。あの悪戯の目的は、あなたに罪悪感を植えつけて、共犯に仕立ててあげることだったのよ。それだけの目的なのに、彼にリスクを抱えさせるわけにはいかなかったの。それにクラス全員が一致団結して、口を噤むことなんて、あんまり期待できないじゃない。どこにでも口を滑らせる人間はいるわけだし……。だからばれても言い訳のできる形にしていたの。実は、先生の給食に下剤を入れるなんて計画自体が冗談です。そうやってクラスのみんなをからかっただけなんです。そう頭を下げれば、きっとそれ以上の問題にはならないと計算してね」

仙石さんの言葉に、私は唖然として言葉を失いました。

「でもそれじゃあ、悪戯が成功したとしても、先生は下痢なんかしなかったってことと？　それについて、みんなから不満を言われたらどうするつもりだったの？」

「薬の効きが悪かったと言えばいいだけじゃないの」

仙石さんは当たり前のように言いました。

「薬の量が少なかったのでうまくいかなかった、と大輝が言えば、それで終わる問題でしょう？　彼に文句を言える人は誰もいないもの」

「ということは、結局、私を陥れるためだけに、あれだけ大掛かりな悪戯を考えたってことなの？　私の口を噤ませるために、無理矢理クラス全員を悪戯の共犯者に仕立てあげたってことなの？」

そこで初めて仙石さんはばつの悪いような表情を浮かべました。

「そういうことになるわね」

その返事を聞いた瞬間、私は猛烈な怒りに襲われました。

この計画が成功したらクラスの仲間になれるとはしゃいでいた三ツ矢くんの姿が思

い浮かんだのです。自分たちの過去の悪事を糊塗するために、クラスを扇動して担任の教師を陥れるような悪質な悪戯の共犯に仕立て上げておいて、それでいながら自分たちだけはしっかり安全地帯に身を置いている。この二人の身勝手さに猛烈に腹が立ったのです。

「ひどい！　どうしてそんな酷いことをみんなにしたの！」

我慢できずに仙石さんにその思いをぶちまけました。

彼女は何かを言い返す気力も失せたかのように、ただ黙って私の言葉を聞いていました。胸の中にたまっていた様々な思いや、非難を声高に口にすると、仙石さんは、ぽつりと、ごめんね、と口にしました。

それは彼女の口から出た初めての謝罪の言葉でした。

しかし彼女が何に対して謝ったのかはよくわかりませんでした。私を陥れようとした策謀についてなのか、クラスのみんなに対する態度全般についてなのか、あるいはもっと他のことについてなのか――。

彼女は一言だけ、ごめんね、と言うと、また口を噤んで俯いてしまったのです。

その後も、夕方まで私たちは話をしましたが、それぞれの主張は平行線のままでした。

さきほどの彼女の告白も含めて、私は警察に行こう、と言いました。

しかし彼女はそれは絶対に嫌だ、と言い張りました。家族にもこれ以上迷惑を掛けたくないし、クラスのみんなを騙したという事実も知られたくはない。彼女は虫のいいことをただひたすらに一方的に主張していたのです。結論は出ないまま、時間だけが経ち、疲れ果てた私たちは、続きはまた明日にしよう、とどちらからともなく口にしました。

「でも勝手なことはしないでね」と彼女は言いました。

「やっぱり警察に行くべきだという結論に達したら、私もあなたに従うわ。でも行かなくてもいいという結論になったら、あなたも私に従ってちょうだい。だから結論が出る前に、勝手にあなた一人で警察に行ったりしないと約束して。きちんと話し合いをして、二人の意見が最終的に同意したところで、どうするかを決めましょう。それだけはあなたに約束してほしいの」

虚勢を張るかのような彼女の言葉に、私は内心呆れました。ここまで来ても、まだ主導権を握っているつもりなのか。しかし、いまさらそれを言っても仕方がありません。

「わかった。約束するわ」私はそう肯きました。「明日、学校が終わったらまた来るから」

その日、私はそう言って家路につきました。

しかし、それきり彼女に会う機会はありませんでした。

その夜に、仙石さんは自殺を図ったからです。

いいえ、自殺といっても、本当に死のうとしていたわけではないようです。たぶん狂言自殺なのでしょう。自宅の救急箱にあった二箱分の鎮痛剤を、彼女はその夜、喉に流し込んだのです。翌朝になって家人が床の上に散乱する空き箱を発見して（本当に死ぬ気があれば、その空き箱は片付けていただろうと思います）病院に運ばれました。

大事に至ることはもちろんなく、二、三日入院しただけで済みましたが、そのすぐ後に彼女は東京に転校してしまったのでした。

その話は家族以外には厳重に秘密にされたようで、クラスの誰も、その事実は知りませんでした。

私はキミさんからその話を聞きました。翌日に訪ねた時には、家の事情で今日は会えなくなったと伝えられ、そのしばらく後、彼女の転校が公になった直後には、私の自宅まで訪ねて来られたのでした。

お嬢様からです、と言って渡された手紙には、事情があって親戚の家に行くことになったが、あなたとの約束を忘れたわけではない。東京で少し頭を冷やして考えてみたい。自分なりの結論が出たら、きっと連絡する。だから、それまで待っていてほしい、と書いてありました。

待っていてほしいというのは、つまり警察に行くのを待てということなのだろうか？

ぽかんとして、これはつまり、また、してやられたってことなのだろうかと私が考えていると、キミさんは深々と頭を下げて、詳しい事情は知りませんが、お嬢様のことを悪く思わないでください、お嬢様を訪ねて来られて、あれだけ長く一緒に部屋にいらっしゃったのはあなたが初めてです、と言われました。

あの部屋でどういう内容の会話が交わされていたかを知ったら、きっとキミさんは腰を抜かすに違いないと思いましたが、もちろん私はそんなことはおくびにも出しませんでした。彼女の気持ちを慮《おもんぱか》って、ただ黙って肯いただけでした。

その手紙には東京の住所も電話番号も書かれてはいませんでした。

私はその夜、その手紙を細かく千切ってごみ箱に捨てました。

なんとなくそれを持っていてはいけないような気がしたからです。

いまになって考えてみれば滑稽《こっけい》なことですが、当時の私は、半分ぐらいはその手紙に書かれた仙石さんの言葉を信じていました。

東京に行って決心がついた、これから一緒に警察に行ってすべてを告白しよう。そう書かれた仙石さんからの手紙が、もうすぐ私の元に届くかもしれない、と私は考えもしたのです。

その手紙が来たら、この平凡な生活も終わりを告げる。

ささやかな幸福も即座に消え去る。

だから、それまでは授業に集中し、家業の手伝いもして、かりそめの平穏を精一杯楽しんでおこう。私は仙石さんと約束をした。だから一人で警察に行くことはできない。彼女が結論を出すまで、じっとこの場所で待っていよう。

私はそう考えていました。そう思い込むことで、私は自分の身勝手さと良心の釣り合いを取ったのかもしれません。いつかその日が来ることを信じて、いいえ、信じるふりをすることで、私は自分の狡さの言い訳としたのです。

もちろんいくら待っても、彼女からの返事は来ませんでした。

一月が過ぎ、二月が過ぎましたが、モラトリアムの終わりは来なかったのです。

そうすると不思議なことですが、あれだけ心に重くのしかかっていた問題が少しずつ、その重みを失っていきました。

クーさんはやはりいなかったのかもしれない。あれは三ツ矢くんの言い訳だったのかもしれない。そんな風に考えることさえ私はするようになったのです。

卑怯です。勝手です。でもそうすることでしか、私は自分の心の均衡を保つ術を持っていなかったのでした。

忘れること。あるいは忘れたふりをすること。

当時の私にできることはそれだけでした。

いえ、私だけではなく、クラスの誰もが、あの事件のことは口にしませんでした。

そうやって、私たちはかりそめの日常を手に入れて、死んだ二人のことを心の片隅に追いやっていったのでした。

そんな中でも鳥原くんだけは、三ツ矢は単なる実行犯で、その背後には指示した人間がいるはずだと皆に触れ回っていました。

しかし真剣にその話を聞いて、相手にする人間はいないようでした。

図書室で偶然出会った平山さんという同級生が、私の持っていたフランス史の謎についての本に興味を示した時は、どきりとしましたが、嘘泣きを演じることで、話をそらすことに成功しました。

その本にはナポレオンの毒殺についての記述に結構な分量が割かれていたのです。それだけなら構いませんが、当時、学校の図書室から本を借りる時は、本の最後のページに貼り付けられた貸し出し履歴の紙に、クラスと名前、貸し出しと返却の日時を直接書き込む形になっていました。個人情報などという観念がなかった時代のことです。誰がいつどんな本を借りたか、一目瞭然でした。そしてその本の履歴には私と三ツ矢くんの名前がしっかりと残っていたのです。

ナポレオンの遺体から砒素が検出されたことについて、現在では牢獄の壁紙から気化したものを吸い込んだとか、埋葬された土地に砒素が多かったせいだという説もあるようですが、当時は暗殺説が最有力でした。ことに子供向けの本ですから、受けを狙ってあえて扇情的に書いたようなところもあったのです。

大輝くんは砒素を飲んで死に、実行犯である三ツ矢くんも同じく砒素を飲んで自殺した。そしてその事件の前には、砒素を使って殺されたというナポレオンの本を、私と三ツ矢くんが続けて借りている。

この事実から、ことの真相に気がつく可能性はどれだけあるでしょうか。冷静に考えればきっと限りなく低いことでしょう。

でも心に疚《やま》しいところがある人間はそうは考えないものなのです。それこそが私と三ツ矢くんが事前に繋がっていた証拠に他ならないような気がしてならなかったのです。

鳥原くんの物言いにびくびくしていた私は、それを結びつけて考えられることに、恐れを抱きました。この一件から私と三ツ矢くんの関係が知れることになったら、立てられなくていい噂を立てられることになるかもしれません。私にはそれがとても恐ろしいことのように思えたのです。

そこに気がついたのは事件の少し後ですが、一度気がついてしまうと今度は忘れることができません。本をこっそり始末してしまいたい。図書室からそっと持ち出して処分してしまいたい。それぱかりを考え、私はずっとタイミングを狙っていたのです。寒い季節になって、ようやくそれを果たせる時が来たと思ったら、運悪く平山さんに声を掛けられてしまったというわけでした。私はどきどきしながらも、どうすればいいかを必死に頭の中で考えました。

彼女は本など読まないタイプの人間でした。読んでもせいぜい漫画でしょう。それがたまたまフランス革命を題材にした少女漫画が流行ったばかりに、その本に興味を持ってしまったのです。あなたの興味を惹くような場面はこの本のどこにもないわよ、と言ってやりたかったのですが、余計なことを言って彼女の好奇心を煽り立ててもつまりません。私は仕方なく、事件のことを持ち出して、私がもっとしっかりしていればあんな事件は起こらなかったのに、と泣いてみせました。

彼女は驚いたようでしたが、同情してくれて、もらい泣きもしてくれました。さらにはその翌日鳥原くんにからまれた時は、庇ってもくれました。瓢簞《ひょうたん》から駒というか、一石二鳥というか、ばらばらにした本を焼却炉の中に投げ込んだ後で、ほっと安心をしましたが、よく考えてみれば、自分のしたことは仙石さんがしたことと同じことでした。すぐに私は嫌な気持ちになりました。それ以来、私は彼女を避けました。彼女と口を利くことは、それから卒業まで一度もありませんでした。

そうして気がつくと私は那由多小学校を卒業していました。仙石さんから手紙が届くことはなく、警察に行くことはないまま、何もなかったように私は普段と変わらぬ日常生活を送っていたのです。

私は同じ学区にある那由多中学校に進学しました。

私の心の中にある葛藤《かっとう》や苦悩に気がつく人は誰もいませんでした。

夏休みになると家業の手伝いに精を出しましたが、それでも持て余す時間の中では、事件の記憶に苦しめられました。苦しさから逃れるために、私は自らの記憶を手記としてしたためました。あったことを忘れないようにしようと思って書き始めたのですが、書き始めてみると、意外な効用があることに気がつきました。書いている間だけは、自らの苦痛を忘れることができたのです。ひと夏をかけて、私はノート一冊分の手記を書き上げました。最初はそれを他人に見せるつもりはなかったのですが、書きあげてみると、気持ちが変わりました。警察には言えなくても、鶴岡先生だけにはこれを伝えておかなくてはならない、という気になったのです。

仙石さんとも、それをしないという約束はしていません。警察には言わないと約束はしても、先生に言わないという約束はしませんでした。私は手記から抜粋をする形で実名を隠した告白文を作成し、それを封書に入れて鶴岡先生に送りました。

事件の直後、先生は学校を去っていました。学校で配った住所録の住所にまだ先生がいらっしゃるのか不安でしたが、他に方法もなかったので、思い切って投函《とうかん》したのです。差出人の名前は偽名を使いました。そうやって秘密の手紙を先生にお出しすることで、私は事件の記憶に区切りをつけました。

いま思えば、なんとも臆病で、身勝手で、卑怯な方法です。でも、私にはそれしか選択肢がなかったのです。それ以降の私はある意味抜け殻《がら》でした。それまでの記憶が重荷になったのです。自分自身に苦痛を感じたのです。

蓬田美和という名前を捨てて、まったくの別人になりたい。新しい人生が欲しい。私はただひたすらに、それだけを願って、その後の人生を生きてきたのです。

その願いは一見、叶ったかのように見えるでしょう。

でも、私の内面は何ひとつとして変わってはいませんでした。

苦しみは消えません。悲しみはなくなりません。

そして、相変わらず私は寂しいままでした。

事件の直後に見た、信じられないという三ツ矢くんの顔が忘れられません。ジャンケンで後出しをして、わざと負けた時の彼の態度が心の中にちらつきます。俺が責任を取るよ、と言い、最後にひとつだけ頼みがあるんだけど、と両手を合わせた彼の様子を、私はいまだに夢に見るのです。

彼が思わず口にしたクーさんという人物は、いったいどこの誰なのでしょうか。

あの時、仙石さんの口車などに乗らずに、勇気を持って警察に行っていたら、真実が明らかになっていたのでしょうか。

いくつもの〈もしも〉や〈なぜ〉が頭の中で渦を巻いています。

解明されることのない幾つもの謎が私の記憶の至る場所に埋もれているのです。

いま、私は目の前に何十枚ものクリスマスカードを並べて、その文面をそれぞれに見比べています。そのクリスマスカードは全部アメリカから来たものです。仙石夏実さんから送られてきたカードなのです。

最初は二十歳の時でした。アメリカ合衆国マサチューセッツ州セーラム。彼女はそこにある大学に留学をしているそうでした。

――メリークリスマス。安らぎと喜びと幸運が、新しい一年を通して、あなたと共にありますように――。

その素っ気ない文面を何度も私は読み返しました。私だけに理解できる言外の意味が含まれているかもしれないと考えたのですが、それは徒労に終わりました。よくあるクリスマスカード以上の意味を見つけることはとうとうできなかったのです。私はがっかりし、また同時に安堵しました。

猶予期間はまだ終わりを告げていなかったからです。私は彼女に返事を出しました。そこに記されたアメリカの住所に、新年おめでとうございますという葉書を送ったのです。

その翌年、また彼女からクリスマスカードが届きました。そして私は年賀状を出しました。空疎なお祝いの言葉を並べた形だけの葉書のやり取りは、それから延々と、二十年以上に亘って続いているのです。

――留学をしました。夏には一時帰国をしましたが、また戻ってきました。こちらでの永住を望んでいます。恋人ができました。新しい家を借りました。仕事は順調です。友達とカナダに遊びに来ています。子供が産まれました。本当の日本食が恋しくなってきました。ネイティブのアメリカ人と間違われます――。

彼女のカードには毎年一行だけの近況報告が書いてありました。

私も同じように年賀状の新年の挨拶に、二十字にも満たない近況の言葉を添えました。

――大学を卒業しました。食品メーカーに就職しました。兄が結婚しました。仕事が忙しいです。転職をしました。忙しい毎日が続いています。これといった変化はありません。いまだに独り身です。景気が悪くなり会社も左前です。会社には内緒で副業を始めました。かろうじて細々とやっています――。

嘘を書いたわけではありません。ただ小説に関することは一切書きたくなかったのです。新人賞をもらい、たまたま時流に乗った小説がベストセラーになったところで、生活のレベルは変わりませんでした。私は有名になりたかったわけでもないし、また贅沢《ぜいたく》をするつもりもまるでなかったからです。私はただ自分の居場所を見つけたかっただけなのです。過去という幽霊に見張られながら、ただ小説を書くことだけが、私の生活のすべてでした。

仙石さんはアメリカにいて、幸福な人生を送っている。それはそれでいいことなのだろうと私は考えていました。最後にした約束を彼女が覚えているのかどうか、確かめてみたいと考えたこともありましたが、それに触れるべきではないという気もしました。おぼろげであってもあの約束を覚えているからこそ、彼女は毎年クリスマスカードを送ってくるのだと思えたからです。

余計なことを言ってしまえば、もう二度と彼女は連絡をしてこないだろう。私はそう考えていたのです。

今年も彼女からクリスマスのカードは来るでしょう。そして、そこに書かれた近況報告を読んで、私はほっとするでしょう。でも、私が出した年賀状を見て、彼女はどうするでしょうか？

今年の年賀状には会社を辞めたことを書くつもりです。そしてあるＵＲＬを見てくれるようにとも。それはいま準備をしているウェブサイトのＵＲＬなのです。

櫻井忍のウェブサイト。春までに、私はそれをオープンさせるつもりでいます。

長年続けてきた覆面作家をやめて、本名と顔写真をそこには載せるつもりです。

そして現在執筆中の小説の概略を、そこに記します。

いま私がかかり切りになっている、事実をもとにした小説のタイトルです。

『毒殺魔の教室』

そうです。あの六年六組の事件を、私は発表したいのです。

関係各位に改めて取材を行ない、すべての事実の検証を私なりに進めているところです。まだはっきり先は見えない状況ですが、上梓できれば、最初に鶴岡先生にそれをお送りしたいと思っています。

いつになるか、約束はできません。

でもなるべく早くには。

ですから、先生。

お願いですから、それまでは、きっとお元気なままでいてください。

もう一度、先生にはお会いすることができると信じています。

その日を楽しみに待っています。

だから、それまでは、決して諦めずに、治療に専念していただくようお願いします。

また優秀な調査員の役割を担っていただいた甥御さんにも、よろしくお伝えください。彼の正確で、しっかりしたレポートのお陰で、私は決心をすることができました。

特に筒井くんのお姉さんをご紹介していただいたことは、感謝に堪えません。最初のレポートに間に合わなくても、きちんとフォローをされて、その情報を教えていただいたことで、貴重なお話を聞くことができました。それによって、この小説は私が考えた以上の仕上がりになることでしょう。本当にありがとうございました。新しい仕事はすべて断ってでも、私はこの本に全身全霊を注ぐ所存でいます。

あの事件で落命したふたつの魂のため。

そして、また、傷つき、苦しんだすべての被害者と関係者のために、私はすべてを捧げてこの本を書き上げる所存なのです。

12 「作家のコラム」より抜粋

デビュー作『殺人者もまた死す』が評判となり、その後に出した続編も人気を博している小説家の櫻井忍さんが、新たな作品の準備に取り掛かっている。ファンにはなんとも嬉しい話だが、驚くなかれ、それは自らの実体験をもとにしたノンフィクション色の強いミステリ小説になるらしい。

櫻井忍さんといえば、ミステリ系の新人賞を受賞してデビューしたものの、容貌《ようぼう》はおろか、性別、年齢、経歴といった個人情報のすべてを公開していない覆面作家としても有名だ。登場人物の心理の綾の細かさや、描写の瑞々《みずみず》しさから、どうやら女性ではないか、と囁かれているものの、すべてがベールに包まれた存在なのだ。出版社側のガードも固く、これといった情報も周囲には漏れてこない。某ネットの掲示板ではその正体を巡っての議論が侃侃諤諤《かんかんがくがく》となっているらしい。

そんな櫻井さんが実体験をもとにした小説とは。

記者は俄然興味を抱いて、関係者から事情を聞いてみた。

「女性であることは間違いがないらしい。でも、まるで情報は流れてこないんだ」大手出版社の学芸部に勤めるAさんはそう語った。「出身地も卒業した学校もまるでわからない。何かの企画で小学校時代の思い出をコラムに頼んだところ、けんもほろろに断られたという話を聞いたことがある。うがった見方だけど、子供の頃に何かの犯罪に巻き込まれて、それがトラウマになっているということがあるのかもしれないね」

なるほど。語りたくない過去があるから、顔写真も経歴も晒《さら》したくないと考えているというわけか。著作の内容と照らし合わせれば、いかにもありえそうなことに思える。でも想像だけでそんなことを言って、櫻井さんに怒られないのだろうか？　記者の質問にAさんは苦笑した。

「想像だけでこういう言い方をしているわけじゃないよ。ここに来て少しずつ情報がリークされているのさ。普段の生活では印税で大金が入ってもまるで贅沢はしないで、犯罪被害者の会や、恵まれない子供を支援する団体に、そのほとんどを寄付しているようだ、とか、出身地は首都圏の地方都市で、現在は東京の海側の方に住んでいるらしい、とか。たぶん新作を出す出版社の差し金だろうな。櫻井さんを囲い込んで、他社と接触できないようにしているんだよ。そのうえでそれらしい情報を小出しに漏らしている。櫻井さんも他の仕事をすべて断って、その仕事だけに専念しているらしいし、よっぽど力の入った大作を予定しているんだろうな」

うーん、聞いているだけで、読みたくなってくる。デビュー以来のファンである記者としては、待ちきれない垂涎《すいぜん》ものである。いったいその新作はどんな内容なのだろうか？

「詳しい内容についてはまるでわからない。小学校時代に実際に経験した事件についてて、事実を事実として、脚色を極力なくした方向で書くぐらいのことしかね。でもとっておきの情報もあるよ。櫻井さんのウェブサイトが準備されているらしいんだ。普通のホームページになるのか、ブログになるのかはわからないけれど、覆面作家をやめて、自らの素顔や経歴を順次明らかにしていくつもりらしい。新作の発売に合わせて、コンテンツも増やしていくことになるんじゃないかな。きっと来年中にはなんらかの形で櫻井さんの正体がわかるかもしれないよ」

なるほど。それは楽しみだ。でも、ここまで覆面作家として頑張ってきたのに、実体験にもとづいた小説を書いたり、正体を明かしたりと、櫻井さんにどんな心境の変化があったのだろうか？　記者が興味津々の顔で尋ねると「だからそれも含めて、新作ですべてを明らかにするってことなんだろう」とAさんに言われてしまった。

はははは、そうでした。焦っても仕方がないし、のんびり発売を待つことにします。

櫻井忍さん。期待していますよ！

13　筒井久人の姉の手紙

拝啓
酷寒のみぎり、ますますご清栄のこととお喜び申し上げます。

先日は遠いところをわざわざお越し頂きまして、ありがとうございます。

お陰様で弟の思い出に浸ることができ、久しぶりに幸福な時間を過ごすことができました。

言葉にして他人に話すことで、ひとつの記憶が別の記憶を呼び起こし、連鎖的に当時の様々な思い出が頭の中に浮かび上がりました。

そのせいで話としてはとりとめもなく、いまひとつきちんとまとめきれなかったことをお詫びいたします。

そして、最後の、最後に、一番大切なことをあえて口にしなかったことも、重ねてお詫びしたいと思います。

実はそのことをぜひお話ししたいと願って先生にお会いしたわけなのですが、話の途中で、高名な小説家の先生に、私の記憶違いでとんでもない間違いを伝えてしまっては、ご迷惑になるだろうと、躊躇をしてしまった次第なのでございます。

先生がお帰りになられた後に、よくよく思い出してみましたが、やはり私の記憶に間違いはないという気がいたします。

もちろん久人の記憶に間違いがなかったかどうかまでは私にはわかりませんが、でも、私が弟の口からそれを聞いたことは確かなのです。

それが真実かどうなのかを確かめる術は私にはありません。

しかし先生のお仕事においては、またそれが別の意味をもつこともあるのかもしれません。

さんざん悩みましたが、そう決断し、それを伝えるために、今日は筆をとりました。

実は、先日の話には続きがあるのです。

あの日――。

中学校の卒業式の帰り道。

久人は小学六年生の夏休みの出来事を私に告白しました。

弟の話にはまだ続きがあり、そして、その先の話こそ、久人が本当に伝えたかったことだったのです。

あの日。

一通りの話を終えると、久人は、眩しそうな顔で私を見ました。

「実はさ、この前から、ずっとこの話をしたかったんだよ。でもなかなかいいタイミングがなくてさ」彼は照れ臭そうにそう言ったのです。

「あのスーパーマーケットのポスターを見て、いい機会だと思ったのね」

　私は答えました。

「まあね……。でもさ、本当のきっかけはもっと前にあったんだ」

「もっと前？」

「俺もずっと忘れていたんだ。誰にも言えないし、忘れることにしようって決めて、ずっと心の奥に仕舞ってきたからね。誰にも秘密にしよう、絶対に黙っていようって自分で決めたからさ。それからはずっと思い出さなかったし、たまに思い出しても、それをほじくることはしなかった。でもさ、この前、あるものを見ちゃったんだ。それを見たら、びっくりして、黙っているどころの話じゃなくなっちゃったんだよ。もう誰かに言わずにはいられない気持ちになったんだ。わかるだろう、そういう気持ちって。チイ姉やチュウ姉がどこかの男とデートしているところを見たら、黙ってはいられないだろう？　きっと誰かにそれを言うだろう？　そういうことだよ。黙っているわけにはいかないんだ。誰かに喋りたい。でもそんな話をできる友達はいない。だから、悪いけど、姉さん、話を聞いてくれないかな。ここまでの話を踏まえたうえで、俺が見たものの意味を教えてくれないかな。俺にはわからないんだ。自分の見たものの意味が。それはもしかしたらただの偶然なのかもしれない。でもそうじゃないとしたら——。それにはどういう意味があるんだろう。頼むよ、姉さん、俺にそれの意味を教えてくれないか」

久人は何かに取り憑《つ》かれたかのような口調で言い募りました。

「何を言いたいの？　なんでそんなに興奮しているの？　そんなんじゃさっぱり意味がわからないわ。お願いだから、もっと落ち着いて、順序よく話をしてちょうだいよ」

私は精一杯の冷静さを装って、久人に語りかけました。

弟は私の顔を見て肯きました。

そして、ゆっくりした口調で、その話を私に語ってくれたのです。

去年の暮れに、市民会館で学生絵画コンクールがあったんだよ。

美術部の友達が入選したっていうから一緒に見に行った。でも絵なんて俺にはよくわからないし、すぐに退屈しちゃったんだ。友達は美術部の後輩と喋っていたから、退屈しのぎに公民館の中をぶらぶらと歩いてみた。たいして面白いことはなかったよ。黴《かび》臭い臭いのする薄暗い廊下がただ続いているだけさ。

仕方がないから廊下に貼られている市の広報を眺めていたんだ。

市が後援する短期留学の薦めみたいなページがあって、そこに歴代の留学参加者の一覧ページがあった。応募者は結構いるけど、一年に三人までしか選抜されないって書いてあった。競争率何十倍の狭き門らしいんだ。

そこに過去の選抜者が顔写真入りで全員載っていた。白黒の不鮮明な写真だったけれど、でもそこに見覚えのある顔があったんだ。

誰だと思う?

クーさんだよ。

あの夏、廃工場で会った高校生の顔が確かにそこにあったんだ。

説明を読むと、四年前の参加者だそうだよ。へえ、と思ったよ。あの年の冬に、クーさんはアメリカに短期留学していたんだ。なんとも微妙なタイミングだと思ったよ。十月にあの事件があって、その二ヶ月後にアメリカに行くだなんて、まるで何か疚しいことがあって、慌てて身を隠したような感じがするじゃないか。

まさか、と思った。

でも落ち着いてよく考えれば、それは考えすぎだって気もしたよ。

いくらなんでも時間がなさ過ぎる。

応募するにもぎりぎりだ。それに競争率数十倍の選考を、そんなに運よく擦り抜けることも難しい。そんなに慌てて参加することは無理に決まってる。

結局は偶然なんだろうな。俺はそう考えながら記事を読み進めたよ。その時写真の横に名前が出ていることに気がついた。そういえばクーさんの本名は知らなかった。

そう思って、何の気なしにそこを読んだんだ。するとそこには意外な名前が載っていたよ。

その写真には四人の人間が写っていた。

高校生が三人に中学生が一人。

三人が女で一人が男だった。

だから高校在学中の男の名前が、クーさんの名前のはずだ。

それはすぐにわかったけれども、でも、それが信じられなかったんだ。

そこに載っている名前が意外なものだったんだよ。

これはいったいどういうことなんだろうか？

俺は混乱したよ。

まさか――。

いや――。

でも――。

そんな――。

どうして――？

その写真のクーさんは俯いていた。

他の三人が晴れ晴れとした顔つきで、緊張しながらも、堂々と写真に撮られているのと対照的に、彼は嫌々ながら、いかにも撮られたくなさそうな素振りで、渋々とそこに立っていた。肩まで伸びた長い髪と、世を拗《す》ねたような目つきが、あの工場で会ったままだった。

彼の名前を見て、まさか、と思ったよ。

嘘だ、と声をあげた。

近くにいた二人連れのおばさんがこちらを見て、変な顔をした。でも気にする余裕はまるでなかった。そこには思いがけない名前が印刷されていたんだよ。

私立T学園高校二年。楠本圭吾《けいご》。その写真の横にはそう書かれていたんだ。

間違いない。

クーさんは楠本大輝の兄貴だったんだよ。

なんで大輝の兄貴があの廃工場にいたんだろう。

なんで大輝の兄貴は、大輝が死んだすぐ後に海外留学なんかに行ったんだろう。

いや、何より大輝の兄貴が、なんで三ツ矢なんかと仲良くしていたんだろう。

どうしてなんだろう……。

俺はただ呆然とした。これはいったいどういうことなんだ。偶然なのか、必然なのか。

あの年の夏、俺が行かなくなった後に、あの工場でいったい何があったんだろう

——。

痺《しび》れたような頭の中で必死に考えた。

でも、考えても、考えても、考えても、結論は出ない。

わからないんだ。

まるで見当もつかないんだ。

これにはいったいどういう意味があるんだろう。

姉さんは、いったいどう思う……？


話を終えると、久人は悲しげな視線を私に向けました。

しかし私は答える言葉もないままに、ただ呆然とするばかりでした。

久人の同級生で、六年生の時に毒を飲まされて死んだのは、駅前にある楠本病院の次男の楠本大輝でした。彼の給食に毒を入れたのはやはり同級生の三ツ矢昭雄。彼は自分がやったと遺書を残して、自殺をしました。

事件はそれで終わったはずでした。でも、弟の弁によると、その事件が起こる前に、犯人である三ツ矢昭雄と、楠本大輝の兄である楠本圭吾が、毒が放置されていたとされる廃工場で知り合っていたというのです。いったいそれにどんな意味があるのでしょうか。様々な疑念と不安と心配がいちどきに頭の中に湧いてきました。

弟の思いがけない告白に、私はただ正常な判断能力を失ってしまったようでした。どれくらい自失していたのか、気がつくと弟は私を残したままでいなくなっていました。一人ですたすたと歩いていく後ろ姿が道の向こうに見えました。三月にしては日差しの強い、陽炎《かげろう》がゆらゆらと立ち上る暑い日でした。弟を追いかける気力も湧いてこないまま、私はただ、ぼんやりとその場に立ち竦んでいました。

その日、久人は夜遅くまで家に帰って来ませんでした。どこをうろついていたものか、九時頃にようやく帰って来ると、ぷいと顔を背けたまま、部屋に引っ込んでしまい、再び昼間の話の続きをする機会もありませんでした。

私は思い悩みましたが、結局、それを父親や妹たちに相談することはできませんでした。

また、そうやって時間が経ってしまえば、久人本人に再び話を蒸し返すこともできず、ただ何もなかった、何も聞かなかったかのように、それからの日々をただ淡々と過ごしたのです。

あの事件の真相がなんだったのかは、もちろん私にはわかりませんでした。

久人はあれきり二度と事件のことを口にすることはなく、それを聞かされた私も、最初のうちこそ、聞き齧《かじ》った噂をこねまわしたり、推理の真似事をしてみたものでしたが、もともとが被害者や加害者と実際に会ったこともないわけですから、次第に興味も薄れ、日々の生活の中で記憶の奥底に埋没していくばかりだったのです。

当の楠本病院もいまはありません。弟さんが亡くなり、成長したお兄さんも結局は後を継がずに、人手に渡った挙句に取り壊され、いまでは商業ビルが建っています。

その後の二十数年の歳月の中で、その話が弟の口にのぼることは一度としてありませんでした。

弟の死によって、それが、突然、ぽっかりと記憶の表層へ浮かび上がってきたのですが、しかし告白の当人である久人が亡き者となったいま、私にはその話をする相手もなく、ただ途方に暮れるばかりだったのです。

事実はどうだったのか。

真実はどこにあるのか。

その話を、私一人の心の中に溜めおいていいのだろうか。

このまま私が墓場まで持っていっていいのだろうか。

私はそれを迷ったのです。

それは本来弟が悩むべきことです。

彼が存命中であれば、私が余計な嘴《くちばし》を挟む必要もないことです。

他人に話すか、胸に留めおくかは、自らの責任において、久人が判断することでしょう。でもその弟は、もういません。だからその話は、私が口を噤んでしまえば、誰にも知られることはなく、闇に消え去ってしまうことになるのです。
それでいいのだろうか。
黙っていてもいいのだろうか。
私はそれをずっと思い悩んでいたのです。
あなた様は有名な作家の先生ということでした。
あの事件の真実を探して、それを本にするために調査をしているところとか。
それなら。
私はそこで決意を固めたのです。
先生ならきっと真実を確かめてくれるだろう。
もしかしたら、これは秘密でもなんでもないことなのかもしれません。
関係者であれば、すでにご存じのことなのかもしれません。
実は私一人が思い悩んでいるだけで、たいしたことではないのかもしれません。
それならそれでいいのです。
自分一人しか知らない秘密を、死ぬまで抱えていくだけの勇気は私にはありません。
手紙の内容が些少なことであれば、どうかご笑覧ください。
自分の役目をようやく果たすことができた。
いまの私は、ただそういう思いに満たされているのです。

乱文乱筆ご容赦ください。
来る年の先生のご活躍をお祈りしております。

敬具

14　那由多市報一九八〇年三月号より抜粋

〈短期海外留学制度十年の歩み〉

二十一世紀を間近に迎え、国際社会の一員としてわが国の役割は飛躍的に高まっております。わが那由多市では、なゆた青年会議所および教育委員会と連携し、他の市町村に先駆けて、一九六九年に短期海外留学生制度を導入しました。ちょうど海外留学への関心が高まった時期で、興味を抱かれる方は多かったのですが、経費や運営面での不安を指摘する声も多く、市内の有識者の方からは時期尚早という指摘を受けたことを覚えています。

確かに受け入れ先の選定から始まって、プログラムの検討、安全性の確保、経費の抑制と、クリアするべき問題は多々ありました。各方面との連日の折衝でくたくたになったことは、事務局の人間にとって忘れ得ぬ思い出になっています。

それだけ苦労をして始めた制度ですから、今年で十年が経過して、参加した人数が三十余名を数えたことには感慨もひとしおです。七〇年代も後半になると、費用なしで海外に行けるという物見遊山的な興味も加わって、三人の定員枠に百人超の応募があるようになりました。こうして年々市民の皆さんの注目が集まっていることに、私たちも身が引き締まる思いをしています。

今後も国際化はますます進み、さらに語学に堪能な人材が求められていくことが予想されます。那由多市ではさらなる時代の要請に応えるべく、アメリカ以外にも留学の受け入れ先を見つけ、いま以上の数の希望者を海外留学に送り出すことを予定しています。

この短期海外留学制度には、市内に在住する中学生、高校生の方はどなたでも応募できます。皆さんが、この制度を利用し、海外にでかけ、さらにはそれを足がかりにして、将来国際社会で活躍する優秀な人材となられることを大いに期待しています。

最後にこの制度の趣旨に賛同して協力をいただいた皆さま、特に市議会議員である仙石勇一《ゆういち》氏と、楠本病院院長である楠本健蔵《けんぞう》氏の両氏には、ひとかどならぬご厚意とご尽力をいただき、感謝の念が尽きぬ事を記して、筆を置きたいと思います。

15　毒殺魔の教室（第二稿）

原稿の束をテーブルの上に投げ出すと、男はこれみよがしにごりごりと首をまわし、大きく息を吐き出した。疲れた表情を浮かべながらも、鋭い視線で私を睨みつけている。

初対面のはずだったが、初めて会ったという気はしなかった。

高い真っ直ぐな鼻と、頬から顎《あご》へのシャープな線が、懐かしい何かを思い出させてくれたのだ。歳をとったとはいえ、男の横顔はまだ充分に魅力的だった。時と場所が違っていたら、もっと違った印象を抱いたかもしれない。

しかしそんな私の思惑を知ることもなく、男は硬い表情で煙草を吸っていた。こぼれた灰はマホガニーのテーブルの上に散らばって、無造作に放り投げられた原稿の束に降りかかった。

男は何も言わなかった。私も自分から口を開く気にはなれない。

私たちはお互いに黙り込んだまま、相手の出方を窺《うかが》っていた。

時間が澱んでいた。

沈黙に先に耐えられなくなったのは男の方だった。

櫻井さんだっけ？　彼はそう切り出した。

「幾ら欲しいんだ」

思わせぶりにため息を吐《つ》くと、言葉を続けた。不愉快そうな口調だった。

とっさには、言葉の意味がわからずに首を傾げた。

組んでいた足をわざとらしく投げ出すと、男は視線に力を込めた。

「その原稿を買い取れってことなんだろう？　そのためにここに来たんだろう？」

革張りのソファに深くもたれたまま、男は汚いものを見るように顔を歪めた。

「お金はいりません」

ゆっくりかぶりをふった。

「私はただ真実を知りたいだけです」

男はさらに強く私を睨みつけた。その目尻には皺が深く刻まれている。その時初めて、男が自分よりも五つ年上だということを思い出した。

私はゆっくりと男の顔から視線を逸らした。

テーブルの上に置かれた男の名刺と、壁に貼られた色鮮やかなポスターを順番に眺めてみる。ポスターの中にも同じ男の顔があった。邪気のない、にこやかな表情で微笑んでいる。その写真の目尻に皺はなかった。

テーブルに視線を移す。

株式会社　米盛興産《よねもりこうさん》　代表取締役社長　米盛圭吾

名刺にはそう書かれていた。それを見ながら、一週間前に訪ねた探偵事務所で聞いた話を思い出した。米盛というのは母方の姓だそうだ。

高校卒業を控えて戸籍上の名前を変えたらしい。それは、あの事件の影響を考えての配慮だったのだろうが、その後の彼の経歴を見ると、そんな気配りはあまり必要なかったようにも思えてくる。

高校を卒業した年に受けた大学はすべて不合格。一年浪人した後で、地方の名もない大学の医学部に潜り込むが、それは自身の努力の結果ではなく、親の経済力のお陰だというのが、当時の友人たちのもっぱらの噂だった。

入学後の生活態度を知ると、それもなるほどと思えてくる。親元を離れて一人暮らしを始めたことで完全にたがが外れたらしいのだ。金回りはよく、行動は派手。学業にはまるで興味を向けず、取り巻き連中を引き連れては、気儘に夜の街で遊び回ることが、彼の学生生活のすべてだったらしい。成績も酷いものだった。進級が危うくなると、休学届を出して海外留学に出発する。そんな享楽的でその場しのぎの生活態度を見れば、彼が本気で医者になろうとしているとはとても思えなかった。案の定二十二歳の時にアメリカでドラッグがらみのトラブルに巻き込まれてしまう。逮捕や収監という最悪の事態だけは免れて日本に逃げ帰ったが、その後も素行は相変わらずで、翌年には成績不振のために、ついには大学までも追い出されてしまうのだ。

しかし彼にはツキだけはあった。

バブル景気へと続く好景気が始まっていた。医者になるよりも、金になりそうなことはいくらでもあったのだ。

海外留学中に作った人脈を頼りに高級ブランド品を扱う輸入会社を立ち上げた。それが当たった。折からの大量消費ブームに乗って、会社は右肩上がりに売上を増やしていった。わずか数年で、従業員は百人を超えるまでになり、先見の明があったと周囲は褒めそやした。さらに調子に乗って事業を拡大し続けた時、しかしバブルは崩壊した。

不動産投資に手を出していたことが会社を苦境に追い込んだ。資金繰りに苦しみ、不渡りを出す寸前にまで追い込まれた。従業員の半分を解雇して、持っていた不動産のすべてを処分した。大鉈《おおなた》をふるったことで、かろうじて会社は存続したが、同時に多額の負債を抱えることになった。それから数年は暴力団と関係のある会社と取引をするなど、危ない橋を渡りながらも、とにかく借金を減らすことのみに腐心したようだ。

再び運が向いてくるのはその数年後。出資者が現れたのだ。さらにその人物の助言によって行なった新興のＩＴ関連会社への投資が成功した。会社は規模を拡大させて、

ＩＴ関連の開発、販売に主力事業を移行した。

いまでは年商数十億円の優良企業として株式上場の噂が聞こえてくるほどだ。

探偵はファイルを丁寧にめくりながら、そう男の人生を要約してくれた。

依頼に応えて、わずか二週間で仕事を終えてくれたのだ。

調査の内容は、楠本大輝の兄の現在の消息。

自らの調査で得られた手がかりは少なかった。地道に時間をかければ探せないこともないのだろうが、いまの私にはそこまでの時間的な余裕はなかったのだ。

知人に相談すると、探偵事務所を紹介してくれた。

――探偵事務所や、興信所は名ばかり知られていても、いい加減な調査をしたり、大金をふっかけたりするところが幾らでもあるからね。でも、ここは良心的だから大丈夫よ。実は高校の同級生なの。口も堅いし、腕もいいし、もし問題があったら私が直接文句を言ってあげるから、安心して相談を持ちかけてちょうだいね――

劇作家をしている知人に紹介されたのが、その堂森《どうもり》という名前の探偵だったのだ。

ジーンズにセーターというラフな格好で、実年齢よりもずっと若く見えるその探偵は、しかし仕事に関する飲み込みは早かった。依頼者である私に多くを語らせずに、要点だけをかいつまんで質問すると、自分がしなければいけないことを素早く理解してくれたのだ。

「ご両親は病気ですでに亡くなっているようです。不動産や証券など、それなりの遺産を得たようですが、すべて会社の運転資金で消えたようですね。結婚は二回。最初は二十四歳の時。同い年のアメリカ人女性と結婚しましたが、翌年には破局しました。子供はできませんでした。二回目はバブル崩壊の後です。やはりアメリカで知り合った女性と結婚しました。その女性が資産家であったらしく、その結婚以後、彼の会社は立ち直って、それからは順調に業績を伸ばしているようです。その結婚では一男一女をもうけました。東京の高級住宅地に居を構えて、上の子は都内の有名私立小学校に、下の子もその系列の幼稚園に通っています」

そう説明をすると、資料を手渡して、それ以後はこちらが質問するまで一言も口を利かなかった。

受け取ったファイルに目を通しながら、彼のその態度に好感をもった。

私は彼のオフィス（スチール製の事務机と折たたみ式の長テーブルが並んだ静かな場所）でじっくりとその報告書を読み込んだ。簡潔な文章で、必要な情報だけが書かれた書類だった。心理描写も、情景描写もなかったが、そこに記された人間の苦悩や、打算や、計略が私にはよくわかるような気がした。

堂森がこっそり隠し撮りをしてくれた米盛の写真（家族のものも交ざっていた）や、会社の登記簿謄本《とうほん》（成立年月日から目的、資本金、役員の名前まで）に目を通すと、礼を言って立ち上がった。

その仕事ぶりにすっかりと満足した私は、約束より多めの金額を彼に渡した。知人の紹介ということで、通常よりずっと安い料金を提示してくれたことに気づいていたからだ。

幸運を。

別れ際に探偵はそう言った。

私は微笑んだ。これまでの人生で幸運に恵まれたことは一度としてないような気がしていた。それでも彼の笑顔を見て、そろそろ星の巡りが変わってもいい頃だという気にもなった。

握手をして別れると、仕事場に戻って手紙を書いた。

取材をしたい。三十年前の事件について。弟さんの死について調査をしているので、話を聞かせてもらいたい。書きためた原稿の写しを添えるから、意見を聞かせてもらいたい、と結んだ。

返事が来たのは一ヶ月後だった。

南青山《みなみあおやま》のはずれにある彼の会社で面会することになった。

入り組んだ路地の途中の、古びたオフィスビルにその会社はあった。

そこは自社ビルではない。ビルの名前を見た時にそれはわかった。受付に約束の旨を伝えると、エレベーターで五階に案内された。高価な什器《じゆうき》を設えた役員用の応接室に通されて、そこで十五分ほど待たされた。

もちろんお茶も出なかった。

私は窓際に立ったまま、排気ガスでくすんだ外の景色を眺めて時間を潰した。

ようやく入ってきた男に挨拶をして、訪問の向きを説明したが、すぐに返事は返ってこなかった。

男は歓迎する素振りもないままに、事前に送った原稿の写しをテーブルに放り投げると、三十年前のことなんか覚えているものか、と吐き捨てたのだ。

そして、煙草を立て続けに吸いながら、

「金が欲しいのなら金額を言え。払えるかどうか検討して、後日連絡する」

面倒そうに言い捨てた。恐喝の被害者になったような口ぶりだった。

私は事務的な笑顔を作ったまま、首を横に振った。そして手紙に書いた内容を復誦《ふくしよう》するように、来訪の意図を説明した。

男は黙って煙草を吸っていた。聞いているのか、いないのか、よくわからなかった。

私は辛抱強く男に向かって語りかけた。語りかけることで彼の沈黙を打ち破れるという自信が心のどこかにあったのだ。

「──私が訊きたいことはひとつだけです。廃工場で三ツ矢昭雄くんと、筒井久人くんが会ったという高校生、クーさんと呼ばれていた人物はあなたなのですか？　もしそうなら、あなたはあの事件にどれだけ関わっていたのでしょうか？　私はただそれを確かめたいだけなのです」

米盛は知らん顔をしたままだった。私の言葉にも、まるで反応しない。だから続けて言った。

「あなたは当時、あの廃工場で三ツ矢くんと会ったのですか？　そして大輝くんの給食に砒素を混入するように唆したのですか？　その結果として大輝くんが死んだのです。ぜひとも事実を教えてください。お願いします」

米盛は大仰にため息を吐くと、煙草の煙をこちらに吹きつけた。

「いまさらそんな話を聞いてどうするんだ。その顚末を本に書いて一儲けするつもりなのか？」

一拍おいて慎重に言った。

「あなたの返事にもよりますが……できれば本にはしたいと思っています」

「俺は知らないね。三ツ矢なんてヤツも、筒井なんてヤツも俺は知らない。俺の答えはそれだけだ」

そう言ってさらに煙草をふかした。

「でも確かに筒井くんのお姉さんはそう聞いたと言っているんです。クーさんと呼ばれていた高校生が楠本圭吾さんだったと」

「勘違いだろう。そうでなきゃ嘘だ。とにかく俺にはあずかり知らないことだよ」

「そうですか……。それでは仕方ありませんね」

私は頷いて腕時計をのぞいた。

「ふふん。理解してもらえたのかな。では、そういうことでお引き取り願おうか。こう見えてもなかなか忙しい身なのでね」

「ええ、でも約束は一時間のはずですよね。まだ時間はあるようですので、もう少しだけ私の話を聞いてください」

「話？　これ以上どんな話があるんだよ」

男は私を睨みつけた。凄んでいるつもりなのかもしれないが、それほど怖い顔でもない。

私はバッグの中からコピーの束を取り出してテーブルの上に置いた。

米盛はそれを見た途端に顔を強張らせた。

「当時の市の会報の写しです」静かに言った。

「文章のページは原稿と一緒にご覧になったと思いますが、同時に写真のページも現存していたのです。これを探すのは苦労しました。十五年以上昔のものは市でも保管していないのです。だから色々と聞きまわって、市の発行物を蒐集《しゅうしゅう》しているという好事家の方のもとを訪ね見つけました。『短期海外留学制度十年の歩み』という回顧記事です。事務局の方の文章の後に、ほら、参加者全員の写真が載っています。学校と氏名もきちんと、ね。そして——ほら。ここに、ありますね。楠本圭吾という名前。長髪で、下を向いて、筒井くんのお姉さんの証言とぴったりです。彼はやはり嘘をついてはいなかったんです。当時、筒井くんは廃工場であなたと会っていた。そして会報の中にあなたの顔を見つけていた。彼の言葉は嘘でも、間違いでもなかった。わかっていただけますか？　米盛圭吾さん。当時クーさんと呼ばれていた高校生は、やはりあなただったのですね」

整った顔をした長髪の高校生がそこにいた。カメラを避けるように下を向いているが、その顔の特徴は隠すべくもない。まっすぐな高い鼻。すっきりした頰の線。不機嫌そうなその表情にも、どこかで見覚えがあるようだった。時間を超えて存在する何かが、そこにはあったのだ。

あらためて写真と実物を見比べながら、奇妙な感慨を私は抱いた。もしも大輝くんが生きていたら、今頃はこういう顔になっていたのかもしれない。思わずそう考えてしまったのだ。

しかし、それは考えてはいけない想像だった。胸のどこかに切ない痛みを感じた。私は頭を振って感傷を振り捨てた。しなくてはいけないことは別にあるからだ。

「よく、まあ、そんなものを見つけ出したもんだ」

米盛は顔を顰めながらそう言った。

「懐かしいといえば、懐かしいよ。だがね、そんなものがどれだけの証拠になると言うんだよ。筒井なんてヤツは知らない。当時、そんな名前の知り合いはいなかった。いまになってそんなことを言われても、こちらからしたら反論のしようもない。向こうが一方的に知っていたからといって、こちらも知っていたとは限らないからな。……俺からすれば、そんな証言は言いがかりと一緒だよ。その写真は確かに俺だ。市で運営する海外留学に出かけた高校生は、確かに俺で間違いはないよ。でも——だからといって、それが、何の証拠になる？　その事実だけを取り上げて、俺があの毒殺事件の犯人と知り合いだったと、どうしてそう決めつけられる？　だいたいその筒井とかいうヤツはすでに死んでいるんだろう？　いまさら話の裏づけだって取りようがないわけだ。うがった考え方をしてみれば、たまたまそんな冊子を見つけたから、後づけで適当な証言をでっち上げたという可能性だってある。ここに書かれた話の内容全部が、あんたの想像の産物だって可能性もね」

そう早口で捲《まく》したてると、足を組み替えた。しかし、その声にはどこか余裕がなかった。私はそっと体を乗り出した。

「確かにおっしゃるとおりです。ここからわかる事実とは、市が主催する短期海外留学制度を利用して、あなたがこの年の冬にアメリカに行ったということだけです。でも、だからこそ私はお訊きしたいのです。あなたは、どうして、わざわざこの年の冬に留学に行ったのですか？　秋に弟さんが事件に巻き込まれて亡くなったばかりだというのに、どうして時間を置かずにアメリカになんか出かけたのです？　あなたのお父さんはどうしてそれを許したのですか？　それが私には不思議でならないのです」

米盛は黙り込んだ。唇が震え、うまく言葉が出てこない。しかし手で顎のあたりをごしごしとひっかくと、苛々とした様子で声を絞り出した。

「――そんなことは余計なお世話だよ。あの年、俺は高校二年だったんだ。留学するとしたら絶好のタイミングだった。あの海外留学制度は人気があったからな。選ばれたら費用免除でアメリカに行けたんだ。市内の中高生から応募が殺到して、毎年何十倍って競争率になっていたし、あの機会を逃したら次はなかったよ。翌年は大学受験があったしな。だから俺にはあの年しかなかったんだ。それだけの理由だよ。あんたが勘ぐるような理由なんか何もない――」

感情を交えない声でそう言った。台詞を棒読みするような口調にも聞こえた。

「弟のことは残念だったがね、涙を飲んで出発したんだ。仕方がなかった。それ以外の理由なんか何もないさ」

そう続けると、ぎこちない様子で周囲を見回した。

「四人でしたね」

市報に目を落としたままそう言った。

「なに？」

「あの年だけ四人でした。ほかの年は三人だったのに、あの年だけあなたを入れて四人だったんです。それは、どうしてですか？」

「どうしてって……」

「まるで最初はあなたが行く予定じゃなかったのに、後から無理矢理ねじ込んだような感じがします。あなたのお父さんがそうしたんじゃないのですか？　政治力を使って無理矢理枠をひとつ増やした。あの年に限って一人増えたという結果から見ると、そういう風にしか考えられません。さきほどあなたは費用免除で海外留学ができたから人気があったと言いましたが、それは一般家庭にとっての話です。あなたのお父さんはこの制度の立ち上げに当たって協力したと市報に記されています。あなたのお父さんは町の名士だったんです。経済力は充分にあった。わざわざこの制度を使わないでも、あなたは好きな時期に海外留学に行けたはずです。それがわざわざ枠を増やしてまで、この時期に出かけた。そう考えてみると、この時期に出かけることが大事だったと思えてくるのです。弟さんの事件に関してあなたが何かしら関わっていて、それに気がついたお父さんが、あなたの立場を守るために、無理に海外に行かせた。当時はいまと違ってまだ海外留学が一般的にはなっていない時期でした。個人で行こうとすればそれなりの準備期間が必要なはずです。でも市でやっている制度に乗っかれば、そういった事務的な手続きを最低限に省略して出かけることも可能でした。だからあなたのお父さんは、事務局に無理にお願いをしたのではないでしょうか。あの事件で弟が死んで精神的にも参っている。気分転換のためにも海外に行かせてやりたい。費用はこちらで負担するから、今年はひとつだけ枠を増やして息子を入れてくれ。そう頼まれたらきっと事務局の方もダメだとは言えなかったでしょうね。――私の言いたいことは理解してもらえますよね？」

そう言って米盛の顔をじっと見た。

無視するように彼はまた煙草を取り出した。しかし指先が震えてうまく抜き取れないようだ。彼は煙草の箱を放り投げると、小さく舌打ちをした。

「あんたがどう思おうと勝手だがな、でも全部ただの推測だ。証拠なんかどこにもない」

彼は苛立ちを隠そうともせずに言い捨てた。

私は背筋をぴんと伸ばした。

「落ち着いてください。先ほどからあなたは証拠、証拠と言いますが、私は別にあなたを告発したいわけではありません。ただ事実を知りたいと思っているだけなのです」

できるだけ重々しく聞こえる口調で言うと、どうかご理解していただけませんか、と付け足した。

告発？　彼は舌打ちをした。まるで俺が悪いことをして、それを必死に隠しているって風に聞こえるじゃないか。

「俺はそんなことはしてないぜ！　ふざけるな！　告発したけりゃすればいい！　こっちには弁護士がいるんだ。相談して逆にお前を訴えてやるよ！」

私は面白くもない顔をして呟いた。

「告発なんてするつもりはありません。三十年も経てば殺人罪だって時効を迎えますし」

「殺人罪だと！　ふざけるな！　俺が誰を殺したっていうんだ！」

目を剝いて彼はこちらを睨みつけた。私は顔をそらさず、正面から彼の視線を受け止めた。こちらに疚しいことは何ひとつとしてないからだ。

しばらく睨み合った後、最初に目をそらしたのは米盛だった。

私は壁のポスターに目をやった。にこやかな万人向けの笑顔を浮かべた彼がそこにいた。その視線に気がついて、彼は嫌な顔をした。両手を組み合わせると、指をぽきぽきと鳴らした。

しばしの沈黙。

先に耐えられなくなったのは、またも彼の方だった。

「これ以上騒ぎ立てるようなら、選挙妨害で訴えてやる」

しかしその声に迫力はなかった。

「区議選に立候補ですか？　私は別に邪魔をするつもりはありませんよ。本を書いたとしても実名は公表しません。すべて仮名にしてご迷惑はお掛けしないようにします。当時あなたは未成年だったし、時間も経ち過ぎました。現実の時間と過去の出来事がシンクロしないように配慮はするつもりです。だからお願いします。本当のことを教えてください。お願いします。米盛さん。あなたがキーパーソンなのです。あなたからお話を聞かない限り、あの事件は未解決のままなのです。本当のことを教えてください」

できるだけ余計な感情を交じえない声でそう言うと、まっすぐに頭を下げた。深々と、礼を込めて。

じっと頭を下げ続けていると、畜生、という小さな呟きが聞こえた。

「わかったよ……言えばいいんだろう。確かに俺だよ。あの廃工場に出入りして、三ツ矢と親しくしていたクーさんとは俺のことだよ。それでいいんだろう。くそっ！」

彼はしかめ面のままそっぽを向いた。

「いまになってわざわざそんなものまで引っ張り出してくるとはな。だから俺は海外留学なんて嫌だって言ったんだよ！　それなのに親父のやつが……頼みもしないのに、写真なんか撮りやがって！」

「やっぱりお父さんが無理に行かせたわけですか。あなたが行きたくもないのに、伝手を使って強引に——。やっぱりお父さんはあなたが事件に関わっていたことをご存じだったのですね」

米盛は答えなかった。ソファにもたれたまま、首だけをまわして天井を仰いでいた。沈黙が質問の答えとなった。それは予想していた答えのはずだった。しかし私は暗い気持ちになった。

その様子を見て、米盛は馬鹿にするように笑った。

「なんだ、クーさんが俺だということがわかってショックだったのかよ？　自分から切り出しておいて、勝手なヤツだな」

私はテーブルの下で拳《こぶし》を握りしめた。

そうだ。これで終わりじゃない。ここからが始まりなのだ。

目の前の男を見据えると、お父さんはすべてを知っていたのですね、と質問した。

「あなたが三ツ矢くんを操って、大輝くんに薬を飲ませたということも、それが原因となって大輝くんが死んだということもお父さんは知っていて、そのうえであなたをアメリカに行かせたのですね」

彼はまた黙り込んだ。

「でもお父さんはなぜあなたを庇ったのですか？　大輝くんが死んだきっかけをあなたが作ったのに、なぜその責任をあなたに問おうとはしなかったのですか？　普通であれば逆ではないですか。身勝手な兄の悪意ある所行で、優秀な弟が命を失ったのです。普通の親であれば、苛烈《かれつ》な怒りを示しこそすれ、庇おうなどという気持ちを抱かないと思うのですが……」

私がそう問うと米盛はぞっとするような笑いを口元に浮かべた。

そしてどこか面白がっているかのような口調で、

「そうだな。そういう意味ではウチの親父も世間一般でいう普通ではなかったのさ。あいつは恐ろしいほどの合理主義者だったんだよ。事件の後で俺は事実を全部話したんだ。実行犯は俺ではないし、そして殺害が目的でもないということをね。死んだのは事故だ。ちょっとした悪戯のつもりだったのに、三ツ矢が入れる薬の量を間違えてしまったことで大輝は死んだ。俺の告白を聞いて、最初、親父は怒り狂ったが、結局は頭の中で冷静に算盤《そろばん》をはじいたんだよ。世間的に大輝は被害者だ。でも警察の捜査で加害者側に俺の名前があがったら、家庭の問題が事件の背景だと世間には思われる。親父にはそれが耐えられなかったんだ。それに大輝が死んで、そのうえ俺まで警察に捕まったら病院はどうする。ここで俺が道を誤ったら大事な跡継ぎがいなくなっちまう。そう考えて腸《はらわた》は煮えくりかえっていたには違いないが、渋々と俺の責任を不問にしたわけさ。しかし本当は許せなかったんだろうな。だから短期海外留学プログラムに無理矢理ねじ込んだのさ。親父は俺の顔を見たくなかったんだよ。だから——そういうことだよ。それが俺にとっての、あの事件の真相だよ」

淡々とそう語った。

その顔に血の気はなかった。煙草の箱を拾って、指先で一本抜き取ると、すぐに火をつけた。せわしなく煙草を吸いながら、彼は落ち着きのない様子で、さかんに唾《つば》を飲み込んでいた。

「三ツ矢くんのことを、もっと詳しく聞かせてください。当時、あなたは三ツ矢くんとはどの程度親しかったのですか？」

米盛は淡々と口を開いた。

「最初は夏休みの間のつきあいだけだった。でもそれだけで、あの三ツ矢ってガキは妙に俺に懐いてきたんだ。理由はよくわからん。俺と一緒にいれば食べ物を貰えると思ったせいかもな。しかしそれは、あくまでもあの場所だけのつきあいだった。あいつがどこの誰だか、俺は知らなかった。逆に俺が誰だかもあいつは知らなかったはずだ。あの場所では、そんなことを知らなくても充分にみんなが楽しくやっていた。だから余計な話は一切しなかったんだ。俺と大輝が兄弟だということをあいつは知らなかったし、あいつと大輝が同級生だということも俺は知らなかった。別にそんなことはどうでもいいことだった。あそこには、どこの誰でも入ることができた。学校や家庭では居場所がなく、かといって不良グループや暴走族に入るような勇気もないヤツが、あそこには大勢集まっていた。そこにいて、どうでもいい話をしているだけで、当時の俺たちは充分満足していたんだよ」

だから、と彼は言った。

あそこではお互いの素性を知らないまま俺たちはつきあっていたのさ。

本当に？と口をはさむと、米盛は語気を強めて、本当のことだ、もういまさら嘘はつかない、と声を荒らげた。

「少なくとも、あの日までは、俺は三ツ矢のことは何も知らなかったんだ。あの日というのは、あんたが三ツ矢に言わなくてもいいことを言った日のことだよ。この原稿にも書いてあったが、大輝たちがクラスを扇動して悪戯をすることを決めた直後に、あんたは浮かれる三ツ矢に苛立ちを感じて、下剤のことをばらしてしまったんだろう？　三ツ矢はそれでショックを受けたんだ。三ツ矢はすぐに廃工場に来た。そして居合わせた俺に、すべてをぶちまけた。なんでそんなことをされるのか。なんでそんな目に遭うのか。あいつは泣きながらそう訴えたよ。しかしその話を聞いたことで、俺は別のショックを受けていた。三ツ矢が大輝と同じクラスだということがひとつ。

そして大輝が三ツ矢に対して、そういう苛めをしていたという事実がひとつだ。俺はびっくりしたよ。苛めをするにしても、まさか、そんな方法をあいつが選択するなんて……。俺は驚いた。だから……」

「そんな方法？」咄嗟に質問した。大事なことを彼が言ったからだ。「それは彼が三ツ矢くんに下剤を飲ませたことを言っているのですか？」

米盛の顔から一瞬表情が消えた。自分が何を言ったのかを思い出し、その言葉を検証しているような間があった。しばらく言葉につまった後で彼は慌てて頷いた。

「――ああ、そうだよ。まさか、そんな悪質な悪戯をしているとは思いもしなかったんだ。しかも親父の病院から持ち出した薬を使うなんて！　それが親父にばれたらと思うと、恐ろしかった。あいつは期待の星だった。大輝がそんなことをしたと知ったら、親父がどれほど怒り狂うことか――。それを思うと、恐ろしかったんだよ。なんとかしなくちゃっていけないって気がした。でも、俺がそんなことを直接あいつに注意しても素直に言うことを聞くとは思えなかった。あの頃のあいつは成績が優秀なことに天狗《てんぐ》になって、俺のことを軽く見ていた節もあったからな。だから考えたんだ。そうだ、三ツ矢に仕返しをさせてやろうって」

思わず顔を顰めると、米盛は慌てて甲高い声を出した。

「最後まで話を聞けよ。別に殺したり、傷つけてやろうって意図じゃなかったんだ。

自分が一番頭がいいと思っている、その天狗の鼻を折ってやりたかっただけなんだよ。それには三ツ矢が適任だと俺には思えた。何といっても、あいつには仕返しをする権利があったからな。大輝に下剤を飲まされて体調を崩した。それも一回や二回じゃない。だからあいつにやらせてやりたかった。そして自分の計画の裏をかいて、三ツ矢に復讐されたと知ったら、大輝も少しは懲りて反省するだろうと思ったんだよ。そういう理由があったから三ツ矢に持ちかけたんだ。その話をするとヤツは一も二もなく飛びついてきた。よっぽど頭に来ていたんだろうな。熱心に俺の話を聞いて、何度も何度も内容を確認した。そして自分のするべきことを必死に覚えたんだ。ただ驚かすつもりだった。殺すつもりなんか毛頭なかったよ。しかし、残念なことに、結果として、ああなっちまった。それは後悔しているさ。本当に殺すつもりはなかったんだ。ただちょっと驚かしてやりたかっただけだ。それなのに、あいつが薬の量を間違えた。それが原因で大輝は死んだ。残念なことだよ。でも事実はそういうことだ。それだけのことなんだ。それ以上の真実とか、隠された真相とかはどこにも存在しない。本当だ。嘘じゃない。それが事件の真相だ。信じてくれよ。なあ。あんた」

先ほどまでの不機嫌さとはうらはらに、米盛は饒舌《じょうぜつ》に喋り続けた。その話にどれだけの真実が含まれているのか、私はよくわからなかった。

「大輝くんが死んで、三ツ矢くんが自殺をした。それで怖くなって、あなたはお父さんに事実を打ち明けたということなのですか」

彼は頷いた。

「では、お父さん以外には誰にも打ち明けてはいないわけですね」

「まあな」

「でも、なぜお父さんに？　友人でもなければ、お母さんでもなく、なぜお父さんにあなたは事件のことを打ち明けたのですか？」

彼が怪訝な顔をしたので、私は説明した。

未成年が犯罪をおかした場合に、それを打ち明けるのは友人や母親が多く、まず父親という例は少ない。もちろんまったくないわけではなく、家族関係の中で母親よりも父親に信頼感が強ければ、そうなる可能性はある。

「でも、あなたの話を聞いた限りでは、あなたとお父さんの間に強い信頼関係があったとは想像できません。あなたはお父さんを恐れていて、その命令には逆らえないという印象が強いのです。それなのに、事件が起きて、あなたはまずお父さんに事実を打ち明けたと言いました。私からすれば、それはちょっと意外です。あなたにとってお父さんとはどういう人だったのか。それを考えると、あなたの告白をそのまま信用していいのかどうか、どうにも迷うところです」

米盛は目をしばたたかせながら、そりゃあ、もちろん迷ったさ、と口にした。そし

て舌で唇を舐めてから、

「最初は、びっくりして、どうすればいいかわからなかった。黙っていればばれないとも考えた。でも、毎日が不安でたまらなかったんだ。罪悪感もあった。だから、さんざん悩んだ末に、結局は打ち明けたんだ……。母親に言わなかったのは、きっとそんなことを言ってもパニックを起こすだけで、なんの役にも立たないと思ったからさ。女はダメだ。すぐに感情的になる。ましてや、お袋は俺なんかより大輝のほうをよっぽど可愛がっていた。大輝の死に俺が関わっていたなんてことは口が裂けても言えなかった。親父だって最初は驚いて、怒り狂った。でもついには納得したというか、諦めたんだ。だから、とばっちりを恐れて、仙石の家を通して警察に圧力をかけたりもしたのさ。実は廃工場の件で、出入りしていた子供の家族や、近所の家からいくつかタレ込みがあったらしいんだよ。大勢の学生があそこに出入りしていたので、三ツ矢以外にも事件に関係していた子供がいるかもしれないってね。でも事件は終わった。もうこれ以上捜査することはない、というわけで、警察は動かなかった。全部親父の差し金さ。でもそれでもまだ不安はあったんだろうな。お前、しばらく余所《よそ》に行っていろ。そう言われて海外留学することになったのさ。行きたくもなかったが、親父にそう言われたら否応もない。渋々と出かけることにしたわけだ。しかし、その写真がもとで、今頃その事件をほじくり返される破目になるとはね」

参ったよ、と彼は言って、椅子《いす》から立ち上がると、落ち着きのない様子で室内をぐるぐると歩き出した。

頭の中で彼の言葉を吟味しながら、私はこっそりとため息を吐いた。警察に圧力がかかっていたとしたら、当時、私が勇気を振り絞って、警察に訴えたとしても、何にもならなかったのかもしれない。あの時、いくら私が知っている事実を訴え出ても、結局はいまと同じ結果になっていたのだろうか。

それを考えると、やりきれない気分になった。

「最初からそれが狙いだったのですか？」

「なに？」

「お父さんに打ち明ければ、きっと事件を揉み消してもらえる。世間体を気にして守ってもらえる。そう考えたからこそ、あなたは事件のことを、お父さんに打ち明けたのですか？　自分に都合のいい事実と、自分に都合のいい解釈だけを真実から抜き出して」

彼は後ろを向いたまま答えなかった。ゆっくりと窓際に歩み寄ると、ロールカーテンをあげて、外の景色を眺めている。

そして私の質問が聞こえなかったふりをして、

「俺の話はこれで終わりだよ。納得してくれたかな」と言った。

「そうですね……だいたいは」私は答えた。

「だいたい、ね」

彼は振り返って肩をすくめた。

「まだ納得できないこともあるってことか。でもこれ以上は俺からは話のしようがないな」

「それでは、幾つか質問をさせてもらってもよろしいですか」

「ダメと言っても食い下がるつもりなんだろう」

米盛は窓際の机の椅子を引いてそこに腰掛けた。それで私は彼から見下ろされる格好になった。

「俺に答えられることなら答えてもいいがね。でも何にでも答えがあると考えるのは、マスコミ関係者の悪い癖だと思うな」

そう言って天井を見上げた。

彼の一挙手一投足を見守りながら、私は慎重に口を開いた。

「あの事件の中で、私にとっての最も大きな疑問は、なぜ砒素を使ったのか、ということなんです」

「そこにあった中で一番安全だったからさ」米盛は鼻で笑った。「青酸カリや、農薬を使うわけにはいかないだろうよ。殺すつもりはなかったんだからさ。だから砒素を使ったんだ。微量なら無害だ。考えようによっては、もっとも安全な薬だったのさ」

「でも大輝くんは死にました。どうしてあなたは三ツ矢くんに、使う量をきちんと教えなかったんですか？」

「教えたさ！」

声が高くなった。ポケットから取り出したライターを右手で弄びながら、

「でもあいつが間違えたんだ。それだけのことだ」

「でも、あなたは使う分だけ渡さなかった。容器ごと渡しましたね」

米盛の表情が固まった。

「本当に危害を及ぼすつもりがなければ、必要な分量だけを渡せばよかったのです。でもあなたはそうはしなかった。最初からそうしていれば事件は起きなかったのに、あなたは相手を殺すのに充分すぎるぐらいの量の砒素を渡してしまった」

口を真一文字に結んだまま、米盛は虚空を睨みつけた。

「当時のあなたが、本当はどういう指示を彼に出したのかも、いまとなっては検証のしようもありません。三ツ矢くんがいない今となっては、あなたの言葉を信じるしかないのです。もしかしたら、あなたは最初から致死量に相当する砒素を入れるように言っていたのかもしれません。そのうえで三ツ矢が間違えた、と言い張っているかもしれません。でも、私にはそれを覆すことはできません。誰も証人はいないからです」

ふん、さっきの仕返しかよ。米盛は鼻を鳴らした。

「それに関しては、俺が悪かったともいえるけどな。確かに使う分だけ渡せばよかったんだ。しかしそうはしないで、容器ごと渡して、これだけの量を使えと指示を出した。それは悪かったと思うよ。当時は三ツ矢がそんな量の砒素を使うだなんて、まるで予想もしなかったんだ」

彼はそこで息をついた。

だけどな。

「──だけど、それが悪いと言うのか？　あの事件はすべて俺のせいだっていうのか？　砒素を容器ごと渡したから弟は死んだと？　俺が余計なことさえしなかったら、大輝は死ななくて済んだと？　自分には何の責任もなくて、俺だけ責任があると、あんたはそう言いたいわけなのか？」

血走った目が睨んでいた。

そんなことは言いませんが、と私が言いかけた時に、風を切ってライターが飛んできた。

「ふざけるな！　お前が送りつけてきた原稿はちゃんと読んだんだ。自分のことは差し置いて、俺にだけ罪をおっ被せようとは、図々しいにもほどがあるぞ。いい加減にしろよ、おい！　ふざけたことばかり抜かしていると痛い目に遭うぞ。売れっ子の小説家だと思って調子に乗っていると、いまにどこかでしっぺ返しをくらうぞ！」

ライターは壁にぶつかってどこかに転がった。彼の怒りが本物ではないということはわかっていた。単なるパフォーマンスだ。私はわざと低い声で言った。

「落ち着いてください。あなたが容器ごと砒素を三ツ矢くんに渡したから、二人が死んだなんて、私はそんなことは言っていませんよ。もっと冷静に話を聞いてください」

米盛はそっぽを向いて、椅子にもたれた。

私に目もくれずに陰気な声で、

「あの時は、まさかあんなことになると夢にも思わなかったんだ。大輝が死んで、その挙句にあいつも自殺することになるなんて、そんなことが起こるなんて思いもしなかった」

わかりました、と頷いた。

「じゃあ、質問を変えます。事件のあった日、あなたは廃工場には行きましたか？」

「事件のあった日？」

「はい」

米盛は眉間に皺を寄せた。「弟が死んだんだ。そんなところに行けるはずもないだろう」

「確かに。でもその時、三ツ矢くんはあなたが大輝くんのお兄さんだとは知らなかったんですよね」

「うん……？」米盛は一瞬考えるような表情をした。

「あなたが大輝くんのお兄さんだとは知らなかったから、きっと事件が起こった日に、あなたに会おうと、事件のことをあなたに報告しようと、三ツ矢くんはその廃工場に行ったはずだと私は思うのです。あなたはそうは思いませんか？」

「……そうだな」米盛は唇を舐めながら首を振った。

「そう言われてみれば、確かにそうかもしれない」

「三ツ矢くんの話を聞いて、あなたは三ツ矢くんと大輝くんが同級生だということに気がついた。でもあなたは自分が大輝くんの兄だとは打ち明けなかったのですよね。あなたと大輝くんが兄弟だということは、きっと三ツ矢くんは思いもしないことだったのでしょうね」

「そうだろうな。……だけど、それがなんだっていうんだ」

「私と三ツ矢くんは事件の後、午後のまだ早い時間に会って、別れました。その後、私は家に帰りましたが、三ツ矢くんはどうしたでしょうか。家に帰るわけにもいかず、図書館で本を読む気分にもなれず、行く場所はそこしかなかったのではないでしょうか？　あなた方が集まっていた廃工場。あなたは事件の日、そこに行きましたか？」

米盛は首を振った。

「さっきも言っただろう。学校に連絡があったんだ。大輝が倒れて病院に運ばれたってな。命に関わることだから、すぐに来いということだった。だからすぐに病院に行った。そして夕方に大輝は死んだ。だから、そんなところへ行けるはずもない」

「でも三ツ矢くんはそんなことは知らなかった。たぶん悪戯が終わったら、その首尾を報告するってことで待ち合わせをしていたのではありませんか？　でもあなたは来ない。三ツ矢くんは私なんかよりあなたにきっと相談をしたかったはずです。でも夜まで待ってもあなたは姿を現さなかった。その理由を彼は知らなかった。彼はただ話をしたかっただけだった。あなたと、話がしたかったのです。でもあなたは姿を現さなかった。彼は怖かったのでしょう。見捨てられたと思った。あるいは騙されたと思った。その日にあなたが来ない理由を、彼は見つけることができなかった。だから、それで――」

「それで？　それでなんだよ。それで、自殺をしたっていうのか？　俺が行かなかったから？　俺に見捨てられたと思って？　おい！　そんなのはただの想像だろうが！　そんなこと言うなら、お前だって――！」

　いきりたつ米盛を私は宥《なだ》めた。

「そうです。私にだって責任はあります。でもここで、私は責任云々《うんぬん》を言いたいわけではありません。事実がどうだったかを確認したいだけです。どうか冷静にお願いします。私は、あなたを糾弾するつもりはありません。少なくとも、ここまでの話では」

米盛は目を剝いた。こめかみに血管が浮き立ち、いまにも怒声をあげそうな気配があった。ぎゅっと身を固くする。そして――。

その瞬間にドアをノックする音が聞こえた。

米盛は息を呑み、一呼吸をおいて、大きく息を吐いた。

ドアが開き、ベージュ色の制服を着た秘書らしき若い女性が入ってきた。セミロングの髪に、健康的なメイク。にこやかな笑みを浮かべ、足を三十度の角度で開いたまま、お辞儀をすると銀色のお盆を抱えて、部屋の中に歩み寄る。盆の上には紅茶の入ったティーカップとケーキの載った皿があった。それぞれの前にそれを置くと、しずしずと退場する。退出する前にもこちらを向いて足を三十度のままお辞儀をした。ドアが閉まると、つけていた香水の微かな匂いだけが空気に残った。まるで計ったかのようなタイミングだった。米盛は怒りを爆発させるきっかけを失い、不機嫌な顔で沈黙していた。

ちらっと時計を見る。応接室に通されてから四十分が経過していた。このタイミングでようやくお茶とは。

ここらで一度爆発してもらったほうが、私としてはやりやすかったのだが。完全に水を差された格好になった。テーブルに置かれた蔓草模様のティーカップを見ながら、私はまた一からやり直す決心を固めた。

「もう一度質問させてもらってもいいですか」

「なんだ」

「さっきの説明では、まだ納得できないのですが、あなたは、なぜ三ツ矢くんに砒素を使うように言ったのですか？」

「さっき、その質問には答えたぞ」米盛は眉間に皺を寄せた。

「そこにあったからですか？　それだけでは理由にならないと思いますよ。例えばあなただったらお父さんの病院から下剤を持ち出すことも可能だったはずです。そうすることをなぜしなかったのですか？」

すぐに答えは返ってこなかった。私は言葉を続けた。

「大輝くんの鼻を明かしたいのだったら、それが一番効果的ではないでしょうか。自分がしていたことを同じ方法で意趣返しをされる。大輝くんのプライドの高さを考えれば、それがもっとも安全かつ効果的な悪戯だったと思うのですが」

米盛は目を細めた。その様子は、どう答えれば、もっともそれらしく聞こえるかを考えあぐねているようにも見てとれた。

彼は唾を飲み込むと、

「それが親父に知られたらどうなる。ばれたら、どんな結果になったと思うんだ。それを考えたら、そんな方法を選択する気には到底なれなかったよ。それまでに大輝がしていたことを知ったら、親父はきっと怒り狂っただろう。俺はそれをなんとか阻止したかったんだ。だから下剤を使うなんて問題外だ。そんなことをするつもりは最初からなかった」

私は即座に頷いた。「そうですね。それに下剤なんかを使ったら、その計画にあなたが噛んでいることが一発でわかってしまいますものね。三ツ矢くんがそんなに都合良く下剤なんかを用意できるわけがない。裏にそれを提供した人物がいるだろうことは、きっと大輝くんならすぐに見抜いたことでしょうからね」

ああ、まあな。

彼は曖昧に口の中で呟いた。

「でも、当時のあなたはずいぶんと弟思いだったのですね。弟の悪戯がばれて、お父さんに怒られることをそんなに心配するなんて。色々と話を聞いた限りでは、もっと仲の悪い兄弟のようにも思えていたのですが、実際にはそんなことはなかったわけなんですね」

「そりゃあ、たった二人の兄弟だからな。生意気だけど、可愛い弟でもあったよ」

「なるほどね。じゃあ、そこで質問しますけれど、お父さんという人はそれぐらいのことで本当に怒り狂うような方だったのですか？　たかが病院の薬をちょっと持ち出したたけで？　そんなことたいしたことじゃないじゃありませんか。病院関係者なら誰だってしていることでしょう。それぐらいのことで目くじらを立てることもないと私なんかは思うのですが」

米盛は目を剝いた。

「バカヤロウ！　勝手な想像で物を言うな！　祖父の代からウチは病院を経営していて、親父はそういうことには人一倍うるさかったんだ。勝手に薬を持ち出すだなんてことは、財布から勝手に金を抜かれることより許せないことだったんだよ！　現に俺は鼓膜が破れるほどの勢いで横面を張り飛ばされたんだ。あの時はまだほんの子供だったというのに酷い目に遭ったんだ！　体罰どころじゃない、あれは折檻《せっかん》だ。俺はもう二度とあんな目には遭いたくなかった。だから必死だった。大輝のとばっちりで、また、あんな目に遭うことを考えたら、俺は……」

米盛はそこで言葉を失った。自分が余計なことを口走ったことに、ようやく気がついたらしい。すかさず強く言った。

「あなたは折檻をされたことがあったのですね。病院から勝手に薬を持ち出して。子供の頃、いったいそれはいつのことだったのですか？」

「――いや、それは。ちょっとした……ただの風邪薬だよ」

その声は震えていた。私は即座に切り捨てた。

「病院に風邪薬という薬は置いてないはずですよね。全部製品名で管理しているはずです。知識のない子供が見ても風邪薬とはすぐにはわからないはずですよ」

いや、それは。米盛は不安げにまばたきを繰り返している。

とどめの言葉を吐いた。

「下剤でしょう？」

「……………」

「あなたも、いや、あなたが最初に下剤を持ち出したんです。そしてそれを大輝くんにこっそり飲ませた。幼稚園に通っていた大輝くんにね。大輝くんはそのせいで風邪が治っても下痢が止まらなかった。だから彼は国立大学付属小学校を受験することができなかったのです。そうじゃありませんか？　でも、後になってそれがばれて、あなたは大目玉を食らった。だからあなたはびっくりしたんです。大輝くんが三ツ矢くんの牛乳に下剤を入れていたという話を聞いて。さらにはクラスを巻き込んで、今度は先生を標的にしようとしているらしい。これがばれたら大問題になります。もしかしたら、自分もとばっちりを食うことになるかもしれない。最初に大輝にその悪戯を仕掛けたのはお前だと、お父さんからまた怒られることになる。そう考えて、あなたは大輝くんの計画を阻止しようと考えたのではありませんか。三ツ矢くんを使って、大輝くんを懲らしめる、本当の目的はそういうことだと、私は考えているのですが、どうです、どこか間違っているでしょうか？」

米盛は火のついていない煙草をくわえながら頭を振り、そして難しい顔のまま、証拠がないだろう、とかすれた声で言った。

「確かに証拠はありません。ただの推論です。でも、間違っていないと思っています。この事件は、あなたが最初に始めた悪戯から始まったんです。それが尾を引いて引き起こされた一連の出来事なんです。そう考えれば、全部辻褄《つじつま》が合います。私たちはそれに巻き込まれただけです」

「そう思うなら根拠を示せよ。あるのは、ただの状況証拠だ。それ以外には何もない」

「当時、同じ風邪を、私もひいたのです。幼稚園の年長組の時です。兄と一緒に。高熱が出て、苦しんだけれど、熱が引いた後に、下痢が続くようなことはなかった。私も兄も二人ともです。流行性感冒。吐きはしたけれど、下痢はしなかった。だから大輝くんが下痢がひどくて、起きられないって聞いた時に、おかしいなと思ったんです。でも当時は、大輝くんと同じ小学校に通えるってことが嬉しくて、深く考えることはしませんでした。でも、あの事件の後になって、ああ、もしかしたら、と思ったんです」

「勝手なことを言うな！」

米盛は唇を曲げて喉を鳴らした。

「そんなことぐらいで……！　ふざけるな！」

罵声以外の言葉は出てこなかった。彼の心を満たしているのは怒りではなく狼狽だからだ。私は自分の推測が正しいことを確信した。

「はたから聞けば、そんなことぐらい、でしょうね。でも私は違います。当事者です。他の誰かを誤魔化せても、私は誤魔化せません。あの年にひいた風邪の記憶ははっきりと記憶に残っています。ご希望とあらば、その前の年にかかった水疱瘡《みずぼうそう》の発疹の痛さや痒《かゆ》さをお伝えすることもできますよ。なぜかそういうことが忘れられない性分なんです。だから……本当のことを言ってください。米盛さん、お願いします」

ことさら丁寧に言うと頭を下げた。

米盛は恐ろしげな表情をしたまま、その場で固まっていたが、ようやく引き攣った ような笑いを口元に浮かべた。

「……なるほどね。さすがはミステリ作家だよ。想像力だけは素晴らしい」

憎々しげに言った。

「立派だよ。その想像力には太刀《たち》打ちできないな。しかしただの思いつきだ、証拠はない。そんな話に俺は同意できないな」

「私の話で違っているところがあればどこか言ってください。あなたの説明に基づいて、また検証を行ないます。当時の同級生、関係者一人一人に当たります。真実を見つけるために手間は惜しみません。記憶違いや、思い違いはひとつ残らず照合を行ないます。だから、米盛圭吾さん――」

私は身を乗り出して懇願した。

「覚えている限りのことを、すべて教えてください。思いつきや想像で原稿は書きません。お願いします。あなただけが知っている事実を教えてください」

米盛は火のついていない煙草をくわえたまま、落ち着かない様子で部屋の中を見回した。ライターが見つからずに、あちこちのポケットに手を入れて捜している。

私は立ち上がると、彼が先ほど投げつけたライターを床から拾い、そっとテーブルの上に置いた。そのライターを取り上げると、米盛は唇を何度も舐めながら、わざとらしく大きなため息を吐いた。

そして天井の中央にある火災報知器の丸いでっぱりをじっと睨みつけてから、

「わかったよ。……あんたには負けた」と肩を落とすように呟いた。

「間違っていない……。俺がやった。最初、俺があいつに薬を飲ませたんだ」

「そうですか」私は彼の顔をじっと見つめた。

「なぜ、そんなことをしたのですか？」

「なぜって、簡単だ。あいつに受験をしてもらいたくなかったからだよ。あいつは優秀だった。試験を受ければきっと合格する。あいつを不合格にするためには、受験そのものに行かせないようにするしかなかったのさ。だから――。まあ、昔のことだ。子供の浅知恵だよ。ばれて結局は親父に殴られた。それ以上でも、それ以下でもないさ」

「なるほど。――それはわかりました。ではここで改めて、もう一度お訊きします。六年六組の事件の時は、なぜあなたは砒素を使ったのですか？」

「また、それか。言っただろう。あの廃工場にあったからだよ。それ以外に理由なんかない」

彼は眉間に皺をよせて、尖《とが》った声を出した。煙草に火をつける。しかしその声にはさっきまでの力はなかった。

ここぞとばかりに、私は身を乗り出した。

「理由はない？　無味無臭で飲ませても気づかれにくく、微量なら影響も少ない。警告としてはぴったりだった。本当にそういう理由で砒素を使ったんですか？　でもそれだけの理由なら砒素でなくてもいいじゃありませんか。病院から下剤を持ち出せないなら、石鹸《せっけん》水でも、ひまし油でもいい。ことによったら汚れた雑巾をしぼった水でもいい。単なる意趣返しならそれで充分ですよ。いくら手元にあるからといって砒素を使う必要はない。あなたは臆病だけれど馬鹿じゃない。ただの警告でそんなリスクを背負うはずがないのです。砒素は危険な毒です。微量でも死ぬことはもちろん、健康被害が出る可能性もある。あなたがそこで砒素を使ったのは、そうしなければいけない理由があったからです。そうでなければ砒素なんかを使うはずがない。あの三ツ矢くんに、そんな危険な薬を扱わせるはずはない。あなたはそんな人間ではないはずです。そうじゃありませんか？」

米盛は顔を伏せたまま黙っていた。顔は土気色になり、額には汗が浮かんでいた。しばらく待っても彼からの返答はなかったので、また質問を変えた。

「あなたが下剤を使った悪戯をしたことで、体調を崩して小学校受験ができなかったことを、大輝くんは知っていたのですか？」

米盛は上目遣いにこちらを見た。そして、弱々しい素振りで頷いた。

「知っていただろうな」

「なぜ彼は知ったのです。あなたが言ったのですか？」

「いいや……。あいつは勘のいいヤツだった。なんてことはない会話の中から嗅ぎつけたんだ。成長するにつれて、あいつは増長してきた。態度が大きくなり、兄を兄とも思わない態度が鼻についてきた。そんな時に、思わず俺が言った皮肉から、敏感にもそれを感じ取ったのさ」

米盛は煙を口から吐き出した。

「……俺は、あいつが皆からちやほやされるのが癪《しゃく》だったんだ。俺が落ちた有名小学校に簡単に合格されたら、俺の立場がなくなる気がした。だから下剤を風邪薬だと偽って飲ませたんだよ。その時には気がつかれなかった。でも後であいつがぽろりと親父に言ったんだな。風邪が治りかけた時に、兄貴が薬を持ってきた。その薬を飲んで今度はお腹が痛くなったって。親父はそれを訝しく思って、俺を問い質した。軽い気持ちで悪戯をした俺は、親父の剣幕に恐れをなした。嘘をつき通せずに、自分のしたことを告白したってわけさ。その時に、さんざんぶん殴られて、このことは大輝には絶対言うなって釘を刺されたんだ。自分の行いを大輝に教えたらただじゃ済まないとも言われた。だから言わないつもりだったよ。まあ、言えるはずもないしな。でも、ある時、あいつの態度があまりに偉そうだったんで、つい口を滑らしちまったんだ。小学校の四年生ぐらいに、あいつは自分がずば抜けて優秀で、周囲に競争相手はいないってことに気づいたのさ。それからはすっかり増長しちまったんだ。ある時、家政婦相手に、小学校を卒業したら国立大学付属中学に行って、高校はそこでもいいけれど、大学はやっぱりT大だな、とかほざいているのを耳にしたんだ。兄貴はせいぜいT学園大学だろうけれど、とあいつは笑っていた。物陰から俺が出ていっても、あれ、兄貴いたのかよ、としれっとした顔をしているから、つい言っちまったんだ。中学受験の時には、また腹痛にならないように気をつけろよ、ってさ」

　喋るにつれて、彼の声はどんどん小さくなっていった。私は息を殺して、彼の話にじっと聞き入った。

「ところがその言葉で、あいつは、ぴんと来たんだな。自分が体調を壊したのは風邪のせいで、腹痛のせいじゃない、なんで兄貴はそんなことを言うんだよ、と真顔で訊かれたよ。しまったと思って、誤魔化したが遅かった。あいつは当時から家にいた家政婦や、母親にこっそり聞きまわって、俺のしたことを推測したらしい。あいつには記憶があった。俺が持って行った液状の薬を飲んだ記憶だ。でも薬を飲ませるように頼んだ大人はいなかった。ということは、その薬は俺がどこからか持ってきて、勝手に飲ませたってことになる。大人の知らない秘密の薬だ。それを思い出して、あいつは俺のしたことを推理したんだ。しかし、その後で、俺に対してどうこういうことはなかった。だから高を括《くく》っていたところもあった。それを知られたって別にどうってことはないってな。でも、そうじゃなかった。三ツ矢から話を聞いて驚いたのはそういうことさ。あいつは全部知っている。知っているからこそ同じことを学校でしたんだ。それを知って怖くなったよ。もしその悪戯がばれたら、また親父に怒られる。どうして大輝にそれを言ったと、どやしつけられる。それを考えたら、怖くてたまらなくなった。なんとかしなくちゃいけないって、俺は本気で思ったんだよ」

「それでなんとかする方法というのが、砒素を使う方法だったのですか？」

「まあ、そういうことだ」

彼は煙草を灰皿の上で消すと渋々と頷いた。

「残念ですが」私は言った。「まだ納得できません」

「納得できない？　どういうことだよ。別に俺は、お前を納得させるために、秘密を打ち明けたわけじゃないぞ！」

米盛は怒鳴った。

「あなたの打ち明け話は、実に興味深いお話でした。聞かせていただいて感謝をいたします。でも、どれだけお話を聞かせていただいても、納得できないところがあるのです。別に砒素でなくてもいいではありませんか。殺すつもりがないのなら、砒素を使わなくてもいいではないですか。それなのに、なぜ——？　納得できません。リスクとリターンのバランスが悪すぎます。ハイリスク・ノーリターン。あなたが砒素を使った本当の意味は、まるで違うところにあるのではないかと思われます。そこを教えてください。あの事件の本当の動機を説明してください。お願いします、米盛さん」

彼は拳でこつこつと机を叩いた。

「何度訊かれても、答えは一緒だ。あんたは俺に、やっぱり殺意はあったと言わせたいだけなんだろう？　でも、違う。もしも、殺意があれば、もっと違う方法を取ったよ。あの事件は、たまたまうまくいっただけだ。三ツ矢が自殺をするなんてことは、俺の想像の埒外だった。三ツ矢が自殺なんかせずに、警察に名乗り出て、すべてを告白すれば、俺だってただじゃ済まなかった。俺はそんなに危ない橋を渡らないよ。いいか。これは喩えの話だぞ。俺が本気で大輝を殺そうとしたら、三ツ矢なんかに任せはしないさ。もっときちんと計画を立てた。俺はそこまで馬鹿じゃない。そんなに行き当たりばったりの方法で、人を殺したりはしない」

「そうですね」私は素直に肯いた。「私もそう思います。あなたが本気で大輝くんを殺そうとしたら、もっと別な方法を考えるでしょうね。それはその通りだと思います。でも、それなら、なぜ、匙《さじ》加減を間違えれば人が死ぬ毒を使わせたのですか？　当時、あなたは高校二年生でした。五歳も年下のあまり賢そうでない男の子に、そんな危ない橋を渡らせることが、なぜ平気だったのですか？　あなたの言っていることには矛盾が多すぎます。それをすべて嘘だと思いませんが、でも本当に重要なことを隠しているから、話に齟齬《そご》が生じているような気がしてならないのです。いい加減、すべてを話してもらえませんか。お願いします。正直にすべてを話してください」

「さんざん話しているだろうが！」

彼は声を上げた。怒りと疲労と恐怖が入り混じった悲痛な声色が、部屋の中に響き渡る。

「大事な時間を割いて、こっちの一文の得にもならない話につきあってやっているんだ！　そんなに俺の話が信じられないんなら、もう終わりにするぞ。もう充分だろう。

あんたの訊きたいことには、すべて答えたつもりだ。三十年も前の事件なんだ。忘れていることもあれば、記憶違いだってあるさ。それをなんだ！　重箱の隅をつくように、細かいことばかり問題にしやがって！　大雑把な話であっても、それが嘘や偽りでなければ、それで構わないだろうが！　もういい、これで終わりだ！　こちらは忙しいんだ。帰ってくれ！　もう終わりにする」

米盛は椅子に座ったまま、顔を真っ赤にして一方的にまくしたてた。口から沫《あわ》を飛ばし、大声を出し、怒りを露わにしているようだが、その目には本気の怒りはなかった。どこか脅えたような色がその瞳の中にはちらついている。私はゆっくり深呼吸をすると、腹に力を込めて、声を絞り出した。

「凡その事件においては、細部こそが重大事なのです。大まかな理由や、それらしいだけの動機に惑わされてはいけないのです。事件の本質は細部にこそ現れます。そして――」

私は米盛を見据えたまま言った。

「なぜ三ツ矢くんに砒素を使わせたのか。そこがこの事件の最大のポイントだと私には思えてならないのです」

「もう、やめろ！　そんな話は聞きたくない！」

やめなかった。米盛ではなく、別の誰かに聞かせるために私は話を続けていた。

「ミステリの世界には、木を隠すなら森の中という言葉があります。あるいは手紙を隠すなら状差しの中とも。ありふれた物を隠すなら、それが目立たない場所がうってつけだという意味の言葉です。でもこの事件で隠されたものは、目立たないものではありません。一見わからないけれども、ある条件下ではどうしようもなく目立って仕方がないものです。そういう意味で言えば、上品で高価なテーブルクロスの上に一滴零してしまったソースの染みを隠すために、ウェイターの手元をわざと狂わせるようなものでしょうか。ウェイターが持っていた皿を取り落とせば、メインディッシュのソースがテーブルの上に飛び散り、最初のソースの染みはその中に紛れてしまうことでしょう。でもそれだけのために、せっかくの高級ディナーが台無しになってしまうことを思えば、本末転倒もはなはだしいと言わざるをえませんが……。結局、あなたがこの事件でしたことはそういうことではなかったのでしょうか。どうです？　私の考えは間違っていますか？」

「いい加減にしろ！」

米盛は立ち上がった。唇がわなわなと震えている。いまにも殴りかかって来そうな様子ではあったが、たぶんそうはしないだろうと思った。

「あなたはその時に、砒素を使わなければいけない理由があったのです。もちろん、それは大輝くんを殺すためではありません。だけど、先ほどあなたが言ったように、彼の傲慢な態度を窘めるためでもなければ、三ツ矢くんの意趣返しを成功させるためでもありません。それはただの言い訳です。大輝くんに砒素を飲ませなければいけない本当の理由はそうではありませんでした。だから、あなたは――」

「うるさい！　それ以上言うな。調子に乗りやがって。いまやめれば、これまでの無礼は許してやる。ここまでの話は聞かなかったことにしてやる。だから、もうやめろ！」

米盛は大声で私の話を遮った。まるで他の誰かに私の話を聞かせたくないというような剣幕で、大声を張り上げて、私の話を中断させようとした。しかし慌てる必要はなかった。私は黙っていればよかったのだ。いつまでも大声で喚《わめ》き続けることはできない。彼が声を枯らして、息をつくのを横目で確かめてから、私もひときわ大きな声を出した。

「あなたが彼に砒素を飲ませた本当の理由。それは、それまでに飲ませた砒素の痕跡を隠すためではなかったのですか」

米盛の体がびくりと震えた。彼は天井を見上げた。次に壁を見つめた。しばし視線を虚空にさまよわせてから、血走った目で私を睨んだ。その弱々しい視線を、肯定と捉えて私は話を続けた。もう彼は邪魔をしなかった。

「夏休みに会った彼は真っ白な顔をして貧血気味だと言っていました。当時は深く考えたりはしませんでしたが、最近になって、もしやと思い当たったのです。あなたが自宅で弟に砒素を飲ませるようになった経緯については、よくわかりません。ただの悪戯か、あるいは再び中学受験を阻止するためだったのか。きっとお父さんに睨まれて、もう病院から薬を持ち出すことはできなくなっていたのでしょうね。だから廃工場でたまたま見つけた砒素を、弟にこっそり飲ませたということでしょう。無味無臭でお湯によく溶ける。一緒に住んでいる弟に飲ませることは、さほど難しいことではなかったと思われます。でも、ある時、あなたは困ることになった。半年後に受験を控え、お父さんが大輝くんに精密検査を受けさせると言い出したからです。寝不足で貧血気に見えたことから、お父さんにしたら大事を取ってのことでしょう。でも砒素の毒というのは体内に残留します。そして現代の科学をもってすれば、微量の砒素でも検出することができるのです。もしも精密検査で大輝くんの体から砒素が検出されたら、どうしよう。あなたはそう心配したのではないですか？　それがばれたら、自分はどんな目に遭うのだろうか。あなたはそれが心配でたまらなかった。だから三ツ矢くんの訴えを渡りに船と、彼に意趣返しをすることを勧めたのです。あなたは砒素を使うことを三ツ矢くんに勧めた。それは手段ではなく、目的だった。大輝くんに砒素を飲ませることこそが、あなたの目的だったのです。それまでに自分が飲ませた砒素の痕跡を消すために、あなたはあの日、三ツ矢くんを扇動して、大輝くんの牛乳に砒素を混入させたのです」

いつしか私は天井に向かって喋っていた。米盛は椅子に寄りかかったまま、ぐったりとして動かない。私の発言を邪魔する気力も、反論する気概もないようで、ただ、ぼんやりと目をしばたたかせているばかりだった。

「……証拠がない」彼はようやく言った。「全部、あんたの想像だ！　ただの思いつきだ。そんなことを本に書けば訴えるぞ！」

「証拠ですか」

私はため息をついた。今度は私の方が、隠しておきたいことを公にしなくてはいけない番だった。恥ずかしいが、仕方ない。その話をすると、次第に顔が火照っていくのが自分でわかった。

「証拠はあります。私の家が床屋だったことは、お渡しした原稿に書いてありましたよね」

「床屋？」米盛は怪訝そうな顔で私を見た。

「六年生の夏休みに、大輝くんがウチの床屋に来たことがありました。その時、たまたま私が店にいたのです。恥ずかしくて彼に挨拶もしませんでした。でも、母親が散髪を終えた後で片付けをしたのは私だったんです」

「それがなんだって言うんだ。そりゃあ、砒素の痕跡は髪の毛でわかるさ。マーシュテストで検出できる。しかし三十年前大輝は荼毘《だび》にふされたんだ。火葬にされたんだぞ。お前の家が床屋だからって、大輝の髪をどうやって判別する？　お前の家は切った客の髪をすべて保管しているとでも言うのかよ。えっ？」

「普通、切った髪の毛は捨てますよ。それが当たり前です。でもその日は、たまたま私が店にいたんです。そして、私は大輝くんが好きだったんです。彼がウチの床屋に来たのは初めてでした。そしてもしかしたらこれが最後になるかもしれません。春になったら、彼はきっと別の中学校に通うことになるでしょう。そう思った時、私は――。彼が帰った後、床を掃くふりをして、床に落ちていた彼の髪の毛を――拾ったんです」

米盛はぽかんとした顔をした。

そして、次には目を見開いて私を見た。

「拾った？　あいつの髪の毛を」

真っ赤になった。死ぬほど恥ずかしい。でも言わないわけにはいかないだろう。

そのまさかです、と頷いてから、

「恥を忍んで言いましょう、拾いました。それから保管しました。お菓子の缶に入れて。そして――」

「あいつの髪を保管した？　何を言っているんだ、お前は。自分が何を言っているのかわかっているのか？　お前は自分が喋っていることの意味がわかっているのか？」

「もちろんそのつもりですよ。いいことではもちろんないでしょう。いや、現代の倫理基準に照らし合わせれば、重大な問題があることを承知しています。でも、当時の私はそうせざるを得なかったのです。そして――」

「まさか、おい、まだ、それを持っているっていうのかよ」

恐怖にかられたような表情になった。なにに脅えているのか、よくはわからなかったが、とりあえず私は肯いた。

「彼があんなことになって捨てられなくなったんです。だから――。いまでも仕舞ってありますよ。押入れの一番奥に。それが証拠です。夏休みに切った彼の髪の毛からは、砒素が検出されるはずはありませんよね。でも、それが検出されたとしたら、大輝くんはあの事件の前にすでに砒素を摂取していたことになります。私の想像の裏付けがとれます。どうです。米盛さん、そうは思いませんか」

米盛は呆気に取られたような顔をしていたが、やがていきなり笑い出した。

大きな口を開けて、腹を抱えて気が狂ったように笑い出した。

それまでの緊張の反動なのか、げらげらとヒステリックに笑い続けながら、その合間に、参ったな、とんだ悪趣味だ、いい歳をしたおばさんなのに、と馬鹿にするように言い続けた。

「傑作だよ、こんな馬鹿げた話は聞いたことがない、とんだ悪趣味だ、おい、あんた、そんないい歳をしたおばさんなのに、初恋の男の髪の毛をいまだに保管しているのか、こりゃ、いい、傑作だ、笑える、近来まれにみる大傑作だ――」

私は黙って聞いていた。確かに彼の言う通りだった。そこはまるで言い訳のしようもない。だから口も挟まずに笑われるがままにしておいた。

さんざん笑い転げた後、ようやく彼は顔を上げた。

そして目尻の皺に涙を滲《にじ》ませながら、負けたよ、と呟いた。

「――あんたには負けたよ。そこまでされたら、もう誤魔化せないな。わかった。俺の負けだ。あんたの想像通りだよ。砒素を隠すには、砒素。その通りさ。冗談半分のつもりだったんだ。たまたまあの廃工場で砒素を見つけて、面白半分で食事に混ぜたのさ。どいつもこいつも俺のことを馬鹿にしてくれた。大輝だけじゃない。親父も、お袋も、家政婦も、運転手も、誰も彼も、俺のことを軽く見て、蔑ろにした。だから」

彼はそこでごくりと大きな音を立てて唾を飲み込んだ。

「砒素を入れたんだ。料理の中にね。家政婦の作ったシチューの鍋の中に」

「それじゃあ」

息を吞んだ。さすがに、そこまで考えてはいなかったのだ。

「あなたは家族全員に砒素を飲ませていたの？」

米盛は生真面目な顔をして肯いた。

「ほんの数回さ。ちゃんと計算をして、健康被害が出るような量にはしていないよ。気持ちの問題さ。そうすることが、あの家で生活するためには必要だったんだ。親父は厳しいだけ。お袋は冷たく、弟は傲慢。使用人もすべて弟ばかりを褒めそやす。あの家に、俺の居場所はなかったんだよ。だから、せめてもの腹いせのつもりだったんだ」

そう言うと弱々しく笑った。

「まあ、こうして言葉にすると、ただの言い訳にしか聞こえないけどな」

彼の言葉の中に、孤独な少年の底知れない悲しみと絶望を垣間《かいま》見たような気がして、少しだけ胸が痛くなった。

しかし、まだ訊かなければいけないことがあった。私はそっと居ずまいを正した。

「あの時、あなたは大輝くんを本当に殺すつもりはなかったの？」

えっ、というように顔をあげた。

「もちろん……なかったさ。殺しても仕方がない。たった一人の弟なんだ。そこまですることは考えていなかった」

彼は吐き出すようにそう言った。

私は首を振った。いまとなっては、無条件で彼の言葉を信じられるわけがなかった。

「いま、あなたは言ったわ。家族に薬を飲ませた時には、ちゃんと計算して健康被害が出るような量にはしなかったって。自分で砒素を入れた時には、そこまで慎重に事を進めたのに、三ツ矢くんにはどうしてきちんと指示を出さなかったの？　あなたがきちんと入れる量を指示していれば、大輝くんも三ツ矢くんも死ななくて済んだのに――。どうして、あなたはそうしなかったの？」

彼は弱々しい目線で私を見た。その唇は紫色で乾いてひび割れていた。

「ちゃんと指示は出した。あいつが……三ツ矢が間違えただけだ」

「そう言えば言い逃れができると思っているの？　彼は馬鹿ではないわ。学校の成績が悪くても、頭は悪くなかった。あなたがきちんと正しい量を指示していれば、きっと間違えることはなかったわ。そうすれば大輝くんも死ぬことはなかった。彼が死んだのは、あなたがそれでも仕方がないと思っていたから。三ツ矢くんを使って砒素を飲ますことで、大輝くんが死んでも仕方がないと、あなたが心のどこかで思っていたから、それで彼は死んだのよ。ただの悪戯だ、絶対に殺さないとあなたが考えていれば、彼が死ぬことはなかったわ。あなたは心のどこかで弟が死ぬことを望んでいた。だから、大輝くんは死に、三ツ矢くんはその責任を取らざるを得なくなったのよ。それがあの事件の真相よ。だってあなたにはそれができたもの。大輝くんを殺すことのないように、三ツ矢くんを使うことはあなたにはできたはずだもの」

彼は黙っていた。虚ろな目つきで天井を睨んでいる。

いくら待っても返事をする気配はない。私はゆっくりと言葉を続けた。

「仮に大輝くんに砒素を飲ませたとして、それが誰にも知られないままに終わってしまったら、あなたの計画には意味がなくなってしまう。あなたに必要だったのは、大輝くんが学校で砒素を飲まされたという事実と、その事実が事件となり世間に知れわたることだった。だから、その場で気分が悪くなって倒れるように、あなたはわざと多めの量を三ツ矢くんに教えたのよ。そうすることで彼が死んでも仕方がないと、あなたは思っていた。弟を殺すことは本意ではなかったけど、でも自分の身を守るためになら、そうなっても仕方がないと思う部分もあった。あなたは保身のために二人の子供を死に追いやったのよ。それが気高い行為とは、私にはどうしても思えないわ。そうじゃないというのなら、その根拠を説明して。私が納得できるように、あなたの考えたことを告白して。それに納得できたら、そんな考えは捨てるわ。いいえ、私も捨てたいの。あなたが最初からそんな考えを抱いていたと思いたくはないの。だから話をして。説明して。お願いだから、そんなことはただの空想だと、私を納得させてちょうだい」

彼は煙草をくわえていた。火が消えている。それでもしばらくは気づかないまま、唇にくわえたまま物思いに耽《ふけ》っていた。

やがて大きく天を仰いだ。

何かにぐったりと疲れた顔がそこにあった。

たとえばずっと嘘をつき通すことに。

彼は、大きく息を吐いた。

「確かに、死んでも……しょうがないとは思っていたかな」

彼は言った。そして淡々と言葉を綴った。

「家庭の料理に砒素を混ぜても特に問題はなさそうだった。だからつい気が大きくなって、あいつの飲み物にだけ別に混ぜたりしたんだよ。それが悪かったんだな。大輝は急に疲れやすくなったんだ。焦ったよ。でももう取り返しはつかなかった。精密検査なんかをされて、砒素のことがばれたら、親父は俺をどうするだろうと考えた。あの家から追い出されるかもしれない。そう思うと怖くて仕方がなかったんだ。あいつが生きている限り、較べられて辛い思いをしなければならないという強迫観念もあった。そういったことを突き詰めれば話は簡単だった。弟さえ、大輝さえいなければ、すべてがうまくいくという気がした。だから、俺は……」

そう言って下を向く。

「三ツ矢くんに薬を全部渡して、わざと多めの量を言ったのね」

彼は目だけで頷いた。

「まあ、ひとつの賭けのような気もしたわけだ。丁と出るか半と出るか――。自分で結果を決めることが怖かったんだ。それで……」

「それで三ツ矢くんにサイコロを振らせたわけね。出た目によって何が起きるかまで、きちんと説明をしないうえで、面白半分に復讐心だけ煽り立てて」

脅えた目で私を見た。罪の意識はあるようだった。それがせめてもの救いになるだろうか。私は唇を嚙みしめた。

「でも大輝くんが精密検査を受けたところで、砒素が検出されるとは限らなかったんじゃないかしら。あれは変死体などに対して行なうテストであって、生きている人間の精密検査なんかでは、そこまで調べないと思うけれど」

彼は弱々しい笑いを口元に浮かべた。

「もちろん俺だってそれくらいのことは考えたさ。大丈夫だという気はしたけれど、でもそれは絶対ではない。もしも何かがきっかけで、ばれたら、取り返しがつかないことになる。俺はおしまいだ。勘当されて家から追い出される。それを考えると、怖くて仕方がなかったんだ。いても立ってもいられなかった。だから」

「でも、家族に砒素を飲ませるほど、辛い立場にいたんでしょう？　高校二年であれば、そんなしがらみをすべて断ち切って、思い切って家を出てもよかったんじゃないの？」

私の言葉に彼は冷たく笑った。「他人だからそんなことを言えるんだ。当時はそんなことは考えられなかったよ。どんなに辛くても、一人で生きていく気にはなれなかった」

そしてため息をつくように、とにかく、あそこには金があったからな、と呟いた。そして、また煙草に火をつけた。

私はしばし考え込んだ。「じゃあ、もしも三ツ矢くんが自殺なんかしなかったらどうしたの？　彼が警察に行ってすべてを話していたら、あなたにも捜査は及んだと思うわ。もしそうなったら、その時はどうするつもりだったの？」

「あいつは俺がどこの誰だか知らなかった。クーさんって名前以外には、何も知らなかった」

「でもあそこに居合わせた他の子供にも捜査は及んだはずでしょう。そうなったら、きっと、あなたのことも――」

誰も知らないさ、と彼は呟いた。

「だって誰にも言ってないんだからな。本名も素性も誰も知らない。俺はあそこでは何者でもなかったんだ。クーさんって渾名の気前のいいただの高校生さ。それに、あの悪戯を仕掛けたことで、あそこからはおさらばするつもりだったんだ。だから心配なんかしなかった。あそこにいる限りにおいては、俺は何者でもなかったんだから」

米盛は煙草を吸いながら、微かに笑った。幽霊のような蒼ざめた顔がぼんやりと浮かび上がる。

その時、なぜか恐ろしい想像が脳裏に浮かんだ。

「もしかしたら、三ツ矢くんが自殺をしたのもあなたのせいなの？」

いくら正体を隠したといっても万全ではない。これだけ臆病で小心な男が、それを考えないはずがなかった。最初からそこまで計画しておいたのなら、そこだって、きっと——。

彼は光のない瞳をこちらに向けた。なんの感情の動きも感じられない、無機質な視線が私の心を鷲《わし》づかみにした。

「あなたは行ったの？　その廃工場へ。あの日……いいえ、その次の日に。こっそり家を抜け出して。そこで——三ツ矢くんに会って……もしかして、あなたは、彼を、そこで——」

米盛は答えなかった。視線を外すと、あらぬ方に目を向けた。

「遺書の文面は短いものだった。あなたが言葉巧みにそれを彼に書かせて、その後で無理矢理に薬を飲ませて……」

そう口にしながらも、心のどこかでそんなはずはないと思った。最後に会った時のどこかで諦めたかのような三ツ矢くんの顔を思い出したからだ。彼は殺されたわけではない。きっと彼は自分でそれを選んだのだ。

でも――。

でも、本当に彼は自分の意志だけで死を選んだのだろうか。

最後の疑問を私は彼に投げかけた。

「あなたが三ツ矢くんを殺したの？」

「……俺は、そんなことはしていないよ」

私の顔を見ないまま、そう言った。

面倒臭そうな声だった。

「俺はあいつを殺してなんかいない……でもね」

そこで言葉が途切れた。

彼の唇は震えていた。

まだ何かを言いたそうだった。

だから待った。彼が自らそれを告白するまで、私はじっと我慢した。

彼の良心に、最後の期待を懸けたかったのだ。

自分の口でそれを言ってほしかった。

私が言わせるのではなく、自らの口で真実を教えてほしかった。

「でも」

とようやく口を開いた。

「これは例えばの話だがね……」

囁くような小さな声だった。

「計画を打ち明けた時点で、何があっても俺のことは口外するな。もしも約束を破ったら、酷い目に遭わすぞ。そう言ったことはあったかもしれない。もちろん冗談で言ったんだ。でも、もしかしたら、あいつはそれを真に受けて、一人で悩んで、それで――」

私はそっと頷いた。

「あの時、私がいくら質問しても、三ツ矢くんは、クーさんに関することには口を噤んでいた。何を訊いても答えなかったわ。当時は気にも留めなかったけれど、そうするだけの理由があったのかもしれないと、最近になって考えるようにもなったの。自分のことを言ったら酷い目に遭わしてやるぞって、あなたは本当に彼にそう言ったの？」

男は暗い目をして天井を見た。辛そうに目を閉じた。

そして、長い沈黙の後で、嫌そうに重たい口を開いた。

「はっきりとは覚えていないんだ。なにせ三十年前もの出来事だからな。でも、あんたはミステリ作家だそうだから理屈として、わかってもらえると思うんだけれど……

本気で脅すとしたら、もっと効果的な言い回しを使ったという気もするな。お前を酷い目に遭わせてやるぞではなく、お前の大切な友達を酷い目に遭わせてやるぞ……。その方が、きっと効果的だろう？　いや――もちろん、本当にそんなことは言ってないと思うよ。うん、記憶の中では言っていない。でも理屈としては、そう言った方が脅しとしてはより効果的だって、そういう気はするんだよ。実際にそう言ったかどうかは覚えてないんだけどね」

「だからあなたは、二人の少年が死ぬに足るだけの砒素を、三ツ矢くんに渡していたのね」声を振りしぼって、それだけ言った。

三ツ矢くんの人懐こい顔が頭に思い浮かんだ。

彼に友達はいたのだろうか。そんな脅し文句が予想通りの効果をもたらす可能性はあったのだろうか。

何か熱い塊が胸の中に湧き上がった。

友達――。

それは私のことだろうか。

私は彼の友達だったのだろうか？

私にその資格はあるのだろうか？

私を守って、彼は死んだのだろうか？

たくさんの疑問が一度に頭の中に押し寄せた。
しかし、その中のひとつにだって私は答えを持っていなかった。
しょうがないな。
俺が責任を取るよ。
最後にひとつだけ。
頼みがあるんだ。
蓬田にしか頼めないんだよ。
彼の声が耳の中に蘇った。
涙をこらえて、立ち上がった。
ゆっくり机の前に歩み寄る。
暗い顔をして米盛圭吾は座っていた。
その頬を平手で叩いた。
ぱちんという音が部屋の中に小気味よく響き渡る。
手加減はしなかった。
手が痺れて痛くなった。
男は呆気に取られたまま、脅えた目で私を見つめた。
「あなたはさっき、大輝さえいなければ、すべてがうまくいくという気がしていたと言ったわよね。それで、どうだったの？　大輝くんがいなくなってあなたの人生はうまくいったの？　あなたは思った通りの人生を歩めた？　社長になって、結婚をして、子供ができて——それで今度は選挙に立候補ってわけね」

私は壁に貼られた試し刷りのポスターに目をやった。

「大輝くんがいなくなった後の人生は、薔薇《ばら》色で、素晴らしいものだったの？　どう？　答えて。答えてよ！　大輝くんのお兄さん！」

男は何も言わなかった。ただ得体の知れないものを見るような目で私を見つめているだけだった。時計を見た。ジャスト一時間。

私は深呼吸をひとつすると、男を見下ろして、押し殺した声を出した。

「今日はお忙しいところ、お時間を割いて頂いて、ありがとうございました」

米盛は茫然《ぼうぜん》とした表情のまま、頭を下げている私を見あげた。そして叩かれたことにいま初めて気がついたというように手で自分の頰を押さえた。

「お陰さまで貴重なお話を聞くことができました。感謝いたします」

「もう——いいのか？」

「ええ。もう充分です……あとは、奥様に」

「奥様？　あいつに、会うのか？」

その日、初めて男は心底脅えたような顔をした。

「もちろんです。今日はそのためにここまで来たんですから」

「俺ではなく、あいつに会うために？」

米盛は憎しみと悔しさの入り混じった視線を私に投げつけた。

無言のまま、私は肯いた。

彼は頭を軽く振ると、手だけを伸ばして内線電話を取り上げた。

「ああ、いま、終わったよ。大丈夫だ。それで……彼女はきみに会いたいそうだ。……そうだ。……わかったよ。では交代しよう。夏実」

米盛は電話を切ると立ち上がった。

ほどなくドアがノックされた。

私はゆっくり後ろを振り返った。

ずっと昔に交わした約束がようやく果たされるのだ。

長いモラトリアムもようやく終わる。

ドアが開いた。

米盛がそちらに歩み寄る。

そして——。

16　再会

「お久しぶりね」

彼女は言った。三十年前と変わらない大きな目をした女の顔がそこにあった。肩まで伸びた髪は栗色に輝き、フルメイクを施した顔立ちは、どことなく日本人離れして見えた。

「そうね。――三十年ぶりということかしら」

眩しいものを見るような気分で、私は懐かしい顔を眺めた。

「三十年！　なるほど、歳をとるわけだわ。あなたはずいぶんとご活躍のようね。しがないＯＬを続けているなんて、嘘をつくこともないでしょうに」

米盛夏実は、さっきまで夫が座っていた椅子に腰掛けて、大仰に両手を広げた。どこかつるりとした、その皺のない顔を見ながら、私は思わず苦笑いを浮かべた。

「勤めていた会社を辞めたのは昨年よ。それまではずっと仕事をしながら小説を書いていたの。嘘をついたわけじゃないわ。小説を書いていることを書かなかっただけ」

「それが充分嘘だと、私は思うけれど」

「あなただってアメリカになんか住んでいなかったじゃない。わざわざ向こうの住所でクリスマスカードをくれたけれど、十数年も前に日本に帰ってきていたじゃないの。どうしてわざわざそんな面倒なことをしていたのよ」

私の指摘に彼女は眉をあげた。

「別に……。深い理由なんてないわよ。昔、ある友人に言われたの。友達がアメリカにいるのって自慢できることだって。毎年アメリカからクリスマスカードが来ると、子供が羨ましがる。お母さんって凄いんだねって尊敬される。だから私には日本に帰ってきてほしくなかったって、そう冗談まじりで言われたの。だから、それならアメリカからカードを投函してもらうように頼んであげるって、向こうの友達に連絡を取ったのよ。私からカードを送るから、そこから投函だけしてくれって。それぐらいの手間で友達に喜んでもらえるならお安いご用じゃない。だから他の分も何枚かまとめて頼んでいたってわけ。深い意味なんてないの。それだけのことよ。いまをときめくミステリ作家さんにとっては、こんな回答じゃお気に召さないかもしれないけれどね」

「いいえ、とんでもない。ただ、あなたがずいぶんとお優しくなったことにはびっくりしたわ。だけど私にとっては余計なお世話ね。私にはカードを見て喜んでくれるような子供もいないし」

あら、そう、と彼女は欧米人めいた大袈裟な仕種で肩をすくめた。「それは失礼したわね。私は、あなたにもそれぐらいの楽しみがあってもいいかなって思ったのよ。

あなたの年賀状を見る限りでは、なんの楽しみもなさそうな生活をしているようにも思えたから。仕事場と家を往復するだけの、何の刺激も愉《たの》しみもない、寂しい人生を送っているようにね。そんな退屈な人生の、ちょっとしたアクセントになれば幸いと思ったんだけれど、余計なお世話だったらごめんなさい。もう今年からは贈らないように手配をするわ」

「そうしてもらえると有難いわ。私はてっきり気になって仕方がないのかと思っていたわ。私がどこで何をしているか気になって仕方がないんだけれど、でも自分の所在を明かすのは不安だから、ああいう手段を使って、私の動向を探ろうとしていたのだとね」

私がそう言うと、米盛夏実はひときわ高い声を出した。

「あなたが気になる？　冗談じゃないわよ。そんな三十年前の事件を気にしているのは、クラスの中でもあなたぐらいのものじゃないの？　他の人はみんなそんなことまで気にしてはいないわ。そんな昔の事件をいまになってどうこう言っても仕方がないでしょう。そんなことに鼻を突っ込んで嗅ぎまわっているのは、どこかのミステリ作家さんぐらいのものでしょうに！」

私はかぶりを振った。

「いいえ、そんなことはないわ。みんな忘れてはいない。自分の生活があるから、常にそれを考えているわけではないけれど、でも絶対に忘れてはいないわ。喉の奥に刺さった魚の小骨のように、気になって仕方がないけれど、でもどうにかする方法がないから、忘れたふりをしているだけ。それだけのことなの。みんなそう。あなたと一緒よ」

「私と一緒？」彼女は顔をあげた。

「ずいぶんな口を利くじゃない。あんたに何がわかるのよ！」

「あの事件について私が知っていることは、すべてコピーをお渡ししたわ。それ以外で私が知っていることといえば、この会社の社長さんに関する情報ぐらいなものかしら。会社の謄本も見たし、家族の写真も見たわ。そしてこの部屋を訪ねて、区議選に立候補をする準備を進めていることも知った。私が知っていることはそれだけ。でもいまとなれば、それで充分だと思うわ。それだけでもう充分にわかった気がするもの」

「商業謄本の役員の欄に私の名前を見つけたのね。それですべてがわかったってこと？」

「そうね。取締役社長が米盛圭吾、取締役に米盛夏実。ぴんと来ないほうがおかしいわね。それに写真も拝見したわ。探偵社に頼んだの。クーさんって人の顔を確認することが目的だったんだけれど、優秀な探偵さんで、家族の写真まですべて揃えてくれたの。そこで」

私の顔を見つけたってわけね、と米盛夏実は悔しそうに言った。

「そうね。それから――。いいえ、それはいいわ。そうだ、ひとつ質問をしてもいい？　どうして、あなたは彼と――大輝くんのお兄さんと結婚したの？」

彼女は口許に笑みを浮かべて、それは取材としての質問なの？　と嘲笑うように言った。「もし、そうだとしたら」

「いいえ。これは純粋に好奇心からの質問よ。三十年ぶりに会った元クラスメイトとしての素朴な疑問」

私は正直に打ち明けた。

彼女は何かを探すように私の顔をじっと見た。

それから思わせぶりに頷いた。

「そう……。それなら答えてあげてもいいわ。でも、残念ながら、あなたのお気に召すような答えではないと思うけれど。偶然アメリカで会ったのよ。彼は苗字を変えていたから、最初は大輝くんのお兄さんだとは気がつかなかったのよ。段々話をするようになって、それに気がついてお互いがびっくりしたの。凄い偶然ねって。大輝くんのことは残念だったわねって話もしたし、共通の知人なんかもいて、次第に親しくなっていったのね。その時はそれ以上の進展はなかったんだけれど、お互いに独身だったこともあって、日本に帰ってきてからもつきあいだけは続いていて、それで次第に親しくなって結婚したの。それだけのことよ。取り立てて他人にひけらかすような、情熱的なラブストーリーがあるわけではないわ。どう？　これで納得してもらえるかしら」

「それじゃあ、彼がクーさんだって知ったのはいつなの？」

彼女は眉毛を吊り上げながら吐き捨てた。

「あんたが最近送りつけてきた、あの原稿の抜粋と称したコピーを見た時よ。それまではそんなことすっかり忘れていたわ。今頃になってそんな物を送りつけてきて、いったいお前の同級生は何を考えているんだ、脅迫でもするつもりなら、逆に訴えてやるって夫はいきりたったのよ。それで私も目を通したってわけ。会いたいとか言っているから行ってくるが、ふざけたことを言うようなら張り飛ばしてやるって、頭に血を上らせているから、落ち着きなさい、興奮したら向こうの思う壺よ。冷静になって話を聞きましょう、向こうの挑発に乗ってはダメ、こちらから行ったらダメよ、相手をここへ呼びつけて、それで話を聞きましょうって宥めたわ。その時は、彼の過去をネタにして、あなたがてっきり脅迫でもしてくるのかと思ったのよ。それでそういう風に策を練ったってわけね」

「そうね。この応接室なら秘密の話をするにはうってつけだものね。隠しカメラだって、盗聴マイクだってどこかにありそう。そうやって証拠を押さえておけば、いざという時には役に立つわね。でも別に私はあなたたちを脅迫するために、ここに来たわけではないの。せっかくの準備が無駄になって残念だけれども」

「別にあなたに残念がられる覚えはないわ。確かにあなたの言うような設備はあるけれど、仕事柄、総会屋だのなんだのって輩《やから》が押しかけて来ることもあるからつけただけ。あなたが怖くて、わざわざそんな仕掛けを施したってわけじゃないから、安心してちょうだい」

私は軽く頷いた。

「そう。それならよかったわ。せっかくだから、ひとつだけ忠告しておくわ。あなたの旦那《だんな》さんは話をしている時に、きょろきょろし過ぎよ。得体の知れない相手と交渉する時は、もっとどっしりしていたほうがいいんじゃないかしら。話が佳境に近づくにつれて、そわそわして席を立ったり、大声で喚いたり、まるで落ち着きのない子供と一緒。第三者に会話をモニターされているってすぐにわかってしまうわよ。自分の都合の悪い話になると、小声でぼそぼそ喋ったり、相手の言葉を遮ろうとしたりもしたし、今後はそこらへんに気をつけたほうがいいと思うわね」

「余計なお世話よ。そんなことは、あなたの単なる思い過ごしでしょう」

夏実はそう言って鼻を鳴らした。

私は天井を見上げて、中央に大きく場所を占めている火災報知器のでっぱりにそっと笑いかけた。

「まあ、それはいいわ。さっきの話に戻るけれど、圭吾さんがクーさんだということは最近まで本当にあなたは知らなかったの？」

　そう訊くと、彼女は声を尖らせた。

「しつこいわね。さっきも言ったでしょう。小学校時代のあなたが、事件の後に言い訳のようにした、あやふやで、いい加減な話を私が真に受けて、大人になった後でも気にしているとでも思ったの。それこそ自意識過剰にもほどがあるわ。そんなどうでもいいことを、いつまでも気にするような粘着質タイプの人間じゃないのよ、私は」

いいえ。あなたはそういうタイプだったわよ、と私は笑った。「興味のない素振りをしながらも、自分の安寧を脅かすものからは、絶対に注意を逸らさないし、忘れない性格でしょうに。そうだからこそ、彼に近づいて結婚したのだと、最初私は考えたのよ。自己保身のためか、あるいは彼を脅迫する材料を手に入れるために」

　本気で言っているの？　と彼女は呆れた顔をした。

「彼を脅迫する？　私のどこに、彼を脅迫するメリットがあるのよ。彼の正体を知って、それを脅迫の材料にした？　一体なんのために？　金をせびった？　無理矢理結婚を迫った？　笑わせないでよ！　私がそんなことをするはずがないでしょう！」

　本気で憤慨していた。だから私はすぐに言い添えた。

「そうね。それはその通りだと思う。あなたには彼を脅迫する理由はないわ。プライベートでも、この会社のことでも」

「当たり前でしょう。そんなこと」

「だってあなたのご親族の援助でこの会社は成り立っているわけですものね」

彼女が目を細めた。鋭い声が耳に刺さる。

「どうしてあなたがそんなことを知っているの！」

「知っているもなにも、この会社のウェブサイトに載っていたわよ。主要株主の欄。センゴク・コーポレーションってね。もとはあなたのお父さんの会社でしょう？　いまはあなたの叔父《おじ》さんが取り仕切っているらしいけれど。あなたはそこでも役員を務めているわね。取引先の名前にもセンゴク・コーポレーションの関連会社が名前を連ねていたわ。つまり、この米盛興産は、センゴク・コーポレーションのバックアップによって成り立っている会社ってわけよね。あなたの叔父さんは可愛い姪《めい》のために、自分の会社の利益の何割かをここに注ぎ込んでいるってことらしいわね。いったいそこまでする理由はなんだろうって考えたわ。でもわからなかった。でもあなたが旦那さんを脅迫する理由は何もないってことだけはわかったわ。逆ならともかく、あなたが彼を脅迫しても何も得るものはないものね」

彼女は鼻で笑った。

「ふん、そんなことは当たり前でしょう！　いまさら何を偉そうに言っているのよ！」

「でも、それなら、なぜ、あなたは彼と結婚したの？　あなたが結婚する相手は、彼じゃなくてもよかったじゃない。あなたぐらい容貌にも、頭脳にも、親族にも恵まれていれば、もっと素晴らしい相手と結婚できたはずでしょうに。自分より優秀な弟を妬んで、家族に砒素を飲ませるような男と結婚しなくてもよかったじゃないの」

「そんな話は今日の今日まで知らなかったのよ。あんたが送ってきた原稿を見て、彼があの事件に関係しているようだってことはわかったけれど、そこまでのことをしていたってことは今日初めて知ったの。あんたにしつこく突っ込まれて、彼は初めてボロを出したのよ。私もすっかり騙されていたわ。正直に言えば、これでも私は凄いショックを受けているの」

そう言えば満足なんでしょう、と彼女はふてくされたような声を出した。

「そうなの？　とてもそうは見えないけれど」

意外そうに言うと、

「ずいぶん余裕を見せるじゃない。他人の夫の秘密を暴いてご満悦のようね。ちょっとした名探偵気取りってこと？　いい気なものね。でも、あなただってなによ。全部聞いたわよ！　そうよ。ここには集音装置があるわ。防犯カメラとセットで、天井の火災報知器の中に収納されているわ。だから隣の部屋ですべて聞いたわよ。床屋で切った大輝くんの髪の毛を、こっそり拾い集めて隠し持ってたですって。呆れたわ。ふざけないでよ！　いい歳をして馬鹿じゃないの。少女趣味にもほどがあるわ。そんなことを告白して恥ずかしくないの。いい歳をした女がなによ。馬鹿みたいにもほどがあるわ。恥を知りなさい」

彼女の言葉は耳に痛かった。しかしそれぐらいで動揺するような年齢でもなかった。私はしっかり頷いた。

「自分が馬鹿だってことは充分身にしみてわかっているわ。あなたに言われるまでもなくね。でも、それなら質問するけれど、あなたはなんだってそんなに落ち着いていられるの？　私が原稿を送ったのは一ヶ月以上も前よ。あなたがそれまで、旦那さんのしたことを何も知らずに、私が送った原稿で彼がクーさんだっていう事実を知ったのなら、もっとショックを受けたっていいんじゃないかしら。自分の夫に重大な隠し事をされていて、じっと我慢をしているような性格ではないでしょうに」

「そんなことは余計なお世話だって言っているでしょう！　夫婦の問題にずかずかと踏み込んでくるなんて、本当にデリカシーのない女ね。独身のあんたに何がわかるのよ。私は夫を愛しているの。だから結婚したのよ。他人からやいのやいの言われる問題じゃないわ。あなたも昔はそんなんじゃなかったのに、地位や名誉を得ると人間って変わるものね」

彼女は腹立ちを隠そうともしなかった。しかしその声にどこか作為的なものを感じもした。わざと怒りを見せることで、何かを誤魔化そうとしている。そう思えて仕方がなかった。だから構わず言葉を続けた。見せかけの怒りの裏側にある彼女の本心を、私はどうしても知りたかったのだ。

「デリカシーって言葉を使えばどんな問題でも逃げられると思っているのが、既婚者の悪い癖ね。少なくともあなたと旦那さんの関係には、そんなデリケートな言葉は似合わないと私は思っているわ」

「私は何も知らなかったのよ。彼に騙されていたの。それなのにまだ私を責めようって気なの。いい加減にしてよ」

「知らなかった。聞かされていなかった。私こそ、その台詞は聞き飽きたわ。三十年前からあなたは同じ台詞ばかり口にしているわね。いつまでもそうやって逃げ回れると思っているの？　あなたが知らないはずはないわ。あなたが騙されて平気でいられるはずはない。あなたはそんなお気楽な人じゃない。あなたは自己中心的で、傲慢な人だけど、その分聡明《そうめい》で、冷静で、計算高い性格じゃないの。男に騙されてへらへらしているような愚かな女じゃないでしょう。あなたは」

「なによ……。あなたに何がわかるって言うのよ」

彼女は探るような目でこちらを見た。

「あなたは前もって知っていたはずよ。そうじゃなきゃ、あなたは今日、ここにいないわ。私は圭吾さん宛てに原稿を送ったの。彼がその事実をずっとあなたに秘密にしていたなら、いまになってそれを言う必要もないわ。取りあえずはあなたに内緒にしたまま、こっそり私と会って、私の出方を探ろうとしたんじゃないかしら。いくら私の手紙に脅えたとしても、何も知らない妻に、いきなりすべてを打ち明けるまでのことはしなかったんじゃないかと私は思うのよ」

「それは——さっきも言ったでしょう。彼は憤慨していたの。過去の不幸な事件をネタにして恐喝を図ろうとしている輩がいるってね。それを撃退してやろうと……」

言葉を選ぶように彼女は言う。私は構わず正面突破に出た。

「あなたが描いたシナリオはそうなのね。彼が疑惑のすべてを撥ねのければ、そのシナリオも有効だったんでしょうけれど、でもダメよ。私の邪推、思い過ごしだと言い切ることは彼にはできなかった。彼は、自分のしたことを認めたのよ。あなただってマイクで聞いていたんでしょう？　もうあなたのシナリオは通用しないわ。後ろで控えていたのはあなた。あなたが知らなかったなんて、そんな言い訳は通らないのよ。あなたが知らなかったはずはないわ。わかるでしょう？」

私は壁に貼られたポスターに目をやった。彼女もつられて視線を送る。ポスターを見ながら私は指摘した。

「旦那さんは選挙に出るんでしょう？　でも社長としてもさほど有能でない彼が、自分の裁量だけで選挙なんかに出られるはずないわ。全部あなたのお膳立てでしょう。そんな大事な時期だから、私から手紙を貰って慌てたのね。それであなたに相談した。あなたは冷静に考えて、内々で処理しようとした。私をここに呼び込んで、私に落ち度があればそれを撮影して恐喝で逆に訴えようと待ち構えていたわけね。あるいはお金で片をつけようとしたのかしら。それで済むなら安いものだから、話が大きくならないうちに揉み消そうとした。あなたがた二人が、というよりもあなたがそう策を練ったんじゃないかしら」

「――――」

彼女は唇を真一文字にして何かを考え込んでいた。

何を考えているのだろう。何を計算しているのだろう。お互いに相手の出方を探っていた。でももう私たちは子供ではないのだ。だから意地を張る必要もない。私は慎重に逃げ道の場所を指し示した。

「旦那さんにも言ったけれど、私は誰かを告発したり、糾弾したりしようと思っているわけではないの。ただ本当のことを知りたいだけ。だから話してくれない？　真実を。本当のことを。お願い。夏実さん。お願いだから、あなたの知っている真実を教えてちょうだい」

そう丁寧に頭を下げた。彼女の内面が、ぐらぐらと揺れているのが私にはわかった。

「お願い、夏実さん。この通りだから」

「真実なんて知らないわ」

不意に彼女はそう言った。

「どれが真実かは私にはわからない。私には決められない。あの事件について、唯一の正しいことなんて、私にはまるでわからない。でも――」

彼女は言葉を切った。

「そこまで言うなら、私が知っていることを話してあげてもいいわ。でもそれは真実ではないかもしれない。それはただの事実。私が知っているのは私にとっての事実だけなの。それでもいいのなら話してあげる。あの事件に関する面白くもない無味乾燥な事実をね」

彼女はそう言うと、唇をそっと舐めてから微かに笑った。

「でも、あなたの言う通り、あいつはまるでなってなかったわね。あれが限界かしら。気弱で、プレッシャーに弱く、アドリブが利かない。今度の区議選に立候補を考えていたけれど、どうやら難しいかもね。あんなに頼りないんじゃ、仮に当選してもその先はないだろうし……。よく、わかったわ。もしかしたら、あなたに感謝をしないといけないかもしれないわね。ちょうどいいタイミングで、あいつに見切りをつけることができそうだから」

私は戸惑って「そんなことで感謝をされても困るわ。夫婦間の機微は、独り者にはまるでわからないことだもの」

「まあ、いいタイミングなのよ。あいつ、女がいるのよ。私に隠れてこそこそと。いい歳をしてみっともないと思わないのかしら。よりによって――」

「さっきお茶を持ってきた女の子？ 社長秘書って雰囲気の」

「正解よ。なんでわかったの？ そんな雰囲気があった？」

「まあ、それなりにね」

当てずっぽうだったので、言葉を濁した。実は男女の機微についてはうとい方なのだ。

「よりによって、自分の秘書にね……。まあ、いいわ。それはどうでもいいの。もう未練はないし。それに隣の部屋で、あなたとのやり取りを聞いていてショックを受けたのは本当なのよ。どんな理由があっても、家族の食事に砒素を入れるなんて許せないわ！ いくら子供の頃の話とはいえ、そんな人間と、これから先も、同じ屋根の下で暮らすわけにはいかないじゃない。何よりウチには小さな子供だっているんだから」

「やっぱり彼は、その話だけはあなたにはしていなかったのね」

「そりゃあ、言えないでしょうよ」

「でも、それ以外は知っていた？」

「そうね。……知っていたわ。彼が友達からクーさんって呼ばれていたのは知っていたわ。でも、当時はさすがにそれをあなたに言うわけにはいかなかった。だから――」

夏実はそこで言葉を切った。

「だからあの時、警察に行くことをあれだけ拒んだのね」私が言葉を引き継いだ。

「でもそれは圭吾さんを庇ってのことなの？　それともあれ以上事件が大袈裟になることが嫌だったの？」

「さあ――。いまとなっては覚えていないわ。ただあれ以上関わり合いになるのが怖かったのは事実だわね」

「それじゃあ圭吾さんが、あれだけ深く事件に関わっていたって知ったのはいつなの？」

「もっと後。大学に入った後よ。本当に偶然、アメリカで会ったのよ。それで……」

東京の大学に進学した夏実が、海外留学先に選んだのがセーラムだった。深い意味があったわけではない。祖父が設立に携わっていた那由多市の短期海外留学制度。その提携先として、子供の頃からなんとなく聞き覚えのある地名だったのだ。彼と会うことを期待していたわけではない。しかし、偶然の結果として彼に出会った。現地で彼は有名な日本人だった。勉強はそっちのけ、親の金で遊びまわるバカ留学生として。現地の日本人留学生の間では、彼は羨望と揶揄《やゆ》の意味を込めてドラッグ・プリンスと呼ばれていたらしい。

その説明を聞いて私は頷いた。その光景が目に見えるような気がしたからだ。「そこで事件のことを問い質したの？」

私が質問すると、彼女はかぶりを振った。

「問い質すっていうか、まあ、話として聞き出したって感じね。彼も心の奥底に記憶をしまったまま苦しんでいたのよ。誰かにそれを告白したがっていたの。それがわかったから、私も必要以上に細かい部分は訊かなかったわ。故意ではない、不幸な事故だって思いたかったのよ。だから大まかな流れは知っていたけれど、余計な質問はしなかったの」

「そうやって彼と関わっているうちに愛を覚えたの？　それで結婚した？」

「まあね……。そういう感じかしら。彼とは気心が知れていたところもあったし、それで——」

その台詞に彼女を見た。

私の視線に彼女もはっとした表情をする。

「昔から彼のことを知っていたの？　大輝くんのお兄さんのことを気心が知れるほど

にあなたは知っていたの？」

夏実の顔に苦笑いが浮かんだ。

「さすがに耳聡《みみざと》いわね。それぐらい聞き逃してくれたらいいのに」

「誤魔化さないで。それは本当なの？　圭吾さんのことを昔から知っていたというのは――。それなら話の辻褄がまた違ってくるわ。大輝くんだけではなく、お兄さんとも親しかったというなら、あの事件の動機や経緯がまた変わってくるんじゃないの？」

彼女は横を向いた。怒るでも、笑うでもなく、ただ困ったように眉を顰めながら。

「そんなことはないわ。事件の真相はさっき彼が自分で告白した通りよ。私がそれに関わっていると思うのなら、見当違いもはなはだしいわ。あの事件には私は何も関係していないわ」

「でも、それなら、どうして彼と結婚したの？　あなたほどの女性だったら、あの人じゃなくても、もっといい男はいくらでもいたんじゃないの」

「あら、それって褒められたのかしら？　でも、それだってあなたの買い被りよ。たまたま彼のことが好きになったの。彼と結婚した理由はそれだけのこと」

いいえ、と私はかぶりを振った。

「あなたは、そんな情にほだされて結婚するようなタイプじゃないわ」

「何よ、その言い方は」彼女は軽く眉を吊り上げた。「あなたに何がわかるっていうのよ」

「わかるわ。あなたはそんな中途半端なことは許さないもの。大輝くんのお兄さんと偶然つきあって、意気投合して、その勢いで結婚する。そんなにお手軽で、何も考えない結婚を、あなたがするはずもないわ。私にはわかる。愛だなんて言葉には騙されない。あなたはそんなに単純で、お人好しな女じゃない。打算抜きで結婚なんかするはずがないわ」

夏実は笑い出した。なんだか、酷い言われようね。大きな声で可笑しそうに言った。

「いったい人を何だと思っているの？　でも、いいわ。確かに、いまさら隠しても仕方がないわよね。いいわよ。同級生のよしみで、本当のことを教えてあげるわよ」

彼女はそう言うと楽しそうに微笑んだ。

「実のことを言えばね、あなたは最初から間違えているの。あの頃、あなたは私が恋をしている、楠本大輝に片想いをしていると思い込んでいたわけでしょう？　そこがそもそもの間違いなのよ。そこからあなたは間違えていたの」

「それが間違い？　どういうことよ、だって、そんなこと」

「別に彼に関心がなかったわけじゃないわよ。最初は彼に気があったのも事実。でもあの時、私が好きだったのは彼じゃなくて、お兄さんのほうだったの。気心が知れていたっていうのは、つまりそういうこと。私は楠本圭吾と当時、つきあっていたのよ。

もちろん片想いじゃないわよ。ちゃんとしたおつきあいがあったわよ。男と女のそれなりの関係がね――」

「嘘！」

私は息を呑んだ。いきなり自分が時間を遡《さかのぼ》ったような気がした。三十年という時間を飛び越えて、自分が十二歳の少女に戻ったような気分で、思わず間抜けな声を出していた。

その声を聞いて彼女はまた笑った。

なんて声を出すのよ、本当にあなたは純情ねえ。そう言って楽しそうに笑った。

「まあ、関係って言っても、さすがに最後の一線を越えたりはしなかったけれどね。でもそれだけでも当時は自分が、周囲のみんなより大人になったような気がしたわ。だから大輝に片想いをしていたというのはあなたの先走り。自分がそうだからって、私もそうだとは限らないのに、勝手にそう思い込んでいただけの話よ」

「でも――そんなこと、やっぱり信じられないわ。だってあなたは四六時中大輝くんと一緒にいたがっていたし、彼に近づく女の子は誰であっても攻撃していた。それなのにお兄さんの圭吾さんとつきあっていたなんて、そんな話、私には信じられないわ」

「そんな顔で私を見ないでよ。別に大輝に関心がなかったとは言っていないわ。あなたも小説なんか書いているのなら、そういう心理だってわかるはずでしょう。大輝があんな風だから、私は圭吾に近づいたの。違う目的を持って、お兄さんに近寄った。そう言えば納得してもらえるかしら」

夏実は何かを懐かしむように顔をあげた。

「それは、お兄さんをだしにしようと思ったってこと？」

「――そう身も蓋もない言い方をしないでよ」

大袈裟な身振りで肩をすくめる。

「大輝くんが自分になびかないから、彼の気を惹こうとして？」

私が言い直すと、彼女は頷いた。

「最初はね。最初はそうだったの。でも次第に気持ちも変わったわ。圭吾は狡くて、卑怯で、弱い人間であったけれども、その分、人間味があって、一緒にいても楽しかったの。でも大輝は違った。圭吾に較べて彼は優秀だった。完璧だった。でも何を考えているかわからない面も強かった。受験のための話をしていても、時折ふっと彼がその場にいないような気がすることがあったわ。中身が空っぽの、ただの人形みたいな相手と会話をしているような気になることが、ままあったのよ。楠本大輝という男の子がどういう男の子なんだか、まるで見えなくなることがあったの。そんな相手を本気で好きになれる？　彼が何を考えているのか知りたくて、彼に焼き餅《もち》を焼いてほしくて圭吾に近づいた。でも、大輝は結局、嫉妬なんかしなかったわ。きみはああいう男が好みなのか、と言ってそれで終わり。怒るでも、拗ねるでも、悲しむでもなく、ただ笑っただけ。それを見た時、私はわかったの。彼は他人を好きになることなんかできないんだって。彼が好きなのは、自分だけ。彼の生活には女の子なんかまるで必要はなかったの。それがわかったから、私は彼のことを泣く泣く諦めたのよ。辛かったけれど、そうするしかなかった。それで圭吾とつきあったというわけ。そう説明すれば、わかってもらえるかしら」

「でも、じゃあ、どうして、当時は、私にあんな意地悪を」

「意地悪？　意地悪なんかしたかしら？」

「副学級委員を押しつけられたり、あなたにはさんざん酷い目に遭わされたわ。それなのに」

「私があれだけ苦しんで諦めた男の子を、何も知らない脳天気な女に簡単に渡すわけがないじゃないの。脈があるとかないとかって問題じゃないわよ。あんなあからさまに自分の恋心を出すような間抜けな女と、彼を一緒にしておきたくなかっただけ。彼のことを好きになれば辛い思いをいっぱいしなければいけないんだと、それをわからせてあげようと思って、親切心から色々言っただけよ。それを意地悪と取るのはあなたの勝手だけれど、私にはそんなつもりはなかったの」

思わず苦笑した。もう子供ではないのに、口ではどうしても彼女に敵わない。たぶん年齢ではないのだ。彼女を言い負かすことは私には一生できないだろう。そう思うと、何故かすっきりした気分になった。

「私が彼を好きだって、そんな簡単にわかったの？」

「そりゃあそうでしょう。あんな露骨に彼のことを見ていれば、誰だってわかるわよ。まさか、気がつかれていないと思っていたの？　呆れた。本当にあなたは抜けているわねえ。勉強以外のことはからっきしじゃないの」

一言もなかった。しかし深呼吸をして、私は体勢を整えた。

「じゃあ、そういう理由があったから、事件の後でクーさんって名前を聞いて、あれだけ警察に行くのを嫌がったのね。彼が事件に絡んでいるって、あなたは知っていたの？」

「具体的には知らなかったわ。でも、当時、彼はおかしかったの。大輝の受験のことを気に掛けたり、精密検査をやめさせたがったり。だから、あの日、三ツ矢くんがクーさんって人と廃工場で会っていたと聞かされて、物凄く不安になったのよ。でも具体的には何も知らなかったし、知りたくもなかった。それでどうにも怖くなって、私はあそこから逃げ出したってわけ」

「あの後、あなたは自殺未遂をして病院に担ぎ込まれた。退院するとすぐに東京に引っ越した。私とあなたが会ったのもあの日が最後だったわね。あなたはあの後も圭吾さんと会っていた？」

彼女は首を振った。「いいえ。アメリカで偶然再会するまで会うことはなかったわ」

「アメリカでたまたま再会しなければ、あなたは彼と結婚することもなかったのかしら？」

「そうね。そうなるでしょうね」

私は考え込んだ。彼女の言葉が空々しく聞こえたからだ。

一葉の写真が目に浮かんだ。

それは依頼した探偵が撮った写真だった。母親と二人の子供を撮った一葉の写真。それを見た時に、ぴんとくるものがあった。この事件の結末が見通せたような気がした。でもいままで聞かされた彼女の言葉では、そこに届かなかった。

楠本圭吾と仙石夏実が、あの頃、交際していたという話を聞いて、私はなぜか納得した。

それを聞いたことで、パズルの最後の一片が嵌ったような気にもなったからだ。

彼らがアメリカで再会したことは、きっと偶然ではない。

私はあの日、彼女の部屋で海外留学制度のパンフレットを見ていた。彼らが交際していたのなら、きっと二人の話題にその話が出たこともあったはずだ。

二人が再会した場所はどこだった？

ニューヨークでもロサンゼルスでもサンフランシスコでもない。マサチューセッツ州セーラム。彼女は、なぜ、わざわざそんな辺鄙《へんぴ》な場所に留学をしたのだろう。彼女の性格を考えれば、それは奇妙なことだった。どういう理由であれ、海外留学に行くのであれば、彼女はもっと大都会を選ぶはずではないか。

偶然の再会。それはあまりにも空々しい言葉だった。

米盛圭吾はすでに短期留学の経験があった。その後、大学に入ってからは、休みのたびに繰り返し出かけるようになっていた。場所はいつも同じ。マサチューセッツ州セーラム。では、なぜ、仙石夏実もそこに行ったのだ。

偶然のはずがない。彼女は知っていた。手紙か、電話か、彼女は彼がそこにいることを知って、それで留学したのだ。彼を追いかけて行ったのだ。そうでなければおかしい。辻褄があわない。そんな偶然などが存在するはずがない。

彼女はやはり圭吾を慕っていた。

彼が事件に関係していると思いたくなかった。彼を信用したかった。それを確かめるために彼女はアメリカに行ったのだ。

生まれ育った町では訊けなかった。東京でもきっと無理だった。まったく言語も文化も違うアメリカの田舎町で再会したことで、彼女はきっとそれを問い質すことができたのだ。

米盛圭吾は正直にすべてを話しただろうか？

全部は話さなかったに違いがない。

しかし、廃工場に出入りしていたこと、三ツ矢昭雄と顔見知りだったことは打ち明けたのだろう。悪戯を唆したことも告白したかもしれない。でも殺すつもりはなかったとも訴えた。もちろん死んでもしょうがないと思ってやったとは言わなかったはずだ。そこまで言えば、彼女も彼を非難しただろうから——。

不幸な偶然だった。運が悪かった。弟には悪いことをしてしまった。そう言って同情を買ったのかもしれない。彼女はそこで彼に愛を感じたのだろうか。子供の頃の幼稚な憧れとは違った、もう少し複雑な愛の感情を——。

いや、そうではない。

私は考え直した。その時点で彼らはまだ真剣な交際はしていないはずだ。

彼は二十四の年に最初の結婚をしている。それは彼女が十九の年だ。再会を果たして、まだ間もない。彼はその時にすでにそのアメリカ人女性とつきあっていたことだろう。結婚を前にして、夏実と本気で交際をしたとは思えない。

きっと彼は夏実から逃げたのだ。

自分の過去から逃げて、別の女性と結婚した。すでに大学は辞めていた。商売を始める準備をしていた頃だ。輸入の仕事をするうえで、アメリカ人の女性をパートナーに持つことは、色々とメリットも大きかったことだろう。言葉や文化の違いを埋める助けにはなるし、現地の状況にも詳しい。そしてなにより日本では欧米人の女性を妻にもつことがひとつのステータスにもなる。それを考えれば、彼の行動は実に合理的で打算に満ちている。そこには過去の亡霊に脅えたり、感傷に浸っている人間の横顔は見えない。夏実には真実を話さないまま、きっと適当な話をして逃げたのだろう。遊び程度のつきあいはあったかもしれないが、それ以上に深い関係はなかったに違いがない。

それで終われば問題はない。

しかし、その十数年後に彼らは結婚をしているのだ。それをどう考えればいいのだろうか。しかも、ただの結婚ではない。彼女の叔父や、その関係者がバックアップをして、彼の会社を立ち直らせている。いったい、なぜ彼女はそこまでするのか。そうまでする理由がどこにあるというのだろうか。

たとえば、あの事件とはもっと別の、私の知らない秘密のトラブルがあるのだろうか。それをもとに圭吾が夏実を脅しているとか?

いいや。

その可能性は薄いような気がする。根拠となるのは、今日一日の二人の応対だ。最初から圭吾は落ち着きがなかった。あの事件の真相を夏実に知られることを恐れていたせいだ。それなら最初から夏実に知らせずに、自分一人で対応すればいいようなものの、そうしなかったことを鑑みれば、きっとそうするだけの器量も才気も彼にはないということなのだろう。

会社のことといい、選挙のことといい、まるで彼はお飾りだ。夏実に指示されて、唯々諾々と従っているようにしか見えない。力関係からすれば夏実が上なのだ。彼が自分の意志でしたことといえば、妻に隠れての秘書との浮気ぐらいだ。夫婦間のパワーバランスがどうなっているのか、いまさら考えてみるまでもないことだった。主導権は百パーセント夏実が握っているのだ。

それでは、なぜ彼女は圭吾と結婚をしたのだろうか。

初恋だったから？　いいや、初恋の相手は大輝くんのはずだ。

過去への贖罪？　でも彼女に罪の意識はないはずだ。彼女のせいで事件が起こったわけでないからだ。

それでは同情のため？　それも違う。彼女はそんな女性ではない。同情のために男と結婚をするような性格ではない。

だとしたら純粋に彼を愛していたから？　しかし、それだったらなぜ今回のことで急に離婚するなどといきまくのか。彼のした本当のことを知らなかったとはいえ、考えようによっては未成年の頃の問題だ。本気で彼を愛しているなら、まず彼と話し合おうとするだろう。

それなら、単に利用できると踏んだから。彼が相手なら、弱みを握って主導権を百パーセントもって、好きなように引き回せると考えたからだろうか？

その可能性も低い。彼女はそこまで姑息《こそく》ではない。相手が誰であっても、彼女は主導権を握るべく奮闘するのだ。わざわざそれだけのために、多額の負債を抱えたバツイチ中年男を選ぶはずはない。

彼でなくては——米盛圭吾でなくてはいけない理由がそこにはあるはずだ。

米盛圭吾が弟に砒素を飲ませなくてはいけなかったように、彼女にも彼と結婚しなくてはいけない理由があるはずなのだ。それがなんだったかを、私は知りたかった。

それはあの事件とは直接関わりがないことかもしれなかった。

それでも私はそれを知りたいのだ。単なる好奇心かもしれないが、それを知らないことには収まりがつかないような気がしたのだ。

いや——。

そうではない。私はその理由を知っているのかもしれない。

それは口にしなくていいことなのかもしれなかった。私の邪推にしか過ぎないのだから。

でも、なぜか、そうだという確信があった。

あの写真を目にした時、私はそれを感じてしまったのだ。もしかしたらそれは心の奥にそっとしまっておいたほうがいいことなのかもしれなかった。でも、私は訊いておきたかったのだ。確かめずにはいられなかったのだ。それはただの好奇心かもしれなかったが、しかし、どうしても、私はそれを確かめておきたかったのだ。

偶然なんかじゃない、と言った。

「なぜ、あなたがあの人と結婚したのか、私はその答えを知っているわ」

彼女は顔をあげた。何をいまさらという顔をして、右手で髪をかきあげた。

構わずに私は語りかけた。

「だって、私は、あの頃、あなたのことをずっと見ていたんだもの。敵として、ライバルとして、そして仲間として」

「仲間？　何よ、それ。私は――」

彼女の言葉を遮るように、私はそっと声を出した。

「写真を見てわかったの。説明はいらなかった。その写真が何よりもすべてを雄弁に物語っていたわ。その写真には、あなたと二人の子供が写っていた」

子供？　彼女は顔を顰めた。

構わず私は話を続けた。

「幼稚園の庭らしきところで、二人の子供と一緒にいるあなたの写真だった。下は女の子。あなたによく似た目の大きな可愛いお嬢さん。上は男の子。幼稚園のスモックを来た活発そうな男の子。その子の顔と、その子に注ぐあなたの眼差しを見た時に、私にはすべてがわかったわ。そこには昔懐かしい顔が二つ並んでいた。大輝くんとあなた。お兄ちゃんは驚くほど大輝くんに顔が似ていたわ。そしてそこに注がれるお母さんの優しい視線。そこにはあなたの昔の顔があったわ。三十年前、六年六組で恋しい男の子に注がれていたあなたの視線そのものが。それを見た時に、すべてがわかったわ。あなたは彼の子供が欲しかったのね。大輝くんに一番近い遺伝子を持った男の子。それ得るためだけに、あなたは圭吾さんと結婚した。愛なんかじゃない。同情なんかでもない。回収できない投資を彼の会社に注ぎ込んででも、あなたはそれが欲しかったんだわ。そして二人の父親として、その後も彼が必要だったのね。それを知った時、すべてを納得したわ。そして負けたとも思った。どんな手段を使っても欲しいものは手に入れる。女として、私はあなたの執念に脱帽する。そこまでできるあなたが羨ましいわ。あなたが愛しているのは夫じゃないわ。可愛い二人の子供たち。それを欲しいがために、あなたはあの男を追いかけて、そして結婚をしたのね——」

彼女は最初黙って聞いていた。

話の途中で呆れたような表情になった。

それから笑い出した。

最後に、馬鹿馬鹿しい、と呟いた。

「やめてよ。そんな理由で結婚なんか――！　私がそんな女だと思っているの？　呆れた。あなたって人は、本当に……」

そう言ったきり言葉を途切らせた。あなたって人は本当に。その後でなんと続けたかったのだろうか。頭が悪いわね？　悪趣味ね？　想像力過多ね？　それとも少女趣味ね？　この三十年間に溜め込んだ様々な猜疑《さいぎ》や不安や困惑が、ようやく薄まっていくような気持ちになった。

彼女が本気で愛していたのは、いまの夫ではない。

大輝くんだ。

なぜかそういう気がした。錯覚ではない。確信としてそう思ったのだ。

彼女は彼の子供が欲しいから結婚をした。

その時は彼が大輝くんを殺したという認識はなかったはずだ。不幸な事故だと信じていた。だから彼と結婚した。そして彼が浮気をしようが、何をしようがそこは我慢をした。子供たちの父親として、彼を必要としていたからだった。

でも私が来て事情が変わった。

彼の中に殺意はあったとわかったからだ。死んでもしょうがないという気持ちがあった。未必の故意。大輝くんの死に彼は深く関わっていたことがわかった。実の弟を死に追いやった男を、父親にしておくことはできなかった。

彼の役目は終わったのだ。彼女は夫を見限った。

彼女にとって真に大切なのは夫でなく、子供たちだからだ。

そのために彼と結婚したのだ。小学校の時の彼女の行動を思い出して、私はそっと微笑んだ。たぶん間違ってはいないだろう。

彼女は子供を得るために彼と結婚した。そして子供のために我慢をし、子供を守るためにいま離婚しようとしている。

「いいえ。あなたはそういう人よ。裏返しの少女趣味。ある意味私なんか足許にも及ばないほどの確信犯。初恋の男の子のお兄さんと結婚して、初恋の男の子そっくりの子供を授かる。髪の毛をこっそり隠し持っている程度の愉しみじゃ、まるであなたの足許にも及ばないわ。参った。降参よ。やっぱりあなたには勝てなかった。えげつないぐらいに、あなたは夢見る女だったのね」

限りない親しみと愛おしさを感じてそう言った。少しだけ意地悪な気持ちも込めて。

「なにを勝手なことを言っているのよ！」

彼女は慌てたように声を出した。

「冗談じゃないわ。そんなこと——！　なによ！　人のことを馬鹿にして！」

彼女はどこかで狼狽していた。そんなことを言われるとは、まるで想像もしていなかった様子だった。きっと自分でもそうとは気づいていなかったのかもしれない。思ってもみなかったことを私に指摘され、即座に否定はできなかったのだ。

そんなこと、そんな馬鹿なことあるわけないでしょう！

彼女は顔を真っ赤にして否定をした。

私はにこにこ笑いながら、黙って聞いていた。

初めて彼女をやりこめることができたのだ。

それはあの写真を見た時に感じた気持ちを正直に言っただけだった。まるっきり的外れだと彼女が冷笑すれば、私はそれ以上言い立てることはしなかった。でも、彼女ははっきり狼狽した。隠しておきたい、恥ずかしい失敗を見つけられた子供のように、うろたえて、恥ずかしがるばかりだった。

図星だったのだろうか。そうとは気づかない心の奥底の欲望を言い当てられて、恥ずかしさに本気で煩悶しているのだろうか。

優しい気持ちになって、私はそっと囁いた。

「馬鹿になんかしてないわ。羨ましいと思う。今度は、ぜひお子さんにも会わせてほしいわ」

夏実は私を見た。そして次には母親の表情で私を睨んだ。

「それで、書くわけね。本を。私たちの家族をネタにして」

慌ててかぶりを振った。

「迷惑は掛けないようにするわ。もちろん実名は出さないし、周囲に特定されないようにもするつもり。それに――」

いいわよ。好きにすればいいじゃない。私の言葉を遮るように彼女は笑った。強がるような、嘲るような笑いだった。

「別に何を書かれたって、私は挫《くじ》けないわ。もともと選挙に落ちるようなら夫とは離婚するつもりだったし、それが今回ちょっと早くなっただけ。いまさら、あいつには何の未練もないわ。それに書かれて困るようなことは、私は何もしていないしね。だから書きなさいよ。あなたが好きなように書けばいいのよ。私は止めないわ。困らないし、迷惑だとも思わない。だって、世間に顔向けできないような悪いことなんか、私は何ひとつしてはいないんだもの！」

そうね。あなたの中ではそうなのね。心の中で感慨深く私は頷いた。でもそれを非難するつもりはなかった。だからもっと実務的なことを話題にした。

「ありがとう。だから、出版に際して入ってくる印税は、取材に協力してくれた人全員で分けるつもりよ。だから、あなたも――」

それもどうでもいいわ。素早く彼女は言い捨てた。

「お陰さまでお金には困ってないの。親族の持っているあちこちの会社から、役員報酬があるものでね。だから私は辞退するわ。他のみんなで分ければいいじゃない。もっとも私の前夫になるだろう男がどう言うかまではわからないけれど」

「前夫になるって、まだ離婚したわけじゃないでしょうに」

私が思わず言うと、彼女は手をひらひらさせて、乾いた声で答えた。

「私の中ではそれと一緒よ。単に書類上の手続きがまだというだけの話でしょう。私の中では別れたのと一緒なの」

訪れた時に見たビルの名前を思い出した。第八仙石ビル。入り口の横にはそう書かれていた。それからウェブサイトに書かれた主要取引先の会社の名前。彼女と離婚することで、彼の会社はいったいどれだけのものを失うことになるのだろうか。それが彼にふさわしい罰になるのだろうか。私にはよくわからなかった。

「まあ、あなたらしいと言えば、言えるけれど。でも、私のせいであなたたち夫婦が別れることになったとしたら、それはそれで罪の意識を感じるわ」

「なによ、殊勝な言い方をして。別にあなたのせいだなんて思わないわ。それどころかあなたのお陰だって言ってあげるわよ。あなたのお陰であの男の本性もわかったたってね。離婚に関しても揉めることはないでしょうね。財産分与や子供の親権のことで、あいつがごちゃごちゃ言い出したら、その時にはまた力を貸してもらうわ」

「力？　そんなことは弁護士に頼むことでしょう？　私には何もできないわ」

「弁護士にはもちろん頼むわよ。あなたからは証拠物件を借りたいだけ」

「証拠物件？」

「大輝の切った髪を持っているんでしょう？　それを鑑定して砒素が検出されれば、彼がやったことが証明される。それだけで彼の刑事責任を問うことはきっとできないでしょうけれど、でも離婚調停なら充分だと思うわ。彼が過去に家族にこっそり砒素を飲ませていたって事実を離婚の理由にすれば、裁判では百パーセント勝てると思うから」

「ああ、なるほどね。あなたも自分の利になることに関しては、耳聡いわね。でも、残念ながら、それは難しいかもしれないわね」

「難しいってなによ。あっ、もしかしたら、そんな髪の毛なんか本当は持っていないってこと？　それじゃあ、嘘をついて引っ掛けたの？　作り話で彼を騙したってことと？」

「そうじゃないわ。大輝くんの髪の毛は、あるわ。でも……」

でも？　彼女は視線で促した。

「その髪の毛が大輝くんのものだって証明はできないわ。私にとっては紛れもない真実だけれど、裁判の証拠とすることは、きっと難しいでしょうね」

「なんでよ? DNA鑑定とかって方法もあるでしょう? ああ、お金がかかるってこと? でもそれなら大丈夫よ。私が」

「私の持っている髪の毛ではDNA鑑定ができないの。髪の毛に頭皮の組織がついていればなんとかなるかもしれないけれど、鋏《はさみ》で切った髪ではたぶん無理ね」

彼女は大きく目を見開いた。怒ったような、呆気にとられたような表情が、瞳の中で揺らめいた。

「あなたの保管してある髪の毛は、床屋で切った髪だからDNA鑑定もできないってこと?」

「たぶん」

「じゃあ、証拠としての価値なんかないじゃない! なによ、じゃあ、彼は知らぬ存ぜぬで通せば砒素を飲ませたことを認めなくても済んだんじゃないの!」

私は冷静に説明した。

「私は裁判をするつもりはなかったから、それで充分だったの。三十年前に亡くなった弟の髪の毛を保管しているって事実を聞いたことが、きっと彼にはショックだったんでしょうね。DNA鑑定とか、そういうことが問題だったわけではないの。だいたい鑑定をするにしても、対象とするべき本人のDNAがどこにもないんだから、調べようがないのよ。日本では火葬された遺骨の鑑定はほとんど実施されたことがないみたいだし、なにより近親者の許可なく遺骨を調べることもできないの。だから彼がそう主張すれば、私はお手上げだった。そんな髪の毛などこの誰のものかもわからない。そう言い張られたら、返す言葉はなかったわ。でも彼はそうすることはしなかった。それは、たぶん、彼に罪の意識があったからだと思うわ。自分が弟にした行為を心の奥底で、きっと悔やんでいたのよ。だから、痛いところを衝《つ》かれた時に、彼はそこまで冷静に反論することができなかったんだわ。私は彼のためにもそう信じたいの」

「いまさら、そんなことを言わなくてもいいわよ。彼を庇ったところで遅すぎるわ。私は私の好きなようにする。だから、あなたもあなたがやりたいようにすればいい。私に言えることはそれだけよ。いまさら慰めの言葉なんかいらないわ」

「そうね。ありがとう。本のことは誰にも迷惑は掛けないように配慮するわ。私はもう誰にも不幸になってほしくないのよ。だから——」

もう、いいわ。これ以上ごちゃごちゃ言わないで！　彼女はぴしゃりと言ってから、それより私も気になっていたことがあるんだけれど訊いてもいいかしら？　と私の顔を見た。

「なに？」

「あなたから送られてきた原稿は、インタビューの聞き取りや、あなたが書いた手紙や、貰った手紙の抜粋から成り立っていたけれど、鶴岡先生から貰っているはずの手紙がなかったじゃない。それはどうしてなの？」

「ああ――。私が今回原稿にまとめたものは、原則としてすべて発言者の許可を得たものなの。最初に取材を行なったのは鶴岡先生の甥御さんだから、話し手と聞き手の両方の許可を得たものだけを原稿にしたわ。筒井くんのお姉さんのお話は私が聞き取りをしたから、ご本人の許可だけをもらえればよかった。手紙の著作権は原則として差出人にあるという判例があるから、それも許可をすべて取ったわ。でも……」

「でも？」

「鶴岡先生にはその許可を取る時間がなかったの。なんとか早く本にまとめようと、急いだんだけれども、今年の初めに、お亡くなりになられたのよ。胃癌だった。二年前に発病して、胃の大半を切ったりして、入退院を繰り返していたんだけれども、ついには――。その後ではっとしたの。先生からの手紙を著書に引用する許可を取っていないことに気がついたのよ。だからそれは使えないのよ」

彼女は顔を曇らせた。そして深いため息を吐いた。

「そう……。まだお若いのに、残念なことね……。でも、ご遺族に申し出れば、使用の許可をもらえるかもしれないじゃないの」

「そうかもしれないけれど、でもそれはしたくないの。先生本人の許可をきちんと取らないまま、手紙を引用するなんて、なんかフェアじゃない気がして」

「フェア？　そういう問題なの？　もっとビジネスライクに考えればいいんじゃないの？」

彼女は首を傾げた。

私は記憶を辿って説明した。

「もとはといえば入院中の先生が、たまたま櫻井忍の本を手にしてくれたことから始まった話なの。そこで先生は気がついたのね。そこに出てくる子供たちを自分は知っているって。一ページ読み進めるごとに、その確信は強くなっていったと、先生は手紙に書いていたわ。それを読んで私は心のどこかで、ほっとしたの。先生はやっぱり私のことを覚えていてくれた。私を見捨てたりはしなかった。あの日、その手紙を読みながら、私は一晩中涙を流したのよ。様々な思いが心から溢れてきて止められなくなった。まるで時間を飛び越えて、あの頃に戻ったような気持ちにもなったわ。そんな手紙だから、勝手には使いたくなかったし、使えなかったのよ。故人の許可なく人目に晒すだなんて、そんなこと私はしたくなかったの」

「その小説は読ませてもらったわ。『殺人者もまた死す』だったかしら――。確かにミワという女の子と、アキオという男の子が出て来るわよね。でも主人公はヨシカズって名前の男の子だったでしょう。あのクラスにはヨシカズって名前の男の子はいなかったわ。それなのに、どうして先生にはあなたがそれを書いたってわかったのかしら」

夏実は不思議そうに言った。喉元まで出かかった言葉を私は呑み込んだ。

美和って名前の読みを変えればヨシカズって読めるでしょう？

でも、それをいまさら彼女に言っても仕方がなかった。事件の翌年に先生に送った手紙の送り主として、私はその名前を使っていたのだ。

自分の名前を書く勇気はなかったが、しかし匿名にするだけの悪どさも私は持っていなかった。先生に見つけてもらいたかった。すべてを打ち明けたかった。心の奥底で、私はずっとそれだけを望んでいた。だから稚拙な変名を使って手紙を書いたのだ。

しかし、それをいま彼女に説明しても仕方がないだろう。私はさりげなく話題を変えた。

「先生はその本を読んだのと同じタイミングで自分の本当の病名を知ったらしいわ。その時に先生は決心されたそうよ。大事な教え子二人の命が奪われた、三十年前の事件の真実、そして残された子供たちのその後の人生、それを知らないままでは、死んでも死に切れない。そういう理由で先生は、甥御さんに卒業生たちのその後を調査するように頼んだのよ。その結果を記された手紙を読んだ時、私も改めて決心をした。ずっと逃げていても仕方がない。覆面作家のベールを脱ぐことになっても、私はあの事件ときちんと向き合わなければならないんだってね」

そこで言葉を切ると、夏実は口元に微笑みを浮かべながら私を見た。

「ふーん。やっぱり、あなたは変わっていないわねえ。相変わらず青臭いことを言って」そう呟いて軽く頭を振る。

「――そうかしら？」

「そうよ。まるで変わってないわ。真面目ぶった優等生なだけの台詞。あなたはあの頃から、まるで成長していないのね」

彼女は小馬鹿にするように言った。でも不快な感じはしなかった。その言葉のどこかに親しみが含まれていたからだ。私は頷いた。こんな台詞を言ってくれるのは、この世界の中で彼女だけだ。そう思ったら嬉しくなった。ずっと、こうやって彼女に笑われたかったような気もした。

「そうね。そうかもね――。でもね、あなただって覚えているでしょう」

私は掠《かす》れた声を出した。

「あの頃の不安。あの頃の孤独。あの頃の愉しみ。あの事件が起こって、クラスが崩壊するまでの、いがみあいながらも、必死に自分の拠《よ》り所を求めていた毎日のことを。些細なことに喜び、悲しみ、悔やんで、くよくよと悩んでいた、なんでもないありふれた日常生活の有り難さを。あなただって、きっと覚えているに違いないわ」

「そんなこと――」

「ただ忘れているだけ。心の中ではきっと覚えているはずよ。だから――」

だから、そういうことを忘れないために、私は物書きになったのよ。

青臭い台詞を、堂々と口にできるだけの自信を手に入れるために。

子供の頃の細やかな感情をずっと忘れずに、それを年若い誰かに伝えるために。

どれほど立派に見える大人たちだって、強そうに見える大人たちだって、あなたのような孤独や、不安や、恐れを胸の中に抱えて、何かに脅えながらも必死に生きている。それを見知らぬ子供たちに伝えるために、私は小説を書き出したの。

あの事件があって、私の日常は変わった。いいえ。あの事件の後で、私は日常と呼べる時間を失った。

日常とは目に見えない時間の積み重ねであり、過ぎ去るだけのなんでもない瞬間だ。事件の後、私の手元に時間は残らなかった。すくった砂のようにそれは指の間からこぼれていったのだ。

見えない期限を打たれた、借りものの時間の中で、私はこわごわと生きてきた。この平穏をいつ取り上げられるかもしれないという不安の中、自分の手元にはきっと大切な物は何も残らないのではないかという恐れの中、ただ息を潜めて、過ぎ去っていく時間を見つめていることしか私にはできなかったのだ。

時間は止まっていた。あの六年六組の教室の中で。

小学校の卒業アルバムの中には誰もいなかった。大輝くんも、三ツ矢くんも、仙石さんも、鶴岡先生も、そこにいるべき人は誰もいなかった。

でも、なぜか私はそこにいた。いるべきでない私だけがそこにいた。

どうして私だけが、取り残されたのだろうか。

なぜ私だけがそこにいなければいけないのだろうか。

それだけを私はずっと考え続けてきた。答えは出なかった。どんなに考えても答えは見つからなかった。

だったら答えを作り出せばいいのだ。

いつ終わるともしれない苦しみの中で、私はいつしかそう決意をした。あの頃の自分に。いなくなったみんなに。そして、理由もわからぬままに巻き込まれた罪のない同級生たちに。

真実を見つけて、それをきちんと伝えること。

それをすることが、自分の使命なのだ。

それこそが、自分がそこに取り残された理由なのだ。

永い時間が経った後で、私はそう答えを出したのだ。

そして今日。

ようやく、ここまで辿り着いた。

胸が痛くなった。目が熱くなった。指先が震えた。

私は生まれて初めて、他人の前で本当の自分をさらけだしたような気がした。

あの時の喜び。あの時の苦しみ。あの時の悲しみ。あの時の怒り。あの時の絶望。

それはすべてここにあったのだ。

心の中に。自分の中に。

あの時に感じた寂寥感とともに、それはずっと自分の心の奥底にあったのだ。消えはしない。なくなりはしない。あの頃感じたすべての気持ちは、ずっと自分の中にあり続けたのだ。これが私だ。この感情のすべてが私という人間なのだ。

そう思ったら胸が熱くなった。生きてきてよかったと思った。

私はようやく目的地に辿り着いたのだ。

——声が聞こえた。

夏実の声だ。彼女が何かを喋っていた。

慌てて、目尻をこすって顔を上げた。

「なに?」

「——他人のプライバシーを根掘り葉掘りさんざんほじくり返したのだから、今度は自分の話もしなさいよ。あなた、独身みたいだけれど、いま恋人はいないの?」

慌てて首を振った。

「いた時期もあるけれど、いまはいないわ」

「じゃあ、いったいどういう男がいいの？　あなたの好みの男っていうのはどういうタイプなのよ？」

答えにつまった。実はそういう話題が最も苦手なのだ。

「どういうって……」

「なによ、いまさら隠さないでもいいでしょう。そうやって選《え》り好《ごの》みや高望みをしているから、いつまでも独身なんじゃないの？」

「高望みってことはないけれど……うーん、そうだなあ、昔はハンサムな格好いい人が好みだったけれど、いまは見かけじゃないなあ。たとえば女性の気持ちがちゃんとわかる人、そういう男性がいれば、私だって──」

とたんに夏実は吹き出した。

「なによ、あんた。今時中学生だってそんな台詞言わないわよ。女の気持ちがわかる人がいいだなんて、いい歳をして何を言ってるのよ」

「ええ、そうかな、でも、だって」

「あんた、そんなところまで青臭くてどうするのよ。小説家なんでしょう？　もっと現実をしっかり見なさいよ」

「現実って……」

口ごもると、ぴしゃりと言われた。

「世界のどこを探したって、女の気持ちがわかる男なんていやしないわよ。超能力者じゃあるまいし、そんなのは当たり前のことでしょう。いい？　男には二種類タイプがあるの。女の話を聞かない男と、聞く男。女の話を聞かない男は問題外よ。でも女の話を聞くタイプにもまた二種類あるの。女から聞いた話を覚えている男と、覚えていない男。おおまかに言って男にはそれだけの種類しかないのよ。わかる？　だからあなたは余計なことを考えないで、自分の話をちゃんと聞いてくれるパートナーを探しなさい。そうすればもっと充実した人生を送れるわ」

わあ、この歳になって男選びのアドバイスされちゃったよ。

思わず苦笑いをした。でもなぜか頷ける気がしたので質問した。

「大輝くんはどっちのタイプだったの？」

「もちろん他人の話は聞くタイプよ。でも残念なことにすぐに忘れちゃうの。あっという間に忘却の彼方《かなた》。彼にとって他人なんて、それだけの存在でしかなかったのよ」

「……じゃあ、圭吾さんは？」

彼女は目を細めた。

「彼は話を聞いてくれるうえに、いつまでもそれを覚えていたわね。どんなつまらない話でもちゃんと覚えていてくれた。——嬉しかったわ。神様が大輝に与えずに、彼に与えた唯一の才能がそれだったのよ。だから、私はあの時、大輝ではなく、彼を選んだの」

それから言葉を途切らせて、

「……でもそれはずっと後になってから思ったことよね。交際を始めた動機は違ったわ。もっと不純な理由。さっきあなたに話した通りよ。自分ではそれを隠していたつもりだったけれど、もしかしたら彼は気づいていたかもしれない。自分が弟の身代わりにされたということに。だから――」

静かに横を向いた。

そして何気ない口調で、最後の言葉を吐き出した。

「あの事件の本当の動機を作ったのは、実は私だったかもしれないの。私が彼とつきあったりしなければ、あの事件は起きなかったかもしれない。ずっとそう思っていたの。あなたが家に訪ねてきた、あの日から――」

そうだったのか――。

私はようやく気がついた。

彼女だって苦しんできたのだ。

夏実が大輝くんではなく、圭吾を選んだこと。本当は大輝くんを好きでいながら、圭吾との交際を始めたこと。それが圭吾に与えた影響を考えれば、知らん振りはできなかったのだ。

彼女が本当に好きなのは弟だということを、弟の身代わりにされたということを、当時の圭吾が気づいていた可能性は充分にあった。弟と自分を見比べる視線には過敏な反応をしていた彼のことだ。年下の、まだ子供ともいえる少女の屈折した恋愛感情の本心に気がつかないはずがない。だとしたら――。

そこにも動機はあったのだ。

弟への憎悪をかきたたせ、事件の最後の引き金を引かせた重要な動機が。

意図的ではないにせよ、その原因を作り出したのは自分だ。そんな思いを隠し持ったまま、彼女もこの三十年を生きてきたのだ。

アメリカから送られてきたクリスマスカードの文面を思い出した。

もしかしたら彼女は、私を牽制《けんせい》するのが目的であれを送ったわけではないのかもしれなかった。私がそうだったように、彼女もまた誰かに見つけてもらえることを望んでいたのかもしれない。

誰かにその秘密を打ち明けることができる日が来ることを待ち望んで、あの絵葉書を送ってきた。それが彼女の精一杯のSOSだったのだ。

そんな可能性を、私は一度だって考えはしなかった。自分のことだけで手一杯で――。

そっと立ち上がると、私は彼女に近づいた。

彼女は向こうをむいたまま座っていた。

隣に寄り添うと、その肩に手を置いた。

唯一無二の真実なんかどこにも存在はしない。

居合わせた人の数だけ、それぞれの心に真実は存在するのだから。

あの事件が起こった本当の原因が何であろうと、それだけを探り当てることなど誰にもできはしないのだ。人間の起こした事件は、理科の実験とは違う。水を水素と酸素に電気分解するように、事件の中から純粋な原因や動機だけを抽出することなど、神様であってもできはしない。

そっと手をやると、その肩は一瞬だけ微かに震えた。

もしかしたら泣いているのだろうか。

でも彼女は絶対にそれを私に見せはしないだろう。

ゆっくりと手を離し、そして呟いた。

「ありがとう。やっぱり、あなたに会えてよかったわ」

言いたい言葉はたくさんあった。でもすべてを口にすることはできそうになかった。会えただけでよかった。心の底からそう思った。視界が滲み、何も見えない。本当に言いたい言葉だけを、私はやっとのことで口にした。

ありがとう。

そして、ごめんなさい。
夏実さん。
私はもっと早くに行動を起こすべきだった。
そうすればもっと早くにあなたを楽にしてあげることができたのに――。
こんなに遅くなって、ごめんなさい――。
そして、待っていてくれて、ありがとう。
私はあなたに感謝する。
あなたと出会えたことを嬉しく思う。
あなたと語り合えたことを楽しく思う。
あなたと友達になれたことを誇りに思う。
あなたのことはずっと忘れない。
ありがとう。
そして、さようなら。
私の永遠の友人。
仙石夏実さん。
これからもずっとお元気で。

エピローグ

櫻井忍『殺人者もまた死す』より抜粋

遠くで鳥の声がした。

薄闇の中でそっと蹲《うずくま》ったヨシカズは息を殺して、じっと時を待っていた。

夜が森に忍び寄る。風が吹き、葉がそよいだ。汗がこめかみを流れ、蚊の飛ぶ音が耳許で響く。闇の中で何かが動いた。

あれはなんだろう。

木の枝だろうか。動物だろうか。それとも、錯覚だろうか。あるいは――。

目を凝らし、繁《しげ》みの陰から森の奥を見つめた。はっきりしない。目を瞑《つむ》り十まで数えた。そして再び目を開いた。

仄かに白い影がクヌギの木の前で風に揺れた。

やはり何かがいる。

何かの動物だろうか。そうでなければ、あれは――。

幽霊か。

おぼろげな影はゆらゆらと揺れながら、白い煙となって渦を巻いた。懐かしい顔の輪郭が、ぼんやりと闇の中に浮かび上がった。アキオの顔だ。するとこれはアキオの幽霊なのか。

それに気がついても、ヨシカズは不思議と怖くなかった。

――アキオ、きみはアキオなのか？

声には出さずに語りかけた。

――ああ、そうだ。アキオだよ。

白い影は答えた。小さな声だった。

――きみはこんなところで何をしているんだい？

ヨシカズは説明した。同級生が何者かに殺され、友人とともにその犯人を捜していることを。

殺されたミワは高校のクラスメイトだった。嘘の手紙で誘い出され、この市民の森で殺されたのだ。死体はバラバラにされていた。ある部分は土に埋められ、他の部分は樹木に釘で打ちつけられていた。その様子は、血塗《ちまみ》れのクリスマス・ディスプレイのようだと発見者はマスコミに語っていた。

その犯人を捜すために、ヨシカズたちは見張りをしている。

彼女が殺されたのと同じ新月の晩。同級生たちと手分けをして、いくつかある森の入り口で見張りをすることにしたのだ。

その話をするとアキオは笑った。

冷たい、静かな笑い声だった。

笑い終えると、今度は逃げないようにしなよ、と言い添えた。ヨシカズはかすかに戦慄《おのの》いた。

――キミが逃げたら、また誰かが死ぬかもしれない。だから、今度は逃げないようにしなよ。

アキオはそう言ったのだ。

ヨシカズは息苦しくなった。しかしそれでも奥歯を噛み締めて、必死に言葉を吐き出した。

――わかっている。もう逃げない。

――本当に？

疑わしそうに言った。

――本当だよ。

弱々しく頷いた。

――じゃあ、信じることにしようか。本当のキミは強い人間のはずだからね。

風が吹いて、くさむらが揺れた。

――そんな皮肉を言わないでくれよ。

思わずヨシカズは目を伏せたが、アキオは意に介さなかった。

――とんでもない。本気で言っているんだ。キミは強いよ。僕は知っている。だって僕たちは友達じゃないか。

――友達……。でも、僕は。

――いいんだよ。気にしないで。あの時、僕には死ぬことしかできなかった。僕は弱い。頭も悪いし、何の取り柄もない。あの時、キミに敵うことはなにひとつない。小学校時代から僕は苛められていた。そんな僕を、キミは庇ってくれた。ずっと僕はキミに感謝をしていたんだよ。でも、同時に悔しくもあった。キミに護《まも》られて、キミに庇われて、僕はいつも心苦しかった。キミに敵わないことを、いつもひしひしと感じさせられていたからだ。

だから、あの時、誤って不良グループの一員を殺してしまった時に、キミが自分の責任じゃないって逃げ出すのを見て、僕は怯《おび》えながらも、どこか嬉しかった。キミも完璧ではないってことがわかったからだ。キミは脅えていた。グループの仲間から仕返しをされることを恐れて、キミは震えていたんだね。それを見て、僕は喜んだ。嬉しかった。ようやくチャンスが訪れた。

これでキミに恩返しをすることができる。僕は無力な存在だけれども、キミのために命を投げ出すことはできる。すべての罪を背負って死ぬことはできる。何の取り柄もない、こんなちっぽけな僕だけど、キミのために死ぬことはできる。だから僕は決心したんだよ。キミの罪を被ることを。キミのために死ぬことを。

でも、だからってキミが気に病むことはないよ。キミには絶対にできないことだってわかっていたから、僕は自ら死を選んだのさ。そういうことだよ。わかってくれるかな、僕の気持ちを――

言葉が途切れた。

ヨシカズはあたりを窺うようにして、そっと口を開いた。

――ごめん。きみにはいくら謝っても、謝り足りない気持ちだよ。僕は、あの時――

――もう、いいんだよ。キミを恨んではいない。

――恨んでいない？　でも。

――もういいんだ。それを言いたかったんだよ。僕はキミを恨んではいない。それだけを伝えておきたかったんだ。

――でも。

――気にするなよ。僕たちは友達じゃないか。

その言葉に、ふと妙な気持ちになった。だから訊いた。

――アキオ……。きみは本当にアキオなのか？

――僕はアキオじゃない。アキオの幽霊さ。

――でも、それなら、アキオなんだろう？

一瞬の間があった。

――違う。まさか、キミは霊魂というものが本当にあって、人が死んだら体から霊魂が抜け出し、それが幽霊になるなんてことを、本気で信じているわけじゃないだろうね。

――違うのか？　でもきみは、自分を幽霊だって……。

――幽霊さ。僕はアキオの幽霊さ。

――それなら。

――僕は幽霊だけど、この森に住んでいるわけじゃない。夜の闇に暮らしているわけじゃない。僕のいる場所がわかるかい？

――きみがいる場所？　それは僕の目の前に。

――違うよ。僕はキミの頭の中にいるんだよ。

――頭の中？

――そうだよ。僕はキミの頭の中にいる。僕はアキオじゃない。アキオの幽霊だ。キミが自分の頭の中に作り出したね。僕はキミと一緒にいるよ。これからもずっと。たぶんキミが死ぬか、あるいは僕を忘れるまで、ずっとね。

——アキオ、僕は。

——僕はいつもキミといる。キミのすることを見ている。キミの考えることを感じている。もしも、僕にいてほしくないのなら、僕のことを忘れればいいさ。忘れれば、僕は消える。キミの前には二度と現れない。だから——

アキオはそこで小さく笑った。

——忘れられるものなら、忘れてみなよ。

アキオの声は唐突に途切れた。

後に残ったのは、風の音と虫の羽音。

闇の中のどこにも、白い影は漂っていなかった。夜空に月はない。

慌ててヨシカズは周囲を見回した。

誰もいなかった。夜の底で、彼はひとりぼっちだった。

みんなはどこにいるのだろうか。

いま、この瞬間、果たして、みんなは無事でいるのか。あの殺人鬼の手中に落ちることなく、夜の底でじっと暗がりに目を凝らしているのだろうか。

もうこれ以上、誰にも死んでほしくはなかった。

ヨシカズは真っ暗な夜を見つめ、声に出して、そっと友達の名前を呼んでみた。

返事はなかった。

ただどこかで誰かが笑ったような気がしただけだった。

この作品は、二〇〇九年二月に小社より単行本として刊行され、二〇一〇年四月に文庫化された上下巻を一冊にまとめ、新装版にし、加筆修正したものです。

この物語はフィクションです。実在する人物、団体とは一切関係ありません。

宝島社
文庫

新装版　毒殺魔の教室
（しんそうばん　どくさつまのきょうしつ）

2024年10月17日　第1刷発行

著　者　塔山 郁
発行人　関川 誠
発行所　株式会社 宝島社
〒102-8388　東京都千代田区一番町25番地
電話：営業 03(3234)4621／編集 03(3239)0599
https://tkj.jp
印刷・製本　中央精版印刷株式会社

First published 2009 by Takarajimasha, Inc.
ISBN 978-4-299-06042-6